W0016112

Liaty Pisani

Das Tagebuch der Signora

Roman

Aus dem Italienischen von Ulrich Hartmann

Diogenes

Titel der Originalausgabe:
›Soluzione vitale‹
Die Mottos sind folgender Ausgabe entnommen:
Primo Levi, *Die Untergegangenen
und die Geretteten,* aus dem Italienischen von
Moshe Kahn, Carl Hanser Verlag
München, Wien 1990
Umschlagfoto: Copyright © Neil Emmerson/
Getty Images/Robert Harding
World Imagery

*Für Benedicta
und Cristiano*

All rights reserved
Alle Rechte vorbehalten
Copyright © 2007
Diogenes Verlag AG Zürich
www.diogenes.ch
80/07/8/1
ISBN 978 3 257 06578 7

Nach dem Zusammenbruch hat die schweigsame nationalsozialistische Diaspora die Künste der Verfolgung und der Tortur den Militärs und Politikern von einem guten Dutzend Ländern gelehrt, die am Mittelmeer liegen, am Atlantik und am Pazifik. Zahlreiche neue Tyrannen haben in der Schublade Hitlers *Mein Kampf* liegen: mit einigen Verbesserungen oder ein paar ausgetauschten Namen kann es wieder Verwendung finden.

Primo Levi,
Die Untergegangenen und die Geretteten

Fast immer steht am Anfang einer Erinnerungssequenz der Zug, der die Reise ins Unbekannte gekennzeichnet hat.

Primo Levi,
Die Untergegangenen und die Geretteten

I

Der Schriftsteller senkte die Augenlider und ließ sich vom Geschaukel des Eurostar wiegen. Draußen vor dem Fenster flogen Sträucher und Bäume am Bahndamm vorbei, und es war, als rasten sie durch einen bunten Tunnel.

Giorgio Zevi fuhr nicht gern mit dem Zug, doch in diesem Fall war es das beste Verkehrsmittel: in weniger als vier Stunden kam man von Mailand nach Trient – und das mit nur einmaligem Umsteigen in Verona.

Als er seinem Sohn ein paar Tage zuvor gesagt hatte, daß er an dem Kongreß in Trient teilnehmen wolle, hatte Aldo ihn erstaunt angesehen, um ihm dann sehr taktvoll anzubieten, ihn mit dem Auto hinzufahren. Zevi war achtundsiebzig Jahre alt; wenn es ihm gutging, sah er allerdings zehn Jahre jünger aus. Doch sein Sohn machte sich immer Sorgen um ihn.

Auf den Lippen des Schriftstellers zeichnete sich ein Lächeln ab. Er wußte dieses Bemühen zu schätzen, doch es gefiel ihm nicht, als alter Mann betrachtet zu werden, auch wenn er einer war. Kinder, mögen sie noch so wohlmeinend sein, behandeln ihre alten Eltern oft so, als wären sie dem Leben nach und nach immer weniger gewachsen. Und vielleicht stimmte das ja wirklich, denn die Zeiten waren finster, und er fühlte sich müde. Müde, aber nicht vertrottelt.

Und doch hatte Aldo recht. Zevi war bewußt, daß er diese Einladung übereilt angenommen hatte, fast so, als hätte er eine Herausforderung annehmen wollen. Und die Herausforderung bestand eben in dieser Zugfahrt und der Strecke, auf der er unterwegs war: von Mailand nach Trient, Richtung Brenner und Grenze.

Verdrossen schüttelte Zevi den Kopf. Er hatte ganz anderes überlebt, und dies hier war letztlich nur eine Reise.

Er sah auf die Uhr: Es war Zeit, in den Speisewagen zu gehen, wo er sich einen Platz reserviert hatte. Vom Sitz neben sich nahm er die Dokumentenmappe, die er immer bei sich führte, stand auf und trat in den Gang.

Der Wagen erster Klasse war nur schwach besetzt. Zevi winkte dem Mann auf der anderen Seite des Gangs zu, mit dem er zu Beginn der Reise ein paar Worte gewechselt hatte, einem italienischen Unternehmer, der seit vielen Jahren in der Deutschschweiz wohnte und aus geschäftlichen Gründen nach Trient fuhr. Als der Zug den Mailänder Bahnhof verlassen hatte, war er von dem Mann angesprochen worden.

»Entschuldigen Sie, wenn ich Sie störe«, hatte er zaghaft zu ihm gesagt. »Ich heiße Gianni Serra. Sind Sie Giorgio Zevi?«

Er hatte genickt, und Serra hatte ihn lächelnd mit großen Augen angestarrt.

»Wußte ich's doch! Ich habe Sie sogleich erkannt. Ich habe alle Ihre Bücher gelesen, und es ist mir eine Ehre, mit Ihnen zu reisen!«

Dann hatte er sich von seinem Sitz erhoben, um ihm die Hand zu drücken.

»Danke, das ist sehr freundlich von Ihnen...«, hatte Zevi verlegen gemurmelt. Er war ein berühmter Schriftsteller, und es geschah oft, daß einer seiner Leser ihn erkannte, doch noch immer wunderte er sich darüber und war peinlich berührt.

Bevor der Mann wieder Platz genommen hatte, hatten sie ein wenig über Bücher gesprochen, und Zevi hatte mit Erleichterung festgestellt, daß es noch junge Menschen gab, die in der Lage waren, eine solche Unterhaltung zu führen.

Zevi wandte sich nun noch einmal an seinen Reisegefährten. »Gehen Sie nicht zum Essen in den Speisewagen?«

»Doch, aber ich habe leider erst für später reserviert.«

»Dann bis nachher.«

»Machen Sie sich keine Sorgen wegen des Koffers, ich werde ein Auge auf ihn haben«, versicherte ihm Serra.

Zevi bedankte sich und machte sich zwischen den Sitzreihen auf den Weg.

Er war schon fast am Ende des Gangs angelangt, als ein Mann ganz vorne im Wagen seinen Platz verließ und auf ihn zukam. Um die Dreißig, gutaussehend, die Haare soldatisch kurz geschnitten, mit hohem Haaransatz. Er trug einen eisengrauen Anzug, nicht klassisch, doch elegant und aus bestem Tuch, mit einem Jackett ohne Aufschläge und einem Hemd in einem etwas helleren Grauton. Statt einer Krawatte hatte er eine Art Band, das von einer Nadel gehalten wurde. Zevi bemerkte ein paar Ringe an seinen Fingern und dachte, daß er ein Plattenproduzent oder ein Modeschöpfer sein könnte. Als sie in dem engen Gang einander gegenüberstanden, lächelte der Mann höflich und trat zur Seite, um ihn durchzulassen.

Zevi bedankte sich, und als er an ihm vorbeiging, wurde sein Blick von der Anstecknadel des Mannes angezogen. Er glaubte, falsch gesehen zu haben, doch inzwischen war der Mann in die andere Richtung weitergegangen, und er konnte ihm natürlich nicht folgen, um sich zu vergewissern.

Er blieb stehen und hielt sich an der Lehne eines Sitzes fest, denn er bekam kaum noch Luft. Eine Weile stand er reglos da, dann ging er langsam zurück zu seinem Platz.

Als er sich wieder hingesetzt hatte, sah Gianni Serra ihn besorgt an. »Fühlen Sie sich nicht gut?«

Zevi warf ihm einen verstörten Blick zu und schüttelte den Kopf. »Ist schon gut«, murmelte er. Dann zeigte er mit der linken Hand auf die Waggontür, durch die der Mann in Grau hinausgegangen war, und berührte mit seiner anderen Hand das Hemd in Höhe des Kragens.

»Habe ich richtig gesehen?« murmelte er.

Gianni Serra runzelte die Stirn und verzog angeekelt das Gesicht. »Sie meinen die Anstecknadel von dem da?«

Zevi nickte.

»Sie haben richtig gesehen«, bestätigte Serra. »Dieser Kerl saß schon im Zug, als ich in Basel eingestiegen bin. Mir sind schon viele solcher Typen begegnet, aber der da ist anders: Er sieht nicht aus wie der typische Naziskin mit Springerstiefeln und Bomberjacke, nur an der Anstecknadel ist seine Gesinnung zu erkennen. Es müßte verboten sein, so etwas zu tragen…«

Zevi rang noch immer nach Luft, und sein Mund war trocken wie Löschpapier. Er versuchte zu schlucken, was ihm nur schlecht gelang. Dann, nach und nach, normalisierte sich sein Atem.

»Das sind Verrückte!« sagte Serra verärgert. »Achten Sie nicht darauf. Ich weiß, es ist unerträglich, solche Dinge zu sehen, vor allem für Sie. Und das sollte für alle so sein. Kommen Sie«, sagte er und stand von seinem Platz auf, »ich begleite Sie in den Speisewagen. Ist Ihnen das recht?«

Zevi erhob sich ebenfalls. »Ich danke Ihnen. Darf ich Sie einladen?« fügte er beinahe schüchtern hinzu. Widerwillig mußte er sich eingestehen, daß er nicht allein bleiben wollte.

Gianni Serra nickte. «Mit dem größten Vergnügen! Falls es möglich ist, denn wie gesagt habe ich erst für später reserviert. Doch vielleicht macht man für Sie eine Ausnahme.«

»Ja, vielleicht macht man für mich eine Ausnahme…«, sagte Zevi mit dünner Stimme und nickte.

2

Frank Veronese trank einen Aperitif im Caffè Italia an der Piazza del Duomo. Er saß an einem Fenstertisch und besah sich die Fassade des Doms von Trient, den Palazzo Pretorio mit dem Stadtturm und den großen Neptunbrunnen, der langsam immer weißer wurde, denn kurz nachdem er ins Café getreten war, hatte es zu schneien begonnen. Nichts mochte weniger an die See erinnern als diese imposanten Berge, die die Stadt umschlossen, und doch schwang der athletische Gott des Meeres seinen Dreizack, als wäre unter ihm das brausende Meer; keine dünnen Süßwasserstrahlen, die bald zu Eis gefrieren würden. Am Abend zuvor, als Frank aus New York, wo er wohnte, nach Mailand gekommen war, hatte es einen Temperatursturz gegeben. Obwohl der November schon weit fortgeschritten war, hatte sich das Klima in Europa bis dahin eher mild gezeigt.

Seit Monaten hatte er diese Reise geplant, auf der er Museen und sehenswerte Städte besichtigen wollte, bevor er Giorgio Zevi traf. Doch er hatte seine Reiseroute geändert, als er in einer italienischen Zeitung auf die Notiz gestoßen war, daß der Schriftsteller am kommenden Wochenende an einem literarischen Kongreß in Trient teilnehmen werde.

Denn in Wirklichkeit war Giorgio Zevi der Hauptgrund

für seine Italienreise, daher hatte er das Treffen mit seinem Galeristen verschoben, sein Programm gekippt und war am nächsten Morgen in aller Frühe in den ersten Zug nach Trient gestiegen.

Von unterwegs hatte er in Zevis Wohnung angerufen und das Hausmädchen gefragt, in welchem Hotel der Schriftsteller absteigen werde. In Trient angekommen, hatte er sich mit dem Taxi zu diesem Hotel bringen lassen und gehofft, Zevi durch sein überraschendes Auftauchen nicht zu verärgern. Das Hotel war voll belegt, doch er hatte Glück, denn gerade als er an der Rezeption stand, wurde ein reserviertes Zimmer im letzten Moment abgesagt.

Als er nach Zevi gefragt hatte, gab man ihm die Auskunft, der Schriftsteller werde am frühen Nachmittag erwartet. Der Kongreß würde erst am nächsten Morgen beginnen, während für den Abend ein Begrüßungscocktail mit den Honoratioren der Stadt im Empfangssaal des Hotels vorgesehen war.

Frank Veronese hatte beschlossen, die Wartezeit für einen Rundgang durch die Stadt zu nutzen, und war wirklich erstaunt, abseits der bekannteren touristischen Pfade eine so eindrucksvolle Architektur vorzufinden. Nun erfreute er sich an diesem wunderschönen Platz, während er darauf wartete, den Mann zu treffen, für den er grenzenlose Bewunderung empfand.

Veronese hatte in den vergangenen Monaten eine rege Korrespondenz mit dem Schriftsteller geführt. Alles hatte sich aus einem ersten Brief entwickelt, den er Zevi geschrieben hatte: halb intellektueller Erguß, halb Hilferuf eines noch jungen, von der Welt konsternierten Mannes an die Adresse eines älteren Künstlers, der – davon war Veronese überzeugt – als einziger in der Lage war, ihm einen Weg zu weisen. Eigentlich hatte er keine Antwort auf diesen so persönlichen und zum Teil tatsächlich maßlosen Brief erwartet, für den er sich nachher beinahe schämte. Doch es war eine Antwort gekommen, und das sogar nach kurzer Zeit. Und so hatten sie eine für beide Seiten angenehme Korrespondenz aufgenommen. Sie schätzten sich gegenseitig, und wenn der Jüngere im Älteren den einzigen sah, der ihm helfen konnte, eine Welt, die sich als immer finsterer erwies, zu verstehen und zu ertragen, so betrachtete der Schriftsteller seinerseits den amerikanischen Maler als einen Künstler, der sich nicht geschlagen gab, als den authentischen Vertreter eines neuen Widerstands.

Denn Frank Veroneses Malerei war etwas ganz Besonderes. Seit Jahren sammelte er Daten und Informationen über die wichtigsten Skandale in der ganzen Welt. Seine Bilder waren seltsame graphische Arbeiten, die an zarte, riesige Seeanemonen erinnern mochten, an anmutige Polypen, leichte Luftschiffe und Spiralen, oder komplizierte technische Zeichnungen, die das ganze Spektrum geometrischer Figuren nutzten. Doch die Eigenart seiner Arbeit, von den Kritikern als »der narrative Hintergrund Veroneses« definiert, bestand darin, daß man seine Bilder buchstäblich lesen konnte. Frank entwarf mit seinen großen Werken die düstere Landkarte der Parallelwelt von Politik und Finanzwesen, indem er die Koordinaten ihrer schmutzigen Allianzen mit Namen und Daten versah, in einer gleichzeitig abstrakt und real gezeichneten Darstellung. Auf diese Weise enthüllte er die Geschichte seiner Zeit.

Als Material benutzte er ausschließlich Artikel aus der internationalen, besonders der amerikanischen Presse, wie der *New York Times,* der *Washington Post,* dem *Wall Street Journal,* dem *Time Magazine*; die Quellen seiner Geschichten konnte man also auffinden und überprüfen. Denn Veronese war ein Künstler, kein Detektiv, und hatte keinen Zugang zu irgendwelchen vertraulichen Informationen. Er kaufte sich lediglich Zeitungen, las sie, versah sie mit Anmerkungen, doch vor allem verband er die Nachrichten untereinander. In seinem Atelier gab es neben Farben und Pinseln kleine Kartons wie in Bibliotheken, in denen er mehr als 14 500 Karteikarten verwahrte. Jeden Tag wurden es mehr, wie sich auch jeden Tag die Intrigen der Macht verdichteten.

Am Anfang dieses Weges, auf dem er über viele Jahre zu seiner außergewöhnlichen Art zu malen gelangt war, hatte seine Beschäftigung mit der öffentlichen Darstellung von Geschichte gestanden. Er wollte die »Große Maschinerie der Geschichte«, wie er es nannte, wie eine Chronik darstellen: Zusammenbruch einer Reihe kleiner Sparkassen, tragischer Tod großer Bankiers, wachsende Bedeutung »sauberer« Finanzen bei der Geldwäsche der Mafia, im Drogengeschäft und Waffenhandel. Er forschte nach, las und machte sich Notizen, dann begann er zu arbeiten, »indem er Punkte mit Linien verband«. Er hatte sich mit dem großen Mafia-Imperium, das Meyer Lansky von Anfang der fünfziger Jahre an organisiert hatte, beschäftigt; mit der Vatikanbank, mit Michele Sindona und Roberto Calvi, die beide getötet wurden; mit der Beziehung einiger amerikanischer Regierungen zu schmutzigen Geldern. Kurz, er war einer, der die Karte seiner Epoche erforschte, ein Maler besonderer Landschaften, zu denen keine Meere und Kontinente gehörten, durch die jedoch immense Geldströme flossen und die dabei über die Ufer traten.

Seine Arbeit hatte auch das FBI interessiert. Fünf Wochen nach den Anschlägen vom 11. September hatten sich einige Agenten im Whitney Museum eingefunden, um eines seiner in der Sammlung ausgestellten Bilder zu »befragen«. Das FBI betrachtete das Gemälde als »virtuell nützlich« (so die genauen Worte des Agenten) für die Aufdeckung der Geldquellen Osama bin Ladens. Durchaus möglich, daß sein Bild eine Antwort gegeben hatte, doch von der Untersuchung hatte man nichts mehr gehört, und ihn persönlich hatte man nicht angesprochen.

Das fragliche Werk, eine Zeichnung mit roter Tusche und Bleistift auf Karton, eine große Wolke mit Wirbeln, Kurven, kleinen und großen Kreisen, untereinander wie Zirruswolken verbunden, offenbarte, aus der Nähe betrachtet, eine wenig himmlische Natur. Dutzende von Namen und Daten, eingeschlossen in eine Unzahl kleiner Kreise, bildeten eine beunruhigende Karte. Am Ende der einzelnen Linien fanden sich neben Namen erklärende Bemerkungen in roter Tusche wie »verschwunden«, »tot aufgefunden«, »scheinbar Selbstmord«. Diese große Darstellung, auf den ersten Blick ohne Anfang und Ende, hatte in Wirklichkeit einen Ausgangspunkt am linken Bildrand, wo in roter Tusche stand: »Richard Helms, Direktor der CIA 1966–73, Botschafter der USA im Iran 1973–77, angeklagt wegen falscher Zeugenaussage, bestreitet die Anklage nicht und zahlt eine Geldstrafe.« Das Bild endete –

einstweilen – mit einigen Kreislinien, die die Regierung mit einem gewissen Financier verbanden, über den in der Folge viele Enthüllungsjournalisten zahllose Artikel geschrieben hatten. Dort nahmen eine Reihe angenehm geschwungener Linien ihren Anfang, von denen zwei zu Sheik Salim bin Laden und von diesem zu Osama bin Laden führten, während andere bei weiteren Vertretern der politischen und finanziellen Macht endeten.

In der Folge des 11. September, als man oft hörte, die Geheimdienste seien nicht in der Lage gewesen, »die Punkte zu verbinden«, also die Informationen zusammenzutragen und zu interpretieren, war sein Werk schlagartig bekannt geworden. Im Grunde, hatte ein Journalist geschrieben, funktionierten die Zeichnungen wie jene Rätsel, die darin bestehen, numerierte Punkte zu verbinden, um ein Ganzes zu erhalten. Das Ei des Kolumbus. Und genau das hatte er getan.

Doch in den letzten Jahren hatte sich sein Leben verändert. Was er Tag für Tag in seine Kartei aufnahm, fügte sich zu einem immer besorgniserregenderen Bild einer Welt ohne Hoffnung, die von Verrückten regiert wurde. Aber es war nicht nur das. Er hatte das Gefühl, daß er überwacht, sein Telefon abgehört und sein Computer ausspioniert wurde. Dazu kam, daß ein lieber Freund von ihm unter seiner Meinung nach verdächtigen Umständen gestorben war. Und daß er mit seiner Arbeit, seit kurzem endlich anerkannt, plötzlich nicht mehr vom Fleck kam. Er verkaufte zwar noch, denn er war inzwischen ein renommierter Maler, doch er hatte keine Ausstellungen mehr, es war, als hätte man eine unsichtbare Mauer um ihn herum errichtet.

Er war nicht direkt bedroht worden, trotzdem war offensichtlich, daß man ihn ausschloß; auch die Kritiker schienen ihn jetzt zu ignorieren. Sie hatten ihn nicht physisch vernichtet, doch sie waren dabei, sein Werk zu vernichten. Deshalb hatte er vor einiger Zeit beschlossen, mit diesem Genre aufzuhören und seinen Stil zu verändern. Wer wollte, konnte durch die Analyse seiner Bilder eine Ahnung davon bekommen, was in der Politik der letzten sechzig Jahre falschgelaufen war. Er hatte seinen Beitrag geleistet. Wenn die Leute all das dumme Zeug, das die Mächtigen ihnen erzählten, glauben wollten, um so schlimmer, er hatte nicht die Absicht, sich auf dem Altar der Wahrheit zu opfern. Was konnte er bewirken? Im Grunde war er nur ein Maler.

Er sah auf die Uhr: Es war nach eins. In Kürze würde Zevi auf dem Bahnhof von Trient ankommen. Vielleicht, sagte er sich, hätte er ihn abholen können, doch er wußte nicht, ob der Schriftsteller in Begleitung reiste, da er mit seinen achtundsiebzig Jahren nicht mehr ganz jung für eine Reise wie diese war. Veronese hatte ihn zwar noch nie persönlich gesehen, ihm jedoch vor einiger Zeit ein Foto geschickt und ihn in seinem letzten Brief über seine Reise nach Italien in Kenntnis gesetzt. Sie hatten vereinbart, sich in Mailand zu treffen, und Zevi erwartete gewiß nicht, ihm in Trient zu begegnen.

Und wenn dem Schriftsteller nun sein plötzliches Auftauchen nicht gefallen würde? Er machte sich wie schon so oft Vorwürfe, seinem impulsiven Wesen nachgegeben zu haben. Doch nun war es geschehen, und er würde nicht nach Mailand zurückkehren, um das Programm einzuhalten, das Zevi und er vereinbart hatten.

Er rief den Kellner und ließ sich ein Brötchen und ein Bier bringen. Wenn er gegessen hätte, würde er sich auf den Rückweg ins Hotel machen und dort in der Halle auf den Schriftsteller warten.

3

Giorgio Zevi kam gegen vierzehn Uhr im Bahnhof von Trient an. Er und Serra wandten sich dem Taxistand direkt am Eingang zu.

»Möchten Sie, daß ich Sie zu Ihrem Hotel begleite?« fragte Serra zuvorkommend. »Es liegt im Zentrum, genau wie meins.«

»Das ist sehr freundlich«, antwortete Zevi. »Aber eigentlich stehe ich bereits tief in Ihrer Schuld, also lassen Sie mich wenigstens bezahlen.«

Serra nahm das Angebot an, und die beiden Männer stiegen ins Taxi. Zevi war ein wenig müde, nicht so sehr wegen der Reise als wegen der Emotionen, die sie bei ihm ausgelöst hatte. Er war froh, daß Serra ihn nicht allein gelassen hatte. Da sie beide nach Trient mußten, waren sie gemeinsam in Verona umgestiegen. Der Typ mit dem Hakenkreuz hatte den Zug in Brescia verlassen, doch Zevi hatte seine Präsenz die ganze Zeit über gespürt.

Hinter Verona hatte er versucht, seinen Sohn anzurufen – ohne Erfolg. Er hätte ihm gerne erzählt, was geschehen war, Aldo war Psychoanalytiker und kannte sich mit der Bewältigung von Angst gut aus. Doch auch Serra würde seine Bestürzung verstehen, er hatte ja seine Bücher gelesen und wußte Bescheid über seine Vergangenheit. Diese

Gedanken erleichterten ihn, und es schien ihm nicht mehr so unerläßlich, seinen Sohn anzurufen.

Gianni Serra hatte großes Einfühlungsvermögen bewiesen und den Mann mit dem Hakenkreuz bis zum Ende der Reise nicht mehr erwähnt, sondern einfach über dies und jenes geredet. Zevi dankte es ihm, denn seit Jahrzehnten fragte man ihn immer nur nach Auschwitz, und nach jener Begegnung im Zug fühlte er sich nicht dazu imstande, über dieses Thema zu sprechen. Seit einer Weile hörte er, wenn man ihn nach dem Lager fragte, seine eigenen Antworten, als wären sie ein Echo, Worte ohne Bedeutung, ein bißchen so, als wenn ein Kind ein Wort endlos wiederholt, bis es nur noch ein Laut ist.

Tatsächlich hatte die Begegnung mit dem Mann im Zug jene leichte Depression erneut angefacht, die seit Jahren sein Leben durchzog und die Hoffnungen der Nachkriegszeit, als es so aussah, als könnte sich wirklich alles ändern, verdrängt hatte. Inzwischen war klar, daß die Lager kein Unfall der Geschichte gewesen waren. Denn immer wieder gab es welche: so in Kambodscha, in Vietnam, im ehemaligen Jugoslawien – und nun in Guantanamo, in Abu Ghraib und an wer weiß wie vielen anderen, noch unbekannten Orten. Nichts war wirklich zu Ende, vielmehr schien alles kurz davor, mit der gleichen Virulenz wie damals auszubrechen. Die Vorzeichen konnte man in den unaufhörlichen Kriegen erkennen, von denen die Welt heimgesucht wurde; ansteckende Keime, verbreitet mit noch hinterlistigeren und gerisseneren Methoden als früher und deshalb vermutlich viel wirksamer.

Er schüttelte diese Gedanken ab, das Taxi war am Hotel

angekommen. Serra stieg auch aus, um sich von ihm zu verabschieden.

»Dottor Zevi, es ist mir eine Ehre gewesen, ein paar Stunden in Ihrer Gesellschaft zu verbringen. Ich werde es nie vergessen!« sagte Serra und drückte ihm die Hand.

Zevi erwiderte den Händedruck. »Und ich werde es nie vergessen, wie freundlich und zuvorkommend Sie mir geholfen haben. Die Begegnung mit diesem Mann war ein unangenehmer Zwischenfall, doch er wurde dadurch aufgewogen, daß ich Sie getroffen habe. Ich bin froh, Sie kennengelernt zu haben.«

Die beiden trennten sich, nachdem sie Adressen und Telefonnummern getauscht hatten. Zevi nahm sich vor, Serra sein letztes Buch mit einer herzlichen Widmung zu schikken, sobald er wieder in Mailand wäre.

Nachdem er seinen Koffer dem Hoteldiener übergeben und sich mit einem nochmaligen Winken von Serra verabschiedet hatte, betrat Zevi durch die Glastür das Hotel. An der Rezeption empfingen sie ihn mit großen Ehren. Dann geleitete man ihn in sein Zimmer im zweiten Stock, das sich zu seiner Überraschung als Suite herausstellte. Dort erwarteten ihn ein großer Blumenstrauß, ein Gruß der Universität, unter deren Patronat der Kongreß stand, und ein persönlicher Brief des Rektors, der sich mit ihm für halb acht Uhr am Abend in der Halle verabredete.

Zevi gab dem Boy, der seinen Koffer getragen hatte, ein Trinkgeld und schloß die Tür, zog sein Jackett aus und hängte es ordentlich über die Lehne eines Stuhls im Salon. Dann ging er ins Schlafzimmer und trat ans Fenster. Auf der Fahrt vom Bahnhof zum Hotel hatte es zaghaft zu schneien begonnen, doch nun waren die Flocken dichter geworden. Er beschloß, sich ein wenig auszuruhen, um sich dann auf den Abend vorzubereiten. Doch zuerst tippte er noch einmal die Nummer seines Sohns, der sich endlich meldete.

»Ich wollte dich gerade anrufen, Papa. Wie war die Reise?«

»Gut, danke. Ich bin in einem eleganten Hotel, man hat mich sehr gut untergebracht, muß ich sagen. In einer Suite, stell dir vor – die scheuen keine Ausgaben. Ich habe versucht, dich aus dem Zug anzurufen.«

»Ich war in einer Sitzung. Du weißt doch, daß ich das Handy ausschalte, wenn ich einen Patienten habe...«

»Ja, natürlich. Ich wollte mit dir über eine Sache sprechen, die mir im Zug passiert ist...«

Zevi berichtete seinem Sohn von dem Zusammentreffen mit dem Mann mit der Hakenkreuznadel. Aldo hörte ihm zu, ohne Bemerkungen zu machen, und sprach erst, als er sicher war, daß sein Vater seinen Bericht beendet hatte.

»Denk nicht mehr daran«, sagte er beruhigend. »Im allgemeinen kennen diese Leute nicht einmal die Bedeutung der Symbole, die sie tragen. Es wird einer dieser fanatischen Dummköpfe gewesen sein...«

»Dann habe ich mich nicht klar ausgedrückt«, sagte sein Vater sehr ruhig. »Dieser Mann sah nicht aus wie irgendein Naziskin, er hätte ein Kollege von dir oder ein Nachbar sein können. Du weißt, was ich meine!«

Aldo Zevi seufzte. Sein Vater war davon überzeugt, daß ein internationales Komplott zur Durchsetzung eines neuen Faschismus in der ganzen Welt im Gange sei. Das war seine fixe Idee, seine Obsession. Dieser Idiot mit dem Hakenkreuz hatte gerade noch gefehlt, um seine Ängste neu zu entfachen. Er teilte die Befürchtungen seines Vaters nicht, denn obwohl er die Welt für einen unsicheren Ort hielt und die Gegenwart ihm in vielerlei Hinsicht als ebenso finster wie das Mittelalter vorkam, war die Vorstellung einer weltweiten Verschwörung einfach zuviel für ihn.

»Also denk nicht mehr daran«, sagte er. »Die Welt ist voller Verrückter, das weiß keiner besser als ich, meinst du nicht auch? Aber du wirst dir doch nicht die Feier zu deinen Ehren von diesem Arschloch von einem Nazi verderben lassen!« versuchte er, die Sache herunterzuspielen.

Giorgio Zevi hörte seinem Sohn nicht mehr zu und sah aus dem Fenster hinaus. Es war traurig, von dem Menschen, den man am meisten liebte, nicht verstanden zu werden. Doch dies ist eine der vielen Prüfungen, die ein menschliches Wesen auf sich nehmen muß, und nicht einmal eine der schwersten. Er lächelte und folgte seinem Sohn in der Wendung, die er dem Gespräch gegeben hatte.

»Du hast recht, ich werde nicht mehr daran denken ... Und wie geht es dir?«

»Sehr gut. Für heute abend haben Sara und ich Theaterkarten. Wir sehen uns Shakespeare an ...«

»Welches Stück? Den *Kaufmann von Venedig*?« unterbrach ihn Zevi mit einem gewissen Vergnügen.

»Papa!« protestierte Aldo, der die Anspielung verstanden hatte.

»Schon gut, schon gut ... Amüsiert euch. Gib Sara einen Kuß von mir. Wir hören morgen wieder voneinander.«

»Papa?« hielt Aldo ihn zurück, bevor er auflegen konnte.

»Ja?«

»Wäre ich in diesem Zug gewesen, dann wäre der Typ nicht ungestraft davongekommen.«

»Davon bin ich überzeugt. Ich umarme dich, viel Spaß heute abend«, sagte er und legte auf.

Er streckte sich auf dem Bett aus, denn er wollte wenigstens eine Stunde ruhen. Die Reise hatte ihn ermüdet. Draußen fiel der Schnee immer dichter, durchs Fenster sah man jetzt nur noch das Wirbeln der Flocken. Die Geräusche ringsumher waren gedämpft, und das große Hotel schien in Schlummer gesunken zu sein.

Er schloß die Augen und versuchte, sich zu entspannen. Müdigkeit zeigte sich bei ihm auf eigentümliche Weise, eher durch eine Unruhe der Glieder als durch Erschöpfung, und jedesmal, wenn er spürte, daß sein Körper nach Entspannung verlangte, mußte er versuchen, ihn still zu halten. So hatte er, wie immer in solchen Fällen, den Impuls zu überwinden, vom Bett aufzustehen und sich in den Sessel zu setzen, um etwa in seinen Papieren zu blättern oder das Buch dieses deutschen Autors zu lesen, das er mit auf die Reise genommen hatte.

Doch er schlief ein, und wie so oft träumte er von der Fahrt, die ihn im Januar 1944 aus dem Lager in Fossoli in der Nähe von Modena nach Venetien geführt hatte, es war ein Stück weit die gleiche Strecke, auf der er heute unterwegs gewesen war. Damals jedoch hatte der Zug, mit dem er fuhr, nicht in Trient gehalten, sondern war weiter über den Brenner gefahren, über die Grenze, in Richtung Auschwitz. In diesem wiederkehrenden Traum war er mit seinen Gefährten zusammen, und sie waren alle jung, wie damals; er noch jünger als die anderen, denn er war gerade achtzehn geworden. Bei seiner Rückkehr nach Hause im Oktober 1945 hatte er diesen Traum zum ersten Mal gehabt. Er begann immer mit der Abreise aus Fossoli, als die vier Freunde noch nicht wußten, daß aus der Hölle, in die sie unterwegs waren, nur Anna und er zurückkehren würden. Im Traum war er sich stets bewußt, daß er sich in einer Traumdimension befand, einer Zwischenwelt, wo es ihm erlaubt war, seine Freunde wiederzusehen und erneut das Leben mit ihnen zu teilen.

Das Klingeln des Telefons weckte ihn unsanft. Er versuchte, den Hörer festzuhalten, doch er glitt ihm aus der Hand. Noch schlaftrunken setzte er sich auf, nahm den Hörer und meldete sich.

»Giorgio Zevi?« fragte ein Mann auf englisch.

»Ja, wer spricht da?«

Frank Veronese, der in sein Zimmer hinaufgegangen war, um sein Handy zu holen, hatte die Ankunft Zevis ganz knapp verpaßt. Zurück in der Halle hatte er sich wieder in einen Sessel gesetzt, ohne den Eingang des Hotels aus den Augen zu lassen. Doch die Zeit war vergangen, ohne daß Zevi auftauchte.

Als er sah, daß es schon nach drei war, hatte er an der Rezeption nachgefragt. Zu seiner Enttäuschung hatte er erfahren, daß der Schriftsteller sich schon in seiner Suite aufhielt. Also war er zurück in sein eigenes Zimmer gegangen, hatte eine halbe Stunde verstreichen lassen und schließlich all seinen Mut zusammengenommen und ihn angerufen.

»Hier ist Frank Veronese ...«

»Frank?« rief Zevi erstaunt aus. »Woher rufen Sie denn an, aus New York?«

Dies war der Augenblick, den Veronese am meisten gefürchtet hatte, denn nun mußte er Zevi beichten, daß er ihm nach Trient gefolgt war, ohne ihn davon zu unterrichten.

»Nein, ich bin in Italien, genauer gesagt in Trient, im selben Hotel wie Sie…«, setzte er ein wenig atemlos an. »Als ich gestern in Mailand angekommen bin, habe ich gelesen, daß Sie an diesem Kongreß teilnehmen würden, also habe ich mein Programm geändert und bin Ihnen gefolgt. Ich hoffe, es ist Ihnen nicht unangenehm. Ich weiß, daß Sie als Ehrengast hier sind, ich werde Sie nicht stören, doch ich kannte diesen Teil Italiens nicht und…«

»Beruhigen Sie sich, Frank, das war doch eine gute Idee«, unterbrach ihn Zevi freundlich. »Es freut mich, daß Sie gekommen sind, und ich möchte Sie gern sehen.«

Veronese stieß einen Seufzer der Erleichterung aus. »Gott sei Dank, das war wirklich aufdringlich von mir. Aber Sie wissen, wie impulsiv ich bin…«, fügte er entschuldigend hinzu.

»Das ist der Teil Ihres Wesens, um den ich Sie ein wenig beneide. Kommen Sie doch in einer Stunde in die Hotelbar, dann trinken wir etwas zusammen.«

»Wunderbar, bis später…«, sagte Veronese begeistert.

Zevi legte den Hörer auf. Die Stimme des Freundes hatte ihn jäh in die Wirklichkeit zurückgeholt. Und doch spürte er, daß seine Gefährten in einem Winkel seiner Wahrnehmung noch präsent waren, als läge dieser Traum auf ihm wie ein feines hartnäckiges Spinngewebe. Er schloß erneut die Augen und versuchte, noch einmal in ihre innig geliebten Gesichter zu blicken. Doch es gelang ihm nicht, sie waren verschwunden, erneut verschluckt von jener geheimnisvollen Welt, die ihn ausschloß, die er nur betreten konnte, wenn sie ihn einluden. Dann, mit dem gewohnten, stechenden Schmerz im Herzen, öffnete er wieder die Augen und begann, sich für den Abend fertig zu machen.

4

Frank Veronese sah den Schriftsteller am Eingang der American Bar, stand von dem Tisch auf, an dem er auf ihn gewartet hatte, und ging ihm entgegen.

Die beiden Männer umarmten sich mit einer Natürlichkeit, als wäre dies nicht das erste Mal, daß sie sich begegneten. Durch ihren monatelangen Briefwechsel war eine tiefe Beziehung zwischen ihnen entstanden, und Veronese sah nun, daß Giorgio Zevi nicht halb so reserviert und spröde war, wie er von Kollegen und Journalisten oftmals beschrieben wurde. Tatsächlich war der Schriftsteller froh, ihn zu sehen, ja beinahe beruhigt durch seine Anwesenheit, und dies brachte er auch deutlich zum Ausdruck.

»Wie geht es Ihnen? Wenn Sie wüßten, wie erleichtert ich bin, daß Sie über mein plötzliches Auftauchen nicht verärgert sind«, meinte Veronese.

»Aber natürlich nicht!« versicherte ihm Zevi, während sie sich setzten. »Sie haben gut daran getan herzukommen. Trient ist eine wunderschöne Stadt. Wenn es zu stark schneit, um draußen etwas zu unternehmen, können Sie immer noch an dem Kongreß teilnehmen. Das sollte doch Strafe genug sein, was meinen Sie?« fügte er ironisch hinzu.

»Von wegen Strafe – es wird mir ein großes Vergnügen sein.«

Zevi lachte und wunderte sich, wie schnell sich seine Stimmung gebessert hatte. Es mußte das Verdienst dieses jungen Amerikaners sein, dachte er und betrachtete ihn. Er sah besser aus als auf dem Foto, das er ihm geschickt hatte. Ein vierzigjähriger Mann, attraktiv und recht athletisch, wie die Amerikaner es oft sind.

»Glauben Sie mir«, fuhr er fort, »ich freue mich, daß Sie Ihrem Impuls gefolgt und hergekommen sind. Was macht die Arbeit?«

Veronese zuckte mit den Schultern. »Ich sollte in Mailand ausstellen, im Frühjahr. Hoffen wir, es klappt. Ich habe gerade keine besonders glanzvolle Phase, das habe ich Ihnen ja schon geschrieben.«

Zevi nickte. »Ich weiß, es sind schwierige Zeiten, doch Sie dürfen nicht den Mut verlieren, es wird auch wieder aufwärtsgehen. Wenigstens hoffe ich das. Jedenfalls gibt ein Künstler nicht auf, sondern verfolgt weiter seinen Weg. Aber das muß ich Ihnen ja nicht sagen.«

Frank Veronese winkte dem Kellner, sah dann Zevi wieder an. »Nun schlage ich aber gerade ganz im Gegenteil einen neuen Weg ein. In letzter Zeit sind beunruhigende Dinge geschehen, deshalb habe ich beschlossen, meinen Stil zu ändern ...«

Zevi sah ihn aufmerksam an. »Was für Dinge?«

»Ich habe den Eindruck, daß ich beobachtet werde. Telefon und Internet werden überwacht, fürchte ich. Außerdem habe ich oft das Gefühl, daß mich jemand verfolgt, auch wenn ich jetzt vielleicht übertreibe. Ich glaube, es ist immer noch wegen dieses Bildes ...«

Der Schriftsteller nickte. »Das würde mich nicht wundern. Aber gibt es außer den üblichen Kontrollen, von denen, wie mir scheint, die halbe Welt betroffen ist, noch etwas anderes?«

Veronese sah ihn erstaunt an. Natürlich war da etwas, und Zevi hatte es sofort erfaßt. Sicherlich war es diese Gabe, die ihn zu dem Schriftsteller gemacht hatte, der er war, ging ihm durch den Kopf – oder ihm vielleicht das Leben gerettet hatte. Veronese aber wollte ihre Begegnung nicht durch jene überall Verschwörung witternde Stimmung, die er aus New York mitgebracht hatte, verderben. Deshalb ging er nicht in Einzelheiten und erzählte auch nichts von dem mysteriösen Tod Johns, seines besten Freunds. Er war Rechtsanwalt gewesen und nur wenige Meter von seiner Kanzlei entfernt von einem bisher noch nicht gefaßten Täter getötet worden. Die Polizei hatte die Ermittlungen eingestellt und erklärt, es habe sich um einen Raubüberfall gehandelt. John war auch tatsächlich die Brieftasche gestohlen worden. Doch der Freund hatte nur eine halbe Stunde vorher mit ihm am Telefon gesprochen und ihm angekündigt, in sein Atelier zu kommen, weil er ihm etwas sehr Wichtiges mitzuteilen habe. Was, hatte Veronese nie erfahren. In der gleichen Nacht war in Johns Kanzlei alles durchsucht worden, von Dieben, die man ebenfalls nicht fassen konnte, die jedoch weder Computer noch andere Wertgegenstände, die sich in den Räumen befanden, gestohlen hatten. Frank, der nicht an Zufälle glaubte, fühlte sich an Johns Tod schuldig, weil er, zu Recht oder zu Unrecht, fürchtete, er sei wegen der Sache getötet worden, die er ihm anvertrauen wollte.

Nein, sagte er sich, er würde Zevi diese Geschichte nicht

erzählen; doch unter dessen forschendem Blick fragte er sich, ob es angebracht sei, ihm von dem Brief zu berichten, der ihn erreicht hatte, kurz bevor er ins Taxi gestiegen war, um zum Kennedy Airport zu fahren.

Im ersten Moment hatte er gedacht, der Brief sei das Werk einer krankhaften Lügnerin. Doch auf der langen Reise hatte er ihn mehrmals wiedergelesen und war zu dem Schluß gekommen, daß die Verfasserin wohl alles andere als verrückt war. Was sie behauptete, konnte einen wie ihn, der sich über Jahre mit Komplotten und Geheimnissen beschäftigt hatte, sicher nicht in Erstaunen versetzen. Doch der Brief war im falschen Moment gekommen: Er hatte aufgehört, sich um Intrigen und aussichtslose Fälle zu kümmern, von jetzt an würde er, da er nicht verhungern wollte, keine anklagenden Graphiken mehr schaffen, sondern zu Farbe und Pinsel zurückkehren.

»Los, Frank, sagen Sie mir, was im Gange ist ...« Zevis Stimme unterbrach seine Gedanken. Der Schriftsteller betrachtete ihn aufmerksam, mit einem verständnisvollen Lächeln.

»Entschuldigen Sie, ich war in Gedanken ...« Veronese zuckte mit den Achseln und entschloß sich zu sprechen.

»Als ich gerade im Begriff war abzureisen, habe ich einen seltsamen Brief erhalten. Mag sein, daß ihn eine Mythomanin geschrieben hat, die weiß, wie sehr ich meine Nase in die Angelegenheiten anderer Leute gesteckt habe ...«

Er unterbrach sich und sah zum Kellner hoch, der an ihren Tisch getreten war.

»Was darf ich Ihnen bringen, Dottor Zevi?« fragte er.

»Einen Rabarbaro Zucca mit viel Selters, bitte ...«

»Für mich einen Campari. Danke.«

Als der Kellner sich entfernt hatte, fuhr Veronese fort.

»Ich weiß nicht, was ich denken soll. Es könnte ein übler Scherz sein. Doch hier ist der Brief. Urteilen Sie selbst.«

Giorgio Zevi nahm aus den Händen des Malers ein paar Blätter normales Schreibmaschinenpapier entgegen, ohne Briefkopf und mit einem getippten Text.

Lieber Signor Veronese,

ich verfolge seit langer Zeit Ihre künstlerische Karriere und bewundere Sie, doch ich schreibe Ihnen nicht, um über Kunst zu sprechen. Ihr mutiges und beharrliches Gerechtigkeitsstreben, das ich lobenswert finde, hat mich sehr beeindruckt. Wenn Ihre Haltung weiter verbreitet wäre, wäre es besser um die Welt bestellt. Ich habe mich entschlossen, Ihnen diesen Brief zu schicken, weil ich alt bin und bald sterben werde, also kann ich getrost und ohne Bedenken meinen Ruf aufs Spiel setzen. Ich will nicht verhehlen, daß es neben Ihrer Kunst auch Ihre italienische Herkunft ist, die mich veranlaßt hat, mich an Sie zu wenden. Ich stamme ebenfalls aus Italien, auch wenn ich einen guten Teil meines Lebens in den Vereinigten Staaten verbracht habe. Seit vielen Jahren hüte ich ein Geheimnis, das eine der zahllosen Greueltaten betrifft, die während des Zweiten Weltkriegs in Italien begangen worden sind. Niemand ist je für dieses Verbrechen bestraft worden. Ich kenne die Einzelheiten des Ereignisses, einschließlich der Identität einiger der Verantwortlichen. Inzwischen sind fast alle Überlebenden und Zeugen der Tragödien jener Zeit tot oder werden bald sterben, und was noch nicht enthüllt worden ist, wird nie mehr ans Licht kommen. Deshalb habe ich mich entschlossen zu sprechen. Ich bin mir bewußt, daß meine Geschichte nur ein Tropfen im Ozean der unzähligen Schandtaten ist, eine Sache, die weit zurückliegt und vielleicht niemanden mehr interessiert. Und doch, es ist meine Geschichte, und ich möchte sie Ihnen erzählen, damit Sie den Gebrauch von ihr machen, den Sie für richtig halten.

Wenn Sie sich entschließen sollten, nach Italien zu kommen und mich anzuhören, setzen Sie bitte in die Montagsausgabe des Corriere della Sera *eine Anzeige mit folgendem Text in den Immobilienteil: ›Suche kleines Haus im Viertel Città Studi, zirka 200 m², Barzahlung.‹ Lassen Sie die Annonce unter Chiffre erscheinen, und ich werde Ihnen eine Nachricht mit den Angaben schicken, wie Sie sich mit mir in Verbindung setzen können. Im Augenblick halte ich mich in Italien auf, in Mailand, wo ich ein Haus besitze. Ich habe beschlossen, zum Sterben in meine Heimat zurückzukehren.*

Sie sind mutig, Signor Veronese, und ich schätze Sie, doch ich habe Verständnis dafür, wenn Sie auf diesen Brief nicht eingehen möchten. Ich wünsche Ihnen alles Glück, das Sie verdienen.

Ihre
Connie Brandini

P.S. Die Ärzte geben mir noch ein halbes Jahr. Ich sage Ihnen das nicht, um Sie moralisch unter Druck zu setzen, sondern nur damit Sie wissen, daß nicht viel Zeit bleibt.

Zevi löste den Blick nicht sofort von dem Blatt, das er in der Hand hielt. Er verharrte eine Weile reglos und fixierte die schwarzen Buchstaben auf dem weißen Papier. Noch eine Stimme, die es drängte, etwas über die Vergangenheit zu berichten, neue Schrecken und ein Drama zu enthüllen, das mit Gewißheit viele Leben zerstört hatte, auch das der Verfasserin dieses Briefes. Er sah auf zu Veronese, der wartete.

»Nun, was halten Sie davon?« fragte der Maler.

Zevi legte die Blätter auf das Tischchen, nahm seine Brille ab und fuhr sich mit einer für ihn typischen Geste über die Augen, setzte dann die Brille wieder auf und sah Veronese an.

»Der Brief scheint mir authentisch, das heißt, ich glaube nicht, daß er das Werk einer krankhaften Lügnerin ist. Was sie andeutet, klingt plausibel. Damals war Europa der Hauptschauplatz von Greueltaten. Viele Menschen wurden zu Hütern entsetzlicher Geheimnisse, einige haben gesprochen, viele nicht, und eine Unzahl von Verbrechen ist ungesühnt geblieben ...«

»Sie meinen also, daß sie wirklich etwas zu enthüllen hat.«

Zevi nickte. »Gewiß. Möglicherweise aber auch nicht, wobei ich mir nicht vorstellen kann, warum sie dann einen solchen Brief hätte schreiben sollen.«

»Was raten Sie mir?«

Der Schriftsteller zog erstaunt die Augenbrauen hoch. »Das hängt von Ihnen und Ihrer Neugierde ab. In dem Brief wird nicht gesagt, ob der Täter noch am Leben ist. Wenn er noch lebt, muß er sehr alt sein; oder wenn er damals sehr jung gewesen ist, wird er heute, wie ich, ziemlich alt sein. Aber die Frau hat Sie angeschrieben, und Sie müssen selbst entscheiden.«

»Wenn Sie an meiner Stelle wären, was würden Sie tun?« fragte Veronese impulsiv. Aber kaum hatte er diesen Satz gesagt, wurde ihm klar, wie absurd seine Frage war.

Zevi sah ihn freundlich an. »Ich würde natürlich antworten. Aber ich bin nicht gerade die geeignete Person, Ihnen zu raten, was Sie tun sollen – ich bin fast neunundsiebzig und habe nicht mehr lange zu leben und dementsprechend nicht mehr viel zu verlieren, und, was noch viel schwerwiegender ist: ich bin in einem Lager gewesen. Nein, mein lieber Frank, an mir können Sie sich nicht orientieren …«

Beide versanken in Schweigen. Zevi betrachtete durch das Fenster, wie unablässig weiter dicke Flocken fielen. Er sah auf die verschneite, menschenleere Straße, bis er Veronese hörte, der sich räusperte. Da wandte er sich ihm erneut zu.

»Ich habe mich entschieden«, sagte der Maler. »Ich werde die Anzeige in die Zeitung setzen.«

»Sind Sie sich sicher? Entscheiden Sie nicht übereilt, auch wenn Ihre Motive noch so löblich sind. Geben Sie sich ein wenig Zeit.«

Veronese schüttelte den Kopf. »Ich muß nicht darüber nachdenken. Ich war mir nur nicht sicher, ob ich diese Frau überhaupt ernst nehmen dürfte. Doch Sie meinen schon, und das genügt mir. Als erstes werde ich die Annonce in die Zeitung setzen.«

Zevi nickte. »Ich rate Ihnen jedoch, eine Nacht darüber zu schlafen und die Entscheidung auf morgen zu vertagen.

Unterdessen könnten Sie mich heute abend zum Begrüßungscocktail des Kongresses begleiten. Hätten Sie Lust?«

Veronese nickte. »Solange ich in Ihrer Gesellschaft bin...«

Zevi lächelte. Im gleichen Moment meldete sich sein Handy. Es war sein Sohn Aldo.

»Alles in Ordnung, Papa?«

»Gewiß, alles in bester Ordnung. Wolltest du nicht mit Sara ins Theater gehen?«

»Wir brechen gerade auf, ich wollte nur hören, wie es dir geht.«

Zevi wußte, daß er ihn mit seinem Bericht über den Zwischenfall im Zug in Sorge versetzt hatte. Aldo meinte immer, ihn schützen zu müssen, und er fühlte sich verpflichtet, ihn zu beruhigen.

»Mir geht es gut, mach dir keine Sorgen. Ich bin in Gesellschaft eines großen amerikanischen Künstlers, eines Freunds, Frank Veronese. Erinnerst du dich? Ich habe dir von ihm erzählt.«

Aldo erinnerte sich vage. Sein Vater hatte vor einiger Zeit einen Maler erwähnt, der ihm oft schrieb. Er wußte, daß er in New York lebte, und war verwundert darüber, daß er sich in Trient aufhielt. Doch was ihn am meisten erstaunte, war der entspannte Tonfall seines Vaters, so anders als bei ihrem letzten Telefonat. Er schien fast vergnügt – etwas Seltenes, sogar äußerst Seltenes. Er war froh darüber, aber es machte ihn auch neugierig und ein bißchen eifersüchtig, wobei er letzteres nicht zulassen mochte – sein Vater war heiter gestimmt, das zählte, auch wenn nicht er es gewesen war, der dieses Wunder bewirkt hatte.

5

Der Schriftsteller wollte Veronese während des gesamten Begrüßungscocktails und auch beim Abendessen an seiner Seite haben. Die Universitätsprofessoren und die Schriftstellerkollegen betrachteten diesen Amerikaner, mit dem Zevi auf sehr vertrautem Fuß zu stehen schien, mit Neugierde und Neid. So wurde Veronese viel Aufmerksamkeit zuteil, und er traf auf Menschen, die der Konzeptkunst großes Interesse entgegenbrachten.

Bei Tisch plazierte man die beiden neben dem Rektor und gegenüber von zwei italienischen Autoren, die im Augenblick gerade en vogue waren. Zevi war sehr freundlich zu ihnen, auch wenn er nicht über Literatur sprach; und als einer der beiden versuchte, die Rede auf die Shoah zu bringen, wechselte er höflich das Thema.

Beim Dessert spürte Zevi, daß er müde wurde, und wandte sich Veronese zu.

»Morgen früh um neun Uhr beginnt der Kongreß. Ich gehe jetzt besser schlafen. Aber bleiben Sie ruhig noch, es sind ja interessante Leute«, murmelte er.

Veronese schüttelte den Kopf. »Ich bin auch müde. In den letzten beiden Tagen war ich ganz schön viel unterwegs, und der Jetlag macht sich bemerkbar. Außerdem ist mein Italienisch zu kläglich.«

Sie verabschiedeten sich von allen und verließen zusammen den Speisesaal.

»Ich hoffe, der Abend war nicht allzu langweilig für Sie…«, sagte Zevi im Aufzug.

»Ganz im Gegenteil, er war sehr angenehm. Ich danke Ihnen, daß Sie mich eingeladen haben. Ein Eintauchen in die italienische Intelligenzija…«

»Ich hoffe, das Wasser war tief genug…«, murmelte Zevi, und Veronese lachte herzlich.

Sie verließen gemeinsam den Aufzug, denn ihre Zimmer lagen auf demselben Stockwerk. Als sie den Gang hinuntergingen, blieb Zevi vor einem der Fenster stehen, schob die Gardinen beiseite und sah nach draußen.

Der Schnee wirbelte um die Laternen und bedeckte alles mit einer weißen Schicht, die in der Nacht leuchtete.

Veronese dachte an die oftmals von Überlebenden kommentierten Dokumentarfilme über Auschwitz, die er im Fernsehen gesehen hatte. Auch dort wurde häufig gezeigt, wie es im Lager schneite, und der Wind, verstärkt durch die Mikrophone, klang wie ein leises, leidvolles Murmeln, als wären die Toten zurückgekehrt, um ihre Gefährten von einst zu grüßen.

Er betrachtete den Schriftsteller, der in Gedanken versunken dastand, und fragte sich, ob dieser Schnee hier, so nahe am Brenner, ihn an die Hölle, die er durchlitten hatte, erinnerte. Doch er wagte nicht zu sprechen und blieb schweigend und reglos stehen, bis Zevi vom Fenster zurücktrat.

Ohne ein Wort zu sagen, gingen der alte und der junge Mann den langen Gang hinunter, bis sie Zevis Zimmer erreicht hatten. Der Schriftsteller steckte den Schlüssel ins Schlüsselloch und wandte sich Veronese zu.

»Fühlen Sie sich bitte nicht verpflichtet, morgen früh am Kongreß teilzunehmen. Schlafen Sie sich lieber gut aus, das können Sie brauchen.«

Veronese lächelte. »Gewöhnlich schlafe ich wenig. Wenn der Jetlag mir keinen Streich spielt, komme ich. Sonst ...«

»... sehen wir uns beim Mittagessen«, vervollständigte Zevi den Satz mit einem Lächeln. »Und danke, daß Sie gekommen sind, ich bin froh, daß Sie hier sind ...«

»Ich danke Ihnen, Dottor Zevi ...«

»Lassen wir doch die Förmlichkeiten. Schon seit Jahren lehre ich nicht mehr an der Universität. Duzen wir uns doch, einverstanden? Dann also bis morgen, gute Nacht.«

Zevis Tür schloß sich, und Veronese wandte sich langsam seinem Zimmer zu. Er war müde, doch zufrieden. Den ganzen Abend hatte er nicht an seine Ängste gedacht.

6

Am nächsten Morgen wurde Veronese um sechs Uhr vom rhythmischen Summen seines Handys aus dem Tiefschlaf geholt. Er warf einen Blick auf das Display und sah an der Nummer, daß es seine Haushaltshilfe war, die ihn anrief.

»Hallo, Rosa, was ist los?«

Rosa hielt seine Junggesellenwohnung und sein Atelier in Ordnung. Veronese mochte sie sehr gern; er kannte sie seit vier Jahren, und seit diese Hispano-Amerikanerin in sein Leben getreten war, lief alles viel besser: Sein Apartment war wohnlich und seine Garderobe gepflegt.

»Ich glaube, letzte Nacht ist jemand in dein Atelier eingedrungen …«, sagte Rosa.

»Wieso, was ist passiert?« unterbrach Veronese sie aufgeregt.

»*Nada, nada*, beruhige dich. Aber jemand ist drin gewesen …«

»Woher weißt du das so genau?«

»Gestern nachmittag bin ich auf einen Sprung im Atelier vorbeigegangen, wie du es mir gesagt hast. Ich habe die Pflanzen gegossen, gelüftet und saubergemacht. Aber weil du mir von deinem Verdacht erzählt hast, habe ich, bevor ich ging, folgendes getan …«, sie unterbrach sich, um die

Spannung zu erhöhen. Doch Veronese war nicht in der richtigen Stimmung dafür und trieb sie an.

»Los, Rosa, erzähl weiter!«

Die Frau holte tief Luft. »Weißt du, wie James Bond das im Film macht?«

»Nein, das weiß ich nicht. Aber sag es mir bitte schnell. Du sprichst mit Italien, nicht mit Long Island!«

»Du hast recht, entschuldige«, lenkte die Frau mit einem leisen Kichern ein. »Also, ich habe beim Schließen der Tür ein langes Haar von mir zwischen Tür und Pfosten geklemmt, und zwar so, daß es, wenn jemand die Tür öffnet, runterfallen muß ...«

»Und ist es runtergefallen?«

»Natürlich, *mi querido*! Das Haar lag auf dem Boden. *Esta noche* muß jemand reingegangen sein. *Comprendes*?«

»Verstehe. Haben sie denn irgendwas mitgenommen?«

»*Creo que no*. Es scheint alles in Ordnung. Aber vielleicht haben sie alles wieder an seinen Platz gestellt ...«

Veronese überlegte schnell. Sie hatten kein Chaos hinterlassen, wie in Johns Kanzlei, weil sie nicht wollten, daß er es bemerkte. Vielleicht wurde sein Telefon überwacht, möglicherweise hörte jemand in diesem Moment ihre Unterhaltung ab.

»Leg auf, Rosa, ich rufe dich zurück. Und geh sofort aus dem Atelier!« rief er besorgt aus.

Die Frau lachte. »*No te preocupes*, ich bin nicht in deinem Atelier und auch nicht in deiner Wohnung. Ich telefoniere mit meinem Handy und sitze vor meiner Wohnung auf der Bank, die dir so sehr gefällt. Ganz dumm bin ich ja auch nicht. Wie gesagt, man lernt viel von James Bond ...«

Veronese seufzte. »Du bist ein Genie! Was würde ich nur ohne dich tun.«

»Das weiß ich auch nicht …«, meinte sie zufrieden.

»Hör mir zu, Rosa, es ist wichtig: Geh nicht mehr ins Atelier und auch nicht in meine Wohnung, bevor ich wieder in New York bin. Versprichst du mir das?«

»In Ordnung, Frank. Wann kommst du denn zurück?«

»Ich weiß nicht. Ich habe hier verschiedene Dinge zu erledigen.«

»Hast du deinen Schriftsteller getroffen?«

»Natürlich, ich bin bei ihm.«

»Sag mir nicht, wo. Man weiß nie!«

»Du hast recht. Doch die Leute, die letzte Nacht ins Atelier eingedrungen sind, wissen vielleicht auch, wo ich bin.«

»Wenn sie mich fragen, sage ich, du bist in *España*. Ist das falsch?«

»Das ist sehr gut! Rosa, hat dir schon mal jemand gesagt, daß du eine perfekte Spionin abgeben würdest?«

»Mach dich nicht über mich lustig«, tadelte sie ihn scherzhaft. »Erzähl mir lieber etwas über ihn. Was für ein Mensch ist er?«

»Er ist großartig, Rosa, ganz großartig! Hast du sein Buch zu Ende gelesen?«

»*Madre de Dios, si.* Was für furchtbare Dinge dieser Mann erlebt hat!«

»Ja, das hat er. Aber jetzt muß ich Schluß machen. Dieses Telefongespräch geht auf meine Rechung, und wenn du mich in Zukunft anrufst, dann immer mit R-Gespräch. In Ordnung?«

»Einverstanden, Frank. Ich gebe dir einen dicken Kuß. Viel Glück.«

»*Gràcias*, Rosa. Ich küsse dich auch. Und viele Grüße an Pedro.«

Veronese legte das Telefon auf den Nachttisch und sah auf die Uhr. Es war Viertel nach sechs. Er legte sich wieder hin und schloß die Augen. Doch er konnte nicht mehr einschlafen. Irgend jemand war in sein Atelier eingedrungen, um etwas zu suchen. In seinen Karteikästen fand sich alles mögliche, doch es gab nichts, das Johns Tod oder diese neuerliche Durchsuchung gerechtfertigt hätte. Oder vielleicht doch, und er selbst wußte es gar nicht? Oder fürchteten sie, John könnte ihm etwas mit der Post geschickt haben?

Sie sollten sie nur an sich nehmen, seine Post, dachte er wütend. Wenn sie gefunden hätten, was sie suchten, würden sie ihn endlich in Ruhe lassen.

Inzwischen war er hellwach, deshalb beschloß er aufzustehen. Es blieb ihm ausreichend Zeit, sich in Ruhe fertig zu machen, ein reichhaltiges Frühstück einzunehmen und pünktlich zum Beginn des Kongresses zu erscheinen.

Der Mann, der das Telefonat abgehört hatte, wählte eine Nummer und wartete. Nach drei Klingelzeichen und einem vereinbarten Kennwort war er mit demjenigen verbunden, der ihm die Überwachung befohlen hatte.

»Veronese ist immer noch in Italien, bei diesem Schriftsteller. In ein paar Minuten bekommst du den Mitschnitt des Anrufs. Er weiß, daß wir sein Atelier durchsucht haben, er hat eine Haushaltshilfe, die sich leidenschaftlich gern James-Bond-Filme anschaut ...«

Der Mann am anderen Ende der Leitung lachte. »Sieh an, jetzt mischen sich schon die Hausmädchen ein! Da muß man sich wirklich Sorgen machen ... Wie dem auch sei, ausgezeichnete Arbeit. In Italien kümmert sich jetzt jemand anderes um den Maler. Wenn er nach New York zurückkommt, übernimmst du den Fall wieder. Noch einen schönen Tag.«

7

Um Punkt neun saß Veronese in einer der ersten Reihen im Audimax der Universität. Wenige Minuten später trafen die Referenten ein, vier insgesamt, dann Giorgio Zevi, der auf dem Podium einen Platz zwischen dem Rektor und einem Semiologen einnahm.

Alle Referenten machten den Eindruck, wichtige Vertreter der italienischen Kultur zu sein, doch Veronese kannte nur Zevi, der ihm, als er ihn sah, zuzwinkerte und ein diskretes Zeichen mit der Hand gab.

Der Rektor begrüßte die Referenten und die zahlreich erschienenen Zuhörer und gab mit herzlichen Worten seiner Freude darüber Ausdruck, daß Giorgio Zevi als Ehrengast teilnahm. Veronese wurde gleich klar, daß er wegen seiner mangelhaften Italienischkenntnisse Mühe haben würde, den Kongreß zu verfolgen, doch er beschloß zu bleiben, weil es ihm gefiel, der Sprache seiner Familie zu lauschen.

Um zwölf Uhr wurde der Kongreß für eine Mittagspause unterbrochen. Während sich der Saal langsam leerte, traten viele Studenten ans Podium, fast alle mit einem Buch Zevis in der Hand, um ihn zu bitten, es zu signieren. Die Belagerung dauerte eine gute halbe Stunde, weil der Schriftsteller sich nicht darauf beschränkte, die Bücher zu signieren, sondern mit jedem auch ein paar Worte wechselte.

Veronese blieb sitzen und wartete, bis der letzte Bewunderer Zevis sich entfernt hatte, und ging dann zu ihm, als er gerade zusammen mit dem Rektor das Podium verließ.

»Frank!« begrüßte ihn der Schriftsteller mit einem Lächeln. »Ich sehe, daß der Jetlag dich nicht hat ausschlafen lassen. Mir geht das auch immer so, es dauert meistens einige Tage, bis man wieder seinen Rhythmus gefunden hat.«

Sie wechselten ein paar Worte mit dem Rektor, wandten sich dann alle drei dem Ausgang zu. Als sie den Platz vor der Universität erreicht hatten, wollte Veronese sich verabschieden, doch Zevi hielt ihn zurück.

»Natürlich ißt du mit uns zu Mittag«, sagte er.

»Meinst du nicht, es ist besser, ich bin nicht überall dabei?« murmelte Veronese unsicher.

»Ach was! Und sieh mal an, wie gut du italienisch sprichst. Das ist die Gelegenheit, Übung zu bekommen. Professor Camerini ist sehr interessiert an deiner Arbeit und möchte mit dir darüber diskutieren. Nicht wahr, Professor?«

Camerini, ein sympathischer Mann, der den Schriftsteller den ganzen Vormittag über mit großer Hochachtung behandelt hatte, nickte.

»So ist es!« erklärte er.

»Wir sind nur zu dritt, mit den anderen essen wir heute abend«, fügte Zevi hinzu. »Aber natürlich nur, falls du keine anderen Pläne hast ...«

Veronese schüttelte den Kopf. »Nein, Pläne habe ich keine.«

»Dann wollen wir gehen, mein Auto steht dort drüben«, sagte Camerini und zeigte auf einen Citroën, der ganz in der Nähe geparkt war.

Veronese machte es sich hinten bequem, während Zevi auf dem Beifahrersitz neben dem Rektor Platz nahm.

Als sie im Restaurant saßen, stellte Veronese fest, daß Zevi nicht aus Höflichkeit gelogen hatte. Camerini war wirklich an seiner Malerei interessiert und zeigte, daß er deren Besonderheit kannte.

»Sie tragen den Namen eines großen Meisters: Paolo Caliari genannt Veronese«, sagte der Rektor. »Vielleicht stammen Sie ja von ihm ab«, fuhr er fort und musterte ihn mit zusammengekniffenen Augen. »Tatsächlich bemerke ich in Ihrem Gesicht eine gewisse Ähnlichkeit mit dem Selbstporträt des Künstlers, das gerade bei der Ausstellung zu seinen Ehren im Museo Correr in Venedig gezeigt wird.«

Veronese tat so, als sei er geschmeichelt. Er kannte dieses Gemälde, und schon seit langem hatte er sich vorgenommen, sich das Original anzusehen; doch er fand nicht, daß er dem Veronese aus dem Jahr 1563 auch nur im entferntesten ähnelte.

»Tizian, Tintoretto, Veronese – und eine gemeinsame Stadt: Venedig«, sagte Zevi. »Wenn ich mich recht erinnere, stammen die Gemälde, die die Decke des Consiglio dei Dieci im Dogenpalast zieren, von Veronese.«

»So ist es«, bestätigte Frank. »Veronese wurde auch der Ketzerei angeklagt, und die Inquisition machte ihm wegen seines Abendmahls, das als skandalös betrachtet wurde, den Prozeß. Dazu verurteilt, das Gemälde zu korrigieren, beschränkte er sich allerdings darauf, den Titel zu ändern und dabei auf das Evangelium zurückzugreifen. So wurde aus dem Abendmahl das *Gastmahl im Hause des Levi.*«

»Er mußte sogar die Kosten des Verfahrens tragen ...«,

bemerkte Camerini. »Doch er war sehr geschickt und zog sich elegant aus der Affäre. Mit seinen Allegorien rühmte er stets die Serenissima, ohne sich selbst zu sehr in den Vordergrund zu stellen. Und die weltlichen Mächtigen machten ihn reich und ließen ihn in Ruhe.«

»Der Glückliche«, lautete Franks lakonischer Kommentar.

»Wir sind eben nicht alle gleich«, meinte Zevi. »Du exponierst dich, und ich bin sicher, daß Veronese alias Caliari das, würde er heute leben, zu schätzen wüßte...«

Frank zuckte mit den Schultern. »Ich hätte mich mehr an das Leben meines berühmten Namensvetters erinnern sollen, vielleicht hätte ich von ihm lernen können, mich nicht immer in die Nesseln zu setzen.«

»Man entkommt seinem Schicksal nicht, Frank«, bemerkte Zevi mit leiser Stimme.

Als sie wieder im Hotel waren, trennte sich Camerini von ihnen, um mit einem der Referenten zu sprechen, der in der Halle auf ihn wartete. Zevi und Veronese dagegen beschlossen, da der Kongreß erst um halb vier fortgesetzt werden sollte, noch einen Kaffee in der Bar zu trinken.

»War es ein langweiliges Mittagessen?« fragte der Schriftsteller, als sie sich gesetzt hatten.

»Ganz und gar nicht. Wie hätte es das in deiner Gesellschaft sein können?«

Zevi schüttelte den Kopf. »Du bist zu freundlich, Frank. Normalerweise bin ich eher griesgrämig, es muß deine Anwesenheit sein, die mich inspiriert und mich außerdem in gute Stimmung versetzt. Sag mal, hast du dich entschieden, was diesen Brief angeht?«

»Ich bin noch immer davon überzeugt, daß es richtig ist, der Sache auf den Grund zu gehen. Ich gebe die Anzeige im *Corriere della Sera* noch heute auf und hoffe, daß sie schon am Montag veröffentlicht wird.«

Zevi nickte. »Sehr gut, ich helfe dir.« Er zog ein Notizbüchlein und einen Stift aus seiner Jackentasche. »Also, wie soll der Text der Annonce lauten?«

»Suche kleines Haus im Viertel Città Studi, zirka 200 m^2, Barzahlung«, sagte Veronese. »Außerdem sollten wir die Anzeige unter Chiffre aufgeben ...«

»Mach dir keine Sorgen, ich erledige das für dich, bevor ich zurück zum Kongreß gehe. Ich habe vor kurzem annonciert, weil ich eine Garage zu verkaufen habe, ich kenne den Ablauf. Aber ich fürchte, es läßt sich nur schwer abschätzen, wie lange du mit dieser Geschichte beschäftigt sein wirst. Du solltest einen längeren Aufenthalt in Mailand einplanen.«

Veronese zuckte die Achseln. »Ich habe im nächsten Monat keine Verpflichtungen in New York und auch keine große Lust zurückzukehren. Das Klima dort bekommt mir gerade gar nicht ...«

Zevi betrachtete ihn aufmerksam. »Ist etwas Neues passiert?«

Frank erzählte ihm von Rosas Anruf. Als er seinen Bericht beendet hatte, schwiegen sie beide.

Der Schriftsteller brach schließlich das Schweigen. »Es ist wirklich besser, du bleibst eine Weile in Italien, bis die Dinge sich beruhigt haben.«

Veronese nickte. »Ja, wahrscheinlich. Auch wenn ich nicht glaube, daß es einen großen Unterschied macht, wo ich mich aufhalte. Heutzutage ist die Welt ja ein Dorf. Für diese Leute, die viele Mittel und wenig Skrupel haben, spielt es keine Rolle, ob ich in den Vereinigten Staaten oder in Europa bin. Aber ich sehe nicht, was ich sonst machen könnte, außer mich fernzuhalten, wie du es mir empfiehlst ...«

»Was wollen sie denn überhaupt?« fragte Zevi.

»Ich habe keine Ahnung. Das ist ja das Verrückte. Vielleicht glauben sie, daß ich irgend etwas weiß oder in meinem Besitz habe. Aber dem ist nicht so. Das ganze Material, das ich in den letzten Jahren gesammelt habe, ist in meinen Karteikästen im Atelier verwahrt. Wenn sie irgend etwas gewollt hätten, dann hätten sie es sich neulich abends holen können.«

Zevi begriff, daß Veronese Angst hatte, auch wenn er versuchte, es nicht zu zeigen.

»Du könntest die Polizei benachrichtigen«, schlug Zevi vor.

Der Maler schüttelte den Kopf. »Ich habe keine Beweise, ich könnte bloß erzählen, was mir Rosa von ihrem Experiment à la James Bond berichtet hat. Sie würden mir ins Gesicht lachen ...« Veronese fragte sich, ob nicht der Augenblick gekommen sei, Zevi von Johns Tod zu erzählen, von seinen Zweifeln und davon, wie die New Yorker Polizei den Fall zu den Akten gelegt hatte.

»Also, was gedenkst du zu tun?« fragte Zevi.

»Nichts. Vielleicht haben sie ja neulich abends gefunden, was sie suchten, und lassen mich in Zukunft in Frieden. Jedenfalls will ich mich nicht von der Angst bestimmen lassen. Vielmehr fürchte ich, daß ich dich in Schwierigkeiten bringen könnte«, fügte er mit Nachdruck hinzu. »Wie idiotisch von mir, hierherzukommen und zu riskieren, dich in diese Geschichte mit hineinzuziehen. Schließlich könnte die ganze Sache gefährlich werden. Meine einzige Entschuldigung ist, daß ich vor dem Einbruch nur Verdachtsmomente hatte...«

Veronese unterbrach sich. Er war wütend auf sich selbst, weil er das nicht vorher bedacht hatte.

Zevi ahnte, was in ihm vorging, lächelte und legte ihm freundschaftlich eine Hand auf den Arm.

»Beruhige dich und erzähle mir den Rest der Geschichte.«

Da berichtete Veronese ihm von dem Mord an John und betonte seine Zweifel an den Untersuchungsergebnissen der Polizei. Als er geendet hatte, ließ er sich gegen die Rückenlehne seines Stuhls fallen.

»Wie du siehst, habe ich allen Grund, mir wegen dir Sorgen zu machen«, fuhr er fort. »Wenn John einem Komplott zum Opfer gefallen ist, dann ist es wirklich gefährlich, etwas mit mir zu tun zu haben.«

»Wann ist John getötet worden?«

»Vor einem Monat.«

Zevi überlegte kurz und sagte dann: »Vielleicht ist es ja tatsächlich ein Raubüberfall gewesen, das passiert oft in Großstädten. Oder vielleicht betrifft das Komplott, wenn man überhaupt davon ausgehen will, allein John. Du hast mir ja gesagt, daß er ein wichtiger Anwalt war, vielleicht ist er in irgend etwas Gefährliches verwickelt gewesen. Vielleicht hat das, was dein Freund dir sagen wollte, nichts mit den unbekannten nächtlichen Besuchern zu tun. Warum haben sie sonst nichts gegen dich unternommen und sich nur darauf beschränkt, dein Atelier zu durchwühlen? Ganz abgesehen davon, daß sie gefunden haben könnten, was sie suchten, und sich nicht mehr melden. Meiner Meinung nach gibt es nur wenige Elemente, die Johns Tod mit diesen Typen verbinden. Gewiß, man muß vorsichtig sei, aber ich halte es für voreilig, den Schluß zu ziehen, es sei gefährlich, mit dir zu tun zu haben.«

»Mag sein«, sagte der Maler zweifelnd.

»Und du wirst doch nicht im Ernst daran denken, dich irgendwo zu verstecken, für unbestimmte Zeit und in einem Land, das du nicht kennst?« fragte Zevi.

»Warum nicht?«

Der Schriftsteller schüttelte den Kopf. »Was für ein Unsinn. Das kommt gar nicht in Frage! Morgen fährst du mit mir zurück nach Mailand, und dort bist du mein Gast. In der Zwischenzeit kümmerst du dich um die Geschichte mit dem Brief und versuchst vielleicht herauszufinden, was diese Leute von dir wollen. Falls sie überhaupt noch irgend etwas wollen. Wenn es dann wirklich beunruhigende Neuigkeiten geben sollte, kannst du dich immer noch an die Polizei wenden.«

Der Maler war überrascht, wie entschieden Zevi klang. Dieser alte Mann, der so zerbrechlich wirkte, war von einer erstaunlichen Entschlußkraft. Doch Veronese versuchte trotzdem, ihn umzustimmen.

»Hör zu, Giorgio, wenn irgendeine Gefahr besteht, darf ich dich nicht mit in die Sache hineinziehen. Das würde ich mir nie verzeihen …«

Zevi begleitete seine Antwort mit einer ärgerlichen

Handbewegung. »Genau: *wenn*. Jedenfalls könnte ich es mir auch nicht verzeihen, dich in einer schwierigen Lage im Stich zu lassen. Also machen wir es so, wie ich gesagt habe.«

Zevis Ton hatte etwas, das Veronese in die Schranken wies. Er erkannte, daß er seine Hilfe nicht ablehnen konnte, ohne Zevi zu kränken.

Schweren Herzens stimmte er zu. »Einverstanden. Aber wenn irgend etwas geschieht, gehe ich geradewegs zur Polizei, und du ziehst dich zurück. Versprochen?«

»Versprochen«, sagte Zevi und stand auf. »Jetzt rufe ich beim *Corriere della Sera* wegen der Anzeige an. Fühl dich nicht verpflichtet, heute nachmittag zum Kongreß zu kommen, mach lieber einen Rundgang durch die Stadt, jetzt, wo es aufgehört hat zu schneien. Es gibt eine schöne Segantini-Ausstellung in einer Galerie ganz in der Nähe...«

Veronese erhob sich ebenfalls. »Dann komme ich also später, nachdem ich die Ausstellung besucht habe. Und danke wegen der Anzeige...«

»Gern geschehen. Wir sehen uns später, einen schönen Spaziergang wünsche ich dir.«

8

Connie Brandini verließ das *Istituto dei Tumori* in Mailand und stieg in den viertürigen Mercedes, der auf sie wartete. Der Chauffeur, ein Italo-Amerikaner, der seit vielen Jahren in ihren Diensten stand, hatte sich bereit erklärt, sie auf dieser Reise nach Italien zu begleiten, die, wie er wußte, die letzte seiner Chefin sein würde.

Antonio betrachtete im Rückspiegel ihr Gesicht. Man konnte ihr die schwere Krankheit nicht ansehen. Doch er wußte Bescheid, denn Connie hatte ihm vor der Abreise aus den Vereinigten Staaten anvertraut, daß die Ärzte ihr noch sechs Monate, höchstens ein Jahr zu leben gaben.

Als sie erfahren hatte, wie es um sie stand, reagierte Connie Brandini nicht verzweifelt, sondern sie blieb stark und voller Willenskraft wie immer. Innerhalb weniger Tage hatte sie ihre Angelegenheiten mit den Notaren und Rechtsanwälten, die ihr Vermögen verwalteten, geregelt und sie beauftragt, eine Wohnung im Zentrum von Mailand für sie zu kaufen. Die Wahl war auf eine elegante Dachwohnung in Porta Venezia mit Blick auf einen Park gefallen. Vierzehn Tage später hatte Connie New York verlassen, um nach Italien zu ziehen, und ihren Freunden und Bekannten mitgeteilt, es sei ein Umzug *auf unbestimmte Zeit.*

Außer Antonio war auch Marta, die schon ein Leben

lang in ihrem persönlichen Dienst stand, mit nach Italien gekommen. Zu dritt wohnten sie nun über den Dächern von Mailand.

Antonio stand kurz vor der Rente. Er hatte elf Jahre im Hause Brandini gearbeitet, und dies würde seine letzte Stelle sein. Nach dem Tod der Signora wollte er sich in sein kleines Haus auf Coney Island zurückziehen und das Leben mit seinen Enkeln genießen.

»Wir fahren nicht gleich nach Hause, Antonio. Bring mich zum Corso Matteotti, ich will im Sant Ambroeus einen Tee trinken«, sagte Connie.

»Zu Ihren Diensten, Signora.« Antonio wendete den Wagen und fuhr Richtung Piazzale Susa.

Connie ließ sich gegen die Rückenlehne aus weichem Leder fallen und sah aus dem Fenster. Wie Mailand sich verändert hat, dachte sie, es war nicht mehr so schön wie in ihrer Kindheit. Damals fuhren ihr Vater und sie oft am frühen Morgen mit dem Zug von Arona nach Mailand. Auf diesen Fahrten besuchte er ein paar Lieferanten, denn er hatte eine kleine Kurzwarenhandlung in Arona. Wenn er seine Geschäfte erledigt hatte, ging er mit ihr ins Zentrum, um die Schaufenster an der Piazza San Babila, an der Via Montenapoleone oder am Corso Vittorio Emanuele anzuschauen. Um fünf Uhr nahmen sie immer einen Tee im Sant Ambroeus, der elegantesten Pasticceria der Stadt. Dies war natürlich vor dem 8. September 1943. Nach dem Waffenstillstand, als die Deutschen Feinde geworden waren und Italien ein besetztes Land, war keine Zeit mehr für Ausflüge gewesen.

Seit sie wieder in Mailand war, hatte Connie sich oft ins

Sant Ambroeus bringen lassen, im allgemeinen, wenn sie nach den Therapien aus dem *Istituto dei Tumori* kam; ein wenig, um die Krankenhausatmosphäre abzuschütteln, ein wenig, um sich an jene fernen Zeiten zu erinnern. Doch auch die berühmte Pasticceria war nicht mehr die gleiche, die Damen in den feinen Roben von damals waren tot und begraben, und bald würde auch sie dieses Schicksal ereilen. Und doch nahm sie dort ihren Fünf-Uhr-Tee oder einen Aperitif und zahlte dafür exorbitante Preise.

Geld war kein Problem für Connie Brandini, die sehr reich war, zu reich für eine Frau, die keine Erben hatte, denen sie ihr großes Vermögen hätte hinterlassen können.

Wie immer, wenn sie an ihren Besitz dachte, empfand Connie ein Gefühl des Widerwillens. Seit Kriegsende hatte sich der Lebensstandard ihrer Familie verändert. Wie im Märchen hatten sie von einem Onkel in Amerika ein Vermögen geerbt. So hatte es ihr Vater jedenfalls immer dargestellt. Aber das war nicht die Wahrheit.

Connie Brandini saß in einem Saal des Sant Ambroeus und verzog die Lippen zu einem bitteren Lächeln, als sie ihr Bild in den vielen Spiegeln des Lokals betrachtete. Sie sah eine hagere alte Frau, die man eher für siebzig als für neunundsiebzig gehalten hätte. Ihr blondes Haar war echt, aber nur weil es sich um eine erstklassige Perücke handelte, mit der sie die verheerenden Folgen der Strahlentherapie verbarg. Das Kleid war von Valentino oder von dem, was von dem großen Couturier übrig war; doch der Spiegel warf auch das Bild des schüchternen kleinen Mädchens zurück, das sich wegen seines einfachen Kleidchens zwischen den feinen Damen aus der Stadt schämte.

Sie wandte den Blick ab und sah sich um. An einigen Tischen saßen nicht mehr ganz junge Frauen, die wie Mädchen angezogen waren, manche in enganliegenden ausgebleichten Designerjeans, an den Füßen absurd spitze Stiefeletten aus Schlangenleder oder Kroko, andere in knöchellangen Pelzmänteln. Die meisten waren blond, mit Strähnchen, das Haar frisch frisiert und die Gesichter durch Lifting geglättet.

Connie schüttelte den Kopf, verzog ein wenig verächtlich das Gesicht, winkte dem Kellner und zahlte. Sie hatte genug. Es war sinnlos, die Vergangenheit an diesem Ort zu suchen. Und was für eine Vergangenheit überhaupt?

Connie, oder besser: Cornelia, denn dies war ihr italienischer Name, war von ihrem Vater und ihrem acht Jahre älteren Bruder großgezogen worden, vor allem aber von den Nonnen des Internats in Arona. Ihre Mutter war bei ihrer Geburt gestorben. Sie kannte sie nur von Fotos.

Diese Wallfahrten ins Sant Ambroeus hatten keinen Sinn, sagte sie sich, sie waren sogar grotesk, denn sie hatte vor langer, vor sehr langer Zeit aufgehört, ihren Vater und ihren Bruder zu lieben. Und als beide Ende der siebziger Jahre bei einem Verkehrsunfall umgekommen waren, hatte sie sich endlich frei und sicher gefühlt. Zu lange hatte sie in der Angst gelebt, sie könnten herausfinden, daß sie Bescheid wußte.

Sie verließ die Pasticceria und stieg in den Mercedes, der im Halteverbot geparkt war und auf sie wartete. Während der Wagen auf die Piazza San Babila fuhr, um dann in den Corso Venezia abzubiegen, betrachtete Cornelia die alte Chiesa di San Babila. In diese Kirche war sie vor vielen Jahren gegangen, während einer Italienreise mit Henry, der ihr einen Heiratsantrag gemacht hatte. Connie hatte abgelehnt, weil sie keine Kinder wollte: Die Vorstellung, daß diese Kinder auch Enkel ihres Vaters wären, erfüllte sie mit Schrecken. Seit damals hatte sie keine wichtigen Beziehungen mehr gehabt, denn sie hätte niemandem, auch keinem Ehemann eröffnen können, was sie dem Priester in der Chiesa di San Babila gebeichtet hatte.

Als sie jung war, hatte sie oft mit Wissenschaftlern, Ärzten, Psychoanalytikern gesprochen, um zu erfahren, ob es eine Anlage zum Bösen gebe. Es waren theoretische Gespräche gewesen, immer auf der Kippe zur Ironie, weil sie Angst hatte, irgend jemand könnte eine erbliche Belastung in ihrer Familie vermuten. Die Antworten, die sie bekommen hatte, stets negativ und beruhigend, hatten ihr nie genügt. Connie konnte nicht vergessen, daß auch ihr Vater und ihr Bruder vor ihrem Verbrechen wie ganz normale Menschen gewirkt hatten.

Sie seufzte und sagte sich, daß es absurd sei, sich weiter zu quälen. Alles ging dem Ende zu, bald würde sie ihre Familie nicht mehr verteidigen müssen, nicht einmal sich selbst. Wenn dieser Maler ihren Vorschlag annahm, würde sie ihm die Wahrheit erzählen.

9

Als Giorgio Zevi die Wohnungstür öffnete, hörte man ein Miauen, und ein rotgetigerter Kater kam gelaufen und strich schnurrend um seine Beine.

»Da bist du ja, mein Guter!« Der Schriftsteller beugte sich hinunter und streichelte ihm über den Kopf. »Ich habe einen Freund mitgebracht. – Fühl dich ganz wie zu Hause, Frank«, sagte er, machte das Licht an und schloß die Tür.

Sie befanden sich in einem recht großen Vorraum, dessen Wände vollständig von Bücherregalen eingenommen wurden. Zevi ging weiter, gefolgt von Veronese, und sie kamen in ein geräumiges Zimmer, das aus zwei Teilen bestand, einem Wohnraum und einer Eßecke. Die Möbel waren fast alle modern, abgesehen von einer antiken Anrichte.

»Ich habe eine Haushaltshilfe, die stundenweise kommt und die ich mir mit meinem Sohn teile. Sie kümmert sich um mich und um Giap«, sagte Zevi und zeigte auf den Kater, der ihnen gefolgt war.

»Die Wohnung besteht aus diesem Wohnzimmer, zwei Schlafräumen und meinem Arbeitszimmer. Es gibt auch eine große Küche und drei Bäder, zwei in den Schlafzimmern und eins in der Küche. Für Giap …«, fügte er hinzu und lächelte. »Komm, ich zeige dir dein Zimmer.«

Veronese folgt ihm erneut auf den Gang, wo in den

Bücherwänden zwei Türen versteckt waren, die er vorher nicht bemerkt hatte. Zevi öffnete eine davon, und sie betraten ein helles und recht großes Zimmer, in dem ein Doppelbett stand.

»Die seltenen Male, daß ich Gäste habe, will ich, daß sie sich wohlfühlen. Schau, da ist auch ein kleiner Schreibtisch.« Er zeigte auf einen antiken Sekretär. Auch in diesem Zimmer nahmen die Bücher eine ganze Wand ein.

Zevi durchquerte das Zimmer und öffnete eine Tür. »Hier ist das Bad. Jetzt lasse ich dich allein, ich nehme an, daß du dich nach der Reise ein wenig frisch machen willst. Später können wir essen gehen. Gleich unten gibt es ein recht anständiges Restaurant, wo ich oft hingehe. Was meinst du?«

Veronese nickte. »Gute Idee. Danke, Giorgio. Ich fühle mich hervorragend untergebracht, aber ich hätte wirklich ins Hotel gehen können …«, wiederholte er zum tausendsten Mal. Er hatte vergebens versucht, Zevi zu überzeugen, daß er in einem Hotel in der Nähe seiner Wohnung unterkommen könne, doch der Schriftsteller hatte nichts davon wissen wollen.

Zevi schüttelte den Kopf. »Kein Wort mehr davon. Es wundert mich, daß ein Experte für Intrigen wie du nicht begreifen will, daß er in einer Privatwohnung sicherer ist als in einem Hotel. Außerdem bin ich froh, ein wenig Gesellschaft zu haben«, schloß er und verließ das Zimmer.

Veronese war nicht davon überzeugt. Er wußte, daß Zevi gern allein war, bei ihrem Briefwechsel hatten sie das Thema mehrmals angeschnitten. Trotz seines Alters hatte der Schriftsteller stets das Angebot seines Sohnes abgelehnt, bei ihm und seiner Familie zu wohnen.

Er sah sich um. Auch dieses Zimmer war modern eingerichtet, mit Ausnahme des kleinen Sekretärs mit herausklappbarer Schreibplatte, der aussah wie ein Familienerbstück. Tatsächlich wirkte die Wohnung zwar insgesamt freundlich, aber auch ein wenig unpersönlich.

»Wir sind auf der Durchreise, und die Orte, die wir bewohnen, sind nur Durchgangsstationen …«, murmelte Frank und begann, den Koffer auszupacken.

Am nächsten Morgen, es war Montag, stand Zevi früh auf und ging sich am Kiosk in der Nähe des Hauses die Zeitung holen. Wie üblich wechselte der Zeitungsverkäufer ein paar Worte mit ihm.

Der Schriftsteller war vor zwanzig Jahren ins Viertel gezogen, als seine Frau gestorben und sein Sohn in die Vereinigten Staaten gezogen war, um seine Spezialisierung abzuschließen. Damals hatte er beschlossen, die alte Wohnung zu verkaufen, in der er mit Lea so lange gelebt hatte. Er mochte nicht ohne sie in jenen vier Wänden bleiben, hatte deshalb einen guten Teil der Möbel veräußert und nur den Schreibsekretär seiner Frau und eine Anrichte aus dem neunzehnten Jahrhundert behalten. Zevi machte sich nichts aus Besitz, vielleicht auch, weil er das Massaker an seinen Gefährten, die man nicht nur des Lebens, sondern auch all ihrer Habe beraubt hatte, damit in Zusammenhang brachte. Daher hatte er, als er nach Città Studi umgezogen war, nichts aus der Vergangenheit behalten, ausgenommen die Bücher und ein paar persönliche Erinnerungsstücke. Und die Wohnung, in der er nun lebte, hatte er nur gekauft, um sie seinem Sohn als Erbe zu hinterlassen.

Das Haus war Anfang des zwanzigsten Jahrhunderts erbaut worden und stand an der Ecke einer Straße, die zum Politecnico führte, mit Blick auf den Park der Piazza Leonardo da Vinci. Ein besonderes Haus, in einem Stil, den es sonst in der Stadt nur selten gab, fast ein Turm mit einem spitzen Dach, ähnlich den amerikanischen Wolkenkratzern aus den ersten Jahren des letzten Jahrhunderts. Eben wegen dieser architektonischen Besonderheit und des Blicks auf den Park hatte er sich zum Kauf entschlossen, auch wenn das Haus in keinem besonders guten Zustand war.

»Hier ist der *Corriere*, Dottore«, sagte der Zeitungsverkäufer. »Ich habe Sie in den letzten Tagen gar nicht gesehen, waren Sie in Urlaub?«

»Auf einem Kongreß...« Er wollte schon Einzelheiten hinzufügen, hielt sich dann aber zurück, weil er daran dachte, daß die Anwesenheit Veroneses diskret behandelt werden mußte.

»Ich habe Ihnen auch diese wissenschaftliche Zeitschrift besorgt, nach der Sie gefragt hatten. Darf ich sie Ihnen geben?«

»Gewiß, Gino, Sie denken wirklich an alles...«

»Stets zu Diensten, Dottore.«

»Danke, bis morgen«, verabschiedete sich Zevi, nahm die Zeitungen unter den Arm und machte sich auf den Heimweg.

Zuvor hatte Veronese noch geschlafen, daher hatte er der Haushaltshilfe gesagt, sie solle im Eßzimmer ein reichliches Frühstück vorbereiten, aber den Kaffee noch nicht auf den Herd stellen, weil er ihn zusammen mit seinem Gast trinken wollte.

Er nahm die Abkürzung durch den Park und warf einen Blick auf das große Gebäude der Grundschule Leonardo da Vinci, vor der sich die Kinder drängten. Es war fast Viertel nach acht, er beschleunigte seinen Schritt, denn die Luft war, trotz der Sonne, eiskalt.

Als er die Wohnung wieder betrat, erschien die Haushälterin in der Küchentür. »Soll ich Kaffee machen? Ihr Freund ist wach, ich glaube, er duscht gerade. Er hat nach Ihnen gefragt, und ich habe gesagt, Sie sind nach unten gegangen, um die Zeitung zu holen.«

»Danke, Dolores, kochen Sie Kaffee, aber füllen Sie ihn in die Thermoskanne, ich kenne die Gewohnheiten meines Gastes nicht, vielleicht braucht er eine Weile, bis er fertig ist.«

Doch wenige Minuten später erschien Veronese rasiert und angekleidet im Eßzimmer.

»Guten Morgen. Gut geschlafen?« fragte Zevi, der sich inzwischen an den Tisch gesetzt hatte und gerade die Zeitung aufschlug.

»Ausgezeichnet, danke. Ich fühle mich vollkommen ausgeruht. Ist unsere Anzeige erschienen?«

»Ich wollte gerade einen Blick in die Zeitung werfen. Gieß dir doch inzwischen Kaffee ein.«

Während der Schriftsteller die Zeitung durchblätterte, registrierte er mit flüchtigem Blick die üblichen Kriegsnachrichten: explodierte Autobomben, massakrierte Soldaten und Zivilisten, Fotos von Geiseln, die auf Bildschirmen um Hilfe flehten. Das tägliche Inferno eines Präventivkriegs, ein Szenario, das von Tag zu Tag mehr an Orwell erinnerte.

Er übersprang die Nachrichten zur Innenpolitik, die er

in gleichem Maße widerlich fand wie die zur Außenpolitik erschreckend, blätterte weiter zur Seite mit den Kleinanzeigen und begann, die Rubrik Immobilien durchzusehen. Bald fand er die Annonce mit dem kleinen Haus in Città Studi und reichte Veronese die Zeitung.

»Da ist sie ...«

Frank nahm die Zeitung und las, dann hob er den Blick. »Diese Frau wird es wohl auch schon gelesen haben«, sagte er, ganz erregt darüber, daß nun alles begonnen hatte.

Zevi nickte, während er Kaffee in die Tasse goß und Milch hinzufügte. Dann nahm er ein Stück Brot, brach es, tunkte es in den Kaffee und führte es zum Mund.

Veronese war gefesselt von der Konzentration, die in den Bewegungen des Schriftstellers lag; seine ganze Person schien sich in diesem einfachen Akt zu sammeln. Er dachte an den Christus des Letzten Abendmahls von Dieric Bouts dem Älteren, doch auch an das Selbstporträt Dürers. Dann bewegte sich Zevi, und der Zauber zerbrach.

»Was ist? Habe ich mir einen Fleck auf die Krawatte gemacht?« fragte er.

Veronese schüttelte den Kopf. »*Déformation professionnelle*. Vor einer Sekunde hast du eine sehr interessante Haltung eingenommen, du hast mich an eine Reihe von Gemälden erinnert. Es schien so, als wolltest du einen Ritus vollziehen und nicht nur das Brot in die Milch tunken.«

Zevi lächelte, doch er schien verlegen. »Auch wenn ich es nicht bemerke, ist es für mich immer ein Ritus, Essen zum Mund zu führen. Vor allem mit Milchkaffee, denn Milchkaffee ist das erste gewesen, was ich zu Hause getrunken habe, als ich aus dem Lager zurückgekehrt bin.«

Veronese errötete und wollte etwas sagen, doch Zevi unterbrach ihn. »Wenn die Frau die Anzeige gelesen hat, wird sie gleich jemanden schicken, um unter der Chiffre bei der Zeitung die Anweisungen zu hinterlegen, wie wir mit ihr Kontakt aufnehmen können. Vielleicht erhalten wir sie schon heute abend, spätestens morgen früh. Bist du zufrieden?«

»Gewiß. Und auch sehr neugierig. Du nicht?«

Zevi zuckte mit den Achseln. »Es wird der ich weiß nicht wievielte Schrecken sein, der aus der Vergangenheit auftaucht. Aber wir werden nichts ungeschehen machen, indem wir so tun, als habe es ihn nicht gegeben. Es lohnt sich immer, die Wahrheit aufzudecken.«

10

Connie hatte eine sehr schlechte Nacht gehabt. Eine Art Unruhe unter der Haut, ein fast schmerzhaftes Kribbeln hatte sie wachgehalten. Dies kam nach einer Strahlentherapie häufig vor, die Ärzte machten die Behandlung dafür verantwortlich und hatten ihr Beruhigungsmittel verschrieben.

Endlich, im ersten Morgenlicht, ließ der Schmerz nach, doch ihr Geist blieb weiter unruhig. Der Montag war angebrochen, bald würde sie wissen, ob der Amerikaner bereit war, ihre Geschichte anzuhören.

Sie schaute auf den kleinen Wecker, das Leuchtzifferblatt verblaßte im Tageslicht. Sie ließ sich ins Kissen zurückfallen und schloß die Augen. Die Medikamente hatten sie nicht verwirrt, sondern ganz im Gegenteil ihre Sinne geschärft, und die ganze Nacht lang hatten sie Erinnerungen überkommen. Darunter eine überraschende Erinnerung an einen strahlenden Morgen im Sommer 1943. Connie, die sich damals noch Cornelia nannte, war die Uferpromenade von Arona entlanggegangen und hatte Vittorio getroffen. Das Herz hatte ihr bis zum Hals geschlagen, und gewiß war sie errötet. Vittorio war schon über dreißig, er gehörte zur Welt der Erwachsenen, und ihn umwehte die Faszination von Mailand, der großen Stadt, in der er lebte. Er hatte sie mit gewohnter Freundlichkeit gegrüßt, und sie waren stehengeblieben, um ein paar Worte zu wechseln. Vittorio war, zusammen mit seinem Kollegen Carlo, von ihrem Arbeitgeber, Signor Beer, dem auch das Hotel Corona in Meina gehörte, an den See beordert worden. Beer, der mit seiner Familie nach Meina evakuiert worden war, hatte sich in seinem eigenen Hotel niedergelassen, und die beiden Angestellten, Vittorio und Carlo, sollten nur wenige Tage bleiben, um dann nach Mailand zurückzukehren und sich um das Antiquariat ihres Chefs zu kümmern. Doch der 8. September hatte sie in Meina überrascht, und Beer hatte darauf bestanden, daß sie blieben. Nach dem Waffenstillstand war Mailand noch unsicherer, nicht nur wegen der Bombardierungen der Alliierten, sondern weil die Stadt von den Deutschen besetzt worden war.

Connie schüttelte verwirrt den Kopf. Es gelang ihr nicht zu begreifen, wie diese Erinnerung so lange in ihrem Gedächtnis verborgen geblieben sein konnte. Einen kurzen Moment lang meinte sie, diesen Tag nie erlebt zu haben, fürchtete, die Erinnerung könnte durch die Schmerzmittel ausgelöst worden sein, die ihre Ärzte ihr verschrieben hatten.

Doch sie besann sich gleich eines anderen. Wenn sie jahrelang diesen Augenblick der Freude vergessen hatte, dann wegen dem, was danach geschehen war, als die Tage von Terror und Tod die glücklichen Momente ausgelöscht hatten. Diese Begegnung hatte wirklich stattgefunden: Die Sonne schien, die Berge, die den See umgaben, schimmerten blau, und Vittorio, in den sie sich verliebt hatte, war stehengeblieben, um mit ihr zu sprechen.

Sie stand aus dem Bett auf, zog ihren Morgenrock über und suchte nach einer Zigarette. Zum Teufel mit den Ärzten, auf eine Zigarette mehr oder weniger kam es auch nicht mehr an. In der Schublade des Sekretärs fand sie ein angebrochenes Päckchen, sie zündete sich eine an und sog den Rauch ein. Dann nahm sie aus derselben Schublade ihr Tagebuch und setzte sich an den Schreibtisch.

Es war ein großes Heft mit einem Ledereinband, der inzwischen verblaßt und mitgenommen aussah, und einem Schloß – doch der Schlüssel dazu war schon vor langer Zeit verlorengegangen. Dies war das erste und einzige Tagebuch ihres Lebens, begonnen im Sommer 1943.

Auf diesen Seiten beschrieb Connie die Zeit am See: die Tage mit ihren neuen Freunden aus fernen Ländern, deren Namen sie nur aus der Schule kannte. Doch das Tagebuch enthielt auch den Bericht über die letzten, furchtbaren Wochen im September.

Bis zum Tod ihres Vaters und ihres Bruders war das Tagebuch im Schließfach einer New Yorker Bank verwahrt gewesen. Wenn sie es lesen wollte, war Connie in die Bank gegangen und hatte sich in das kleine Zimmer gesetzt, wo sie es, geschützt vor indiskreten Blicken, durchblättern konnte. Erst nach den Beerdigungen von Vater und Bruder hatte sie gewagt, es mit nach Hause zu nehmen.

Sie schlug das Heft auf und lächelte angesichts ihrer noch unreifen Schrift. Jedesmal, wenn sie in ihrem Tagebuch blätterte, war sie ergriffen von diesem Kontrast zwischen ihrer Jugend und der Monstrosität dessen, was sie damals bewältigen mußte.

Schauplatz des Todes ihrer Freunde und der anderen

mehr als fünfzig Juden, die sich aus verschiedenen europäischen Ländern an den Lago Maggiore geflüchtet hatten, war das piemontesische Ufer des Sees gewesen, wo sie geboren und aufgewachsen war. Wunderschöne Orte: Arona, Meina, Lesa, Belgirate, Stresa, Baveno, Feriolo, bis hinauf nach Fondotoce und Verbania. In jedem dieser Orte waren viele Menschen ermordet worden, die Leichen vergraben oder in den See geworfen. Es war das erste Massaker an Juden in Italien gewesen.

Unter den Opfern waren auch die fünfzehn Gäste des Hotels Corona, fast alle aus Saloniki, und ihre jungen Freunde. Connie hatte den ganzen Sommer mit ihnen und Alex und Silvia, den Kindern des Hotelbesitzers, verbracht; zusammen waren sie baden gegangen, hatten Tennis gespielt und lange Ausflüge mit dem Rad unternommen. Und oft hatte sie auch mit den Erwachsenen und mit Vittorio sprechen können.

Connie schüttelte den Kopf und legte das Tagebuch auf den Schreibtisch. Wie fern war doch diese Zeit, und wie verschieden war jene Cornelia aus Arona von der Connie, die in den Vereinigten Staaten, als Vater und Bruder gestorben waren, begonnen hatte, systematisch Nachforschungen anzustellen, um die italienischen Komplizen dieses Massakers zu ermitteln. Viele hatten – wie ihr Vater – nach dem Blutbad jene Orte für immer verlassen; andere dagegen waren geblieben, geschützt durch ihr Geld, das ihnen als Schild gegen den hinter ihrem Rücken geflüsterten Verdacht diente. Ein Flüstern, das im Laufe der Jahre immer leiser geworden war, um schließlich ganz zu ersterben.

Connie hatte guten Gebrauch von dem schmutzigen

Geld gemacht, und mit Hilfe von professionellen Ermittlern war es ihr gelungen, ihre Nachforschungen voranzutreiben. Es war nicht schwierig gewesen, Zeugen zu finden, im Grunde waren ja kaum mehr als zwanzig Jahre vergangen. Als schwieriger hatte es sich herausgestellt, Beweise zusammenzutragen, denn sie wollte sicher sein, keine Fehler zu machen. Als der Osnabrücker Prozeß im Februar 1968 vorübergehend via Rechtshilfeverfahren nach Mailand verlegt wurde, hatte jemand dem Richter, der die Verhandlung leitete, einen anonymen Brief geschrieben, in dem die Namen der Italiener, die mit den Nazis zusammengearbeitet hatten, standen. Doch nichts war geschehen, keiner dieser Menschen war angeklagt worden. Angewidert hatte Connie damals beschlossen zu handeln.

Sie stand vom Schreibtisch auf und setzte sich aufs Bett, sie fühlte sich furchtbar müde, und ihr schwirrte der Kopf. Sie zündete sich noch eine Zigarette an, goß aus der Thermoskanne auf dem Nachttisch frisches Wasser in ein Glas und trank gierig. Jetzt, am Ende, erschien ihr ihr Leben zwischen Wohltätigkeit und Rache grotesk.

Wenn die zahlreichen Wohltätigkeitsorganisationen, denen sie über Jahre beträchtliche Summen gespendet hatte, gewußt hätten, wer sich hinter der Maske der großen Wohltäterin verbarg, wäre Connie Brandini sicherlich nicht so geliebt und respektiert worden. Oder doch? Im Grunde war die Welt voller mächtiger Mörder, die von derselben Gesellschaft geschätzt wurden, über die sie sich lustig machten. Zwar hatte nicht sie sich mit jenem widerwärtigen Verbrechen befleckt, sondern ihr Vater und Bruder. Doch das genügte nicht, hatte nie genügt.

Der Wecker zeigte sieben Uhr. Sie legte sich erneut hin und beobachtete, wie das Licht durch die Vorhänge drang und der Raum immer heller wurde. Bald würde Antonio kommen und ihr die Zeitung bringen, und vielleicht würde es ihr endlich gelingen, ihre Last mit jemandem zu teilen.

11

Veronese verließ das Haus und ging auf das Taxi zu, das auf ihn wartete. Zevi und er hatten beschlossen, am Abend vor Büroschluß zur Geschäftsstelle des *Corriere* zu gehen, um zu erfahren, ob die Frau schon auf ihre Anzeige geantwortet hatte.

Beim Frühstück hatte der Schriftsteller angeboten, ihm die Stadt zu zeigen, doch da er wußte, daß Zevi an einem neuen Roman arbeitete und es im allgemeinen vorzog, vormittags zu schreiben, hatte er das Angebot abgelehnt. Außerdem hatte er noch einen Termin nachzuholen: das Treffen mit seinem Galeristen, das er für die Reise nach Trient abgesagt hatte. Also hatte er Balzer angerufen, der ihn nun erwartete.

Die Galerie lag im Zentrum, am Corso Garibaldi. Das Taxi bog vom Foro Bonaparte dort ein, der Taxifahrer zeigte ihm das Castello Sforzesco und fuhr den Corso fast bis zum Largo La Foppa hinauf. Die Straße war nicht breit, doch belebt, und es gab viele Läden, hauptsächlich Modegeschäfte, aber auch Buchhandlungen, Antiquariate, Cafés und Restaurants. Veronese war nicht zum ersten Mal in Mailand, die Stadt gefiel ihm nicht besonders, doch sie hatte durchaus ihren Reiz. Außerdem war Balzer ein sehr tüchtiger Galerist und hatte seine Arbeiten immer gut verkauft.

Er stieg aus dem Taxi und bezahlte die Fahrt. Als er über die Straße ging, rutschte wenige Schritte vor ihm eine junge Frau aus und fiel mit einem kurzen Schrei zu Boden.

Veronese half ihr, wieder hochzukommen, doch als sie sich aufgerichtet hatte, verzog sie schmerzvoll das Gesicht.

»Mein Knöchel ...«, sagte sie auf englisch.

»Halten Sie sich an mir fest. Tut es sehr weh?«

Sie versuchte zu lächeln. Sie sah recht gut aus, hatte langes blondes Haar, das ihr bis auf die Schultern fiel, ebenmäßige Gesichtszüge und große graue Augen.

»Hoffentlich habe ich mir nichts gebrochen. Wie dumm von mir, ich gebe nie acht, wohin ich meine Füße setze!«

»Kommen Sie, wir gehen in das Café dort. Besser, Sie setzen sich«, sagte er und stützte sie auf den wenigen Metern, die sie vom Eingang des Cafés trennten.

Als sie an einem Tisch saßen, sah er sie sich genauer an. Sie war eine wirklich attraktive Frau um die Dreißig.

»Wie geht es?« fragte er.

»Ein bißchen besser, danke. Ich fürchte, ich habe mir den Knöchel verstaucht. Es ist unglaublich«, rief sie ärgerlich aus, »seit einem Tag bin ich hier, und sehen Sie, was mir passiert!«

Inzwischen war ein Kellner gekommen. »Haben Sie sich weh getan, Signorina? Ich habe eben durchs Fenster gesehen, daß Sie gefallen sind. Kann ich irgend etwas tun?«

Die Frau lächelte ihn an, doch sie hatte kein Wort verstanden. Sie warf Veronese einen fragenden Blick zu, und dieser übersetzte es ihr.

Ihr Lächeln wurde noch gewinnender. Sie richtete sich wieder an den Kellner, und der Maler übersetzte auch das.

»Die Signorina dankt Ihnen und sagt, es sei sehr freundlich von Ihnen, sich um sie Sorgen zu machen. Und bringen Sie uns doch bitte zwei Espressi.«

Dann wandte er den Blick sofort wieder ihr zu. Sie hatte den perlfarbenen Daunenmantel geöffnet. Darunter trug sie einen eleganten grauen Hosenanzug und einen weißen Kaschmirpullover, der ihr Gesicht heller leuchten ließ.

»Versuchen Sie aufzustehen«, schlug er vor. »Sehen wir einmal, ob der Knöchel unter Belastung weh tut.«

Sie stand auf, setzte den Fuß vorsichtig auf den Boden und ging dann ein paar Schritte. Als sie sich wieder setzte, schien sie erleichtert.

»Der Knöchel schmerzt, aber ich glaube, er ist nur verstaucht.«

»Ist er denn geschwollen?«

Die Frau befühlte ihren Knöchel. »Im Augenblick nicht. Ich habe noch einmal Glück gehabt!«

Inzwischen hatte der Kellner den Kaffee gebracht.

»Wieviel Stück Zucker?« fragte Veronese.

»Zwei, danke. Aber ich habe mich ja noch gar nicht vorgestellt«, sie streckte die Hand über den Tisch aus, »ich heiße Evelyn Wilde und komme aus New York. Sie sind auch Amerikaner, nicht wahr?«

»Ja, ich komme ebenfalls aus New York. Ich heiße Frank Veronese, sehr erfreut.«

Evelyn machte große Augen und sah ihn mit einem verzückten Blick an. »*Der* Veronese?«

Der Maler verstand nicht. »Entschuldigung, in welchem Sinn?«

»Der *Maler* Frank Veronese?«

»Ja, warum?«

Evelyn breitete die Arme aus. »Ich kann es nicht fassen! Ich komme nach Mailand, und wen treffe ich? Den Maler, den ich am meisten bewundere…«, rief sie begeistert aus.

Veronese war jetzt wirklich verlegen.

»Sie schmeicheln mir«, wehrte er ab. »Sind Sie Malerin?«

»Ich versuche es. Ich bin in Mailand, um an einem Kurs bei Alvise Carraro an der Accademia di Brera teilzunehmen.«

»Glückwunsch! Ein ausgezeichneter Lehrer und ein großer Maler.«

Sie zuckte die Achseln. »Er ist ein Freund meines Vaters und erlaubt mir, einen Monat lang an seinen Kursen teilzunehmen, obwohl ich nicht an der Akademie eingeschrieben bin. Aber sagen Sie es niemandem…«, fügte sie mit einer verschwörerischen Miene hinzu, die sie noch hübscher machte.

Evelyn öffnete ihre Handtasche und holte ein Päckchen Zigaretten heraus. Veronese wollte ihr Feuer geben, doch sie nahm das Feuerzeug, um es selbst zu tun. Der Kellner kam noch einmal.

»Es tut mir leid, Signorina«, sagte er verlegen, »doch in öffentlichen Lokalen ist Rauchen verboten. Ein neues Gesetz…«

»Oh, wie in Amerika. Sehr richtig!« sagte sie und legte die Zigarette weg. »Besser so, Rauchen ist sowieso schädlich.«

Als der Kellner wieder gegangen war, begannen sie, über Kunst zu sprechen. Die Bewunderung Evelyns für seine Arbeit schmeichelte ihm wirklich. Im letzten Jahr war sie wenigstens dreimal im Whitney Museum gewesen, um seine Ausstellung zu sehen – und es mußte wahr sein, denn sie wußte alles über seine Bilder. Sie würde sich einen Monat in Mailand aufhalten, doch sie kannte niemanden in der Stadt. Ob sie seine Telefonnummer haben könne? Es sei schön, in einem fremden Land auf einen Landsmann zählen zu können.

Veronese gab sie ihr gern. Evelyn war ihm um den Bruchteil einer Sekunde zuvorgekommen, denn er hatte sie gerade das gleiche fragen wollen. Sie tauschten ihre Handynummern aus, dann sah er auf die Uhr. Er kam schon eine gute halbe Stunde zu spät zu seinem Treffen mit Balzer.

»Sie müssen mich entschuldigen, aber ich muß jetzt los. Ich bin verabredet und habe mich schon sehr verspätet. Aber wir bleiben in Kontakt. Ich kenne Mailand ziemlich gut, also wenn ich Ihnen helfen kann… Und lassen Sie mich bitte wissen, was mit dem Knöchel ist!« sagte er und stand auf.

Evelyn lächelte. »Sie sind wirklich sehr freundlich, vielen Dank. Ich verspreche Ihnen, daß ich von mir hören lasse.«

Veronese ging zur Kasse und zahlte, verließ dann das Café und betrat nur wenige Meter weiter die Galerie Balzer.

12

In dem neuen Buch, das Zevi schrieb, versuchte er, seine Obsession auszudrücken, die Angst, die ihn seit Jahrzehnten quälte. Der Mann im Zug war nicht der Botschafter einer widerwärtigen, doch im Grunde harmlosen Sekte von Nostalgikern; sich dieser Illusion hinzugeben, wäre Wahnsinn gewesen. Der Mann repräsentierte das nie besiegte Ungeheuer, das seit sechzig Jahren darauf wartete, daß sie, die Überlebenden, die Augenzeugen, einer nach dem anderen verschwänden. In der Zwischenzeit, während die Welt sich der Täuschung hingab, daß der Faschismus nicht mehr existierte und seine natürliche Fortentwicklung, der Nazismus, nicht wieder aufleben könne, spann die Bestie ihre Intrigen und bereitete sich darauf vor, erneut zuzuschlagen.

Die Gegenwart war wie ein Gemälde von Veronese: Aufmerksam betrachtet konnte man in ihr die Vorzeichen der neuen Pestilenz erkennen. Und das Muster war nicht zufällig hingekritzelt worden; im Gegenteil, es war ein Plan, der einen fernen Ursprung hatte, seit Ende des Zweiten Weltkriegs vorbereitet und über mehr als ein halbes Jahrhundert am Leben erhalten: die Wiederkehr des alten faschistischen Unrats. Der Mann im Zug, der das Hakenkreuz als Anstecknadel trug, war nur ein kleiner Bannerträger, doch gleichzeitig auch der Beweis dafür, daß etwas Ernstes im Gange war.

Nur wenige Jahre zuvor wäre eine solche Zurschaustellung bestraft worden, jetzt nicht mehr. In Italien war die Straftat der Billigung des Faschismus gestrichen worden: Man konnte den Arm zum römischen Gruß heben, konnte Straßen und Plätzen die Namen faschistischer Bonzen geben und im Parlament lauthals fordern, die Anhänger der Repubblica di Salò, auch diejenigen, die bis zum Schluß dabeigeblieben waren, müßten rehabilitiert werden.

Nein, dies war nicht die Welt, für die er überlebt hatte. Gestern waren es die Nazis, heute versteckte sich das Ungeheuer hinter der vagen, nicht greifbaren, mehrdeutigen Definition des Terrorismus und der zu seiner Bekämpfung entfesselten Kriege. Trotzdem konnte man hinter diesen wirren Szenarien den Plan der immer gleichen Kriegstreiber ausmachen, die bereit waren, für ihren Profit Menschenleben zu opfern. Doch auch, davon war Zevi überzeugt, zu ihrem Vergnügen.

Schon lange dachte er, daß die Bevölkerung der Erde in zwei Teile gespalten und daß einer von diesen in gewisser Weise nicht menschlich sei. Nur so war zu erklären, daß seit jeher der eine Teil dem anderen das grauenvollste Leid zufügte. Die *anderen*, so hatte er begonnen, sie zu nennen, waren quer in jede Nation, jede Ideologie und jeden Glauben eingedrungen; dank ihrer Grausamkeit und Skrupellosigkeit hatten sie die Macht inne, schürten Kriege und begingen Massaker.

Diese Idee oder Phantasie hatte sich vor vielen Jahren bei ihm zu verfestigen begonnen, als er begriffen hatte, daß nichts wirklich anders geworden war. Auch wenn die Herren der Welt zumindest in Europa Lager nicht mehr für nötig befanden, sondern Medienlügen und Gehirnwäsche bevorzugten, hatten sie doch das Gemetzel in anderen Breitengraden fortgeführt.

Erst vor kurzem hatten physische und psychische Foltermethoden in den Gefangenenlagern von Guantanamo, Abu Ghraib und wer weiß wie vielen anderen, noch unbekannten Orten ein weiteres Mal offenbart, auf welchen Abgrund die sogenannte westliche Zivilisation zusteuerte. Zevi war auf den Gedanken gekommen, daß man die Folterfotos den Medien ganz bewußt zugespielt hatte, um zu testen, in welchem Maße und auf welche Art die öffentliche Meinung auf das reagieren würde, was an jenen Orten, zum Hohn der Genfer Konvention und des Internationalen Gerichtshofs in Den Haag, geschah. Das Experiment mußte einen befriedigenden Ausgang genommen haben, denn nach den ersten Reaktionen hatte es nicht viele Verurteilungen gegeben, und die Proteste waren bald zum Schweigen gebracht worden. Wie immer wurden diese Verbrechen einigen wenigen Einzeltätern zur Last gelegt, und die Leute hatten diese Erklärung hingenommen, ohne sich daran zu erinnern, daß schon bei den Nazis die berüchtigte Grausamkeit der Truppe dadurch gefördert wurde, daß die Soldaten die Erlaubnis hatten, Verbrechen zu begehen, die mit Sicherheit nicht bestraft wurden.

Obwohl diese Bilder um die Welt gegangen waren, hatte niemand laut herausgeschrien, was jeder ehemalige Häftling wußte: Wo Faschismus ist, sind auch Lager.

Die Prophezeiungen von George Orwell erfüllten sich

ganz offensichtlich, und die Worte verloren ihren Sinn und wurden zu Oxymora: Demokratie und Freiheit bedeuteten in Wirklichkeit häufig Krieg und Tod. Und wie damals begründeten die Mächtigen der Erde ihre Massaker mit der »gerechten Sache« und behaupteten, daß nur der Krieg die Freiheit bringen werde. So setzten sie, ohne daß die Welt es sich bewußt machte, ihre Pläne auf die gleiche Art und Weise und mit der gleichen Propaganda durch, die schon andere Zerstörer vor ihnen gebraucht hatten, und hoben damit die für eine Zivilisation, die diesen Namen verdient, unverzichtbaren moralischen Grundlagen aus den Angeln.

Die technologischen Instrumente der neuen Lager waren der Strichcode, die winzigen Mikrochips unter der Haut oder in den Stoffen der Kleider, die elektronischen Ausweise mit Iriserkennung, ohne die man in naher Zukunft als Individuum nicht mehr existieren konnte.

Der Überlebenskampf der Menschen gegen die *anderen* würde, wenn überhaupt möglich, noch schwieriger und erbitterter als früher sein. Wenn jemand versuchte, vor der Gefahr zu warnen, wurde er verhöhnt, und jedesmal, wenn dies geschah, erinnerte sich Zevi an die abschätzigen Worte Hitlers, der jede Regel des zivilen Zusammenlebens, jede menschliche und ehrenwerte Haltung als erniedrigende Einschränkung, auferlegt durch die Chimäre des Gewissens und der Moralität, bezeichnet hatte.

Zevi schaltete den Computer aus und starrte vor sich hin auf den grauen Bildschirm. Er dachte an seinen Sohn, der seine Befürchtungen nicht teilte und sie, auch wenn er es nie gesagt hatte, für eine Spätfolge des Lagers hielt. Wenn nicht einmal sein Sohn begriff, wie konnte er dann hoffen, seinesgleichen zu überzeugen, daß sie in allergrößter Gefahr schwebten und es diesmal noch schwieriger sein würde, sich zu behaupten? Seine Theorie der *anderen* würde man verspotten, und tatsächlich war sie auch als Metapher wenig glaubhaft. Und doch hatte er mit eigenen Augen gesehen, wie in Extremsituationen Menschen verschiedener Rassen, Religionen und Ideologien zu grausamen Bestien wurden, während andere bis in den Tod Menschlichkeit, Mitgefühl und Würde wahrten. Wie sollte man all dies erklären, wenn nicht mit einer angeborenen Neigung zum Bösen, die einen Teil der Bewohner dieses Planeten zum Schaden des anderen Teils einte? Kurz: Wer waren diese Söhne der Finsternis, die sich in allen Völkern verbargen?

Er schüttelte den Kopf: Das waren verzweifelte Gedankengebilde, fast eine Form von Rassismus, und sein Sohn hatte recht: Auschwitz suchte ihn immer noch heim. Statt von Unmenschen zu phantasieren, die für alles Böse auf der Welt verantwortlich waren, und damit der Menschheit eine Entschuldigung zu bieten, müßte er wohl einfach davon ausgehen, daß das Böse im Menschen das Gute überwog.

Die jüngsten Ereignisse in Israel nahmen ihn furchtbar mit: Was sich die Menschen dort gegenseitig antaten, erschütterte ihn bis ins Mark, denn er war der festen Überzeugung, daß man, wenn man Demokrat war, in erster Linie Demokrat sein mußte, und erst in zweiter Linie Jude, Italiener oder irgend etwas anderes. Von seinem Standpunkt aus kam ihm das so offensichtlich vor, daß es banal erschien, doch dem war nicht so. Und er fühlte sich allein, verlassen, und, was noch schwerer wog, heftig kritisiert, beinahe verspottet wegen seiner Aufrufe gegen die Gewalt; angeklagt des Pazifismus, als wäre Pazifismus eine naive, wenn nicht gar dumme Haltung, für die man sich schämen müßte. Doch vor allem fürchtete er, daß diese Gewalt die Welt erneut zum Antisemitismus verleiten könnte.

Zevi hätte sein Leben dafür gegeben, daß Israel endlich Frieden fände; doch er war ein Jude in der Diaspora und davon überzeugt, daß der Schwerpunkt des Judentums bei den Juden in der Diaspora zu suchen sei, denen die Aufgabe zugefallen war, das tolerante jüdische Denken zu erhalten. Oft erinnerte er sich daran, was Rabin kurz vor seinem Tod gesagt hatte: »Heute betrachte ich mich als Soldat in der Armee des Friedens.« Und auch: »...wir können weiter töten und getötet werden; oder wir können dem Frieden eine Chance geben.«

Obwohl er ein hartnäckiger Laizist war, hatte er eines der Prinzipien des Judentums nie vergessen: die unumgängliche Notwendigkeit der Erinnerung. »Du sollst nicht vergessen«, war das erste Gebot, das Gott erlassen hatte. Diese Mahnung hatte – nicht als religiöser, sondern als moralischer Imperativ – sein ganzes schriftstellerisches Werk und sein Leben als Überlebender inspiriert.

Heute, da Zeit vergangen war und die Erinnerungen der Leute verblaßten, lasen nur noch wenige die Bücher, in denen berichtet wurde, was tatsächlich geschehen war. Die einzigen, die wirklich Wert darauf legten, daß die Erinnerung nicht ausgelöscht wurde, schienen die Juden zu sein; wahrscheinlich weil die Endlösung darauf abzielte, sie vom ersten bis zum letzten auszulöschen. Die anderen, die Nichtjuden, unterwarfen sich in Wirklichkeit, auch wenn es manchmal nicht so aussah, der heimtückischen Aufforderung zu verdrängen, weil man die Welt die Tatsache vergessen lassen wollte, daß eine bestimmte Ideologie zu fünfundfünfzig Millionen Toten geführt hatte – davon allein vierzig Millionen in Europa, einschließlich sieben Millionen Deutscher – und daß von diesen fünfundfünfzig Millionen dreißig Millionen Zivilisten waren, zumeist auf grauenhafte Art niedergemetzelt. Die Bestie, die erneut ihren Kopf hob, war nie ein nur jüdisches Problem gewesen.

Er stand vom Schreibtisch auf. Die Wohnung war still, die Haushälterin war gegangen, und Veronese war noch nicht wieder zurück.

Zevi sah auf die Uhr: halb fünf. Frank würde gegen fünf zurückkommen, dann wollten sie zusammen zur Zeitung, um zu sehen, ob die Frau schon auf die Anzeige geantwortet hatte.

Er ging ins Wohnzimmer und setzte sich in seinen Lieblingssessel, ließ den Blick schweifen, sah aus dem Fenster zu dem Stückchen Himmel, das er gern anschaute, wenn er seinen Geist ausruhen wollte. Ganz entspannt blickte er hinaus, bis er fand, was er suchte, und da erschien ein Lächeln auf seinen Lippen. Die Lichter der Stadt ließen den Winterhimmel weniger dunkel wirken, doch es gelang ihnen nicht, den Stern verblassen zu lassen, der seit Jahrtausenden in der Dämmerung leuchtete. Es sah dankbar zu ihm hinauf, denn wieder einmal hatte er sein Versprechen gehalten; und Zevi wußte, er würde ihm weiter sein Strahlen schenken, solange er Augen hätte zu sehen.

Er schlummerte ein, und seine Gefährten kehrten zurück, ihn zu besuchen. Er sah das schöne Gesicht Giulias und erinnerte sich daran, was sie in dem Zug gesagt hatte, der sie von Fossoli nach Auschwitz brachte. In dem Schrekken, der sie umgab, in der entsetzlichen Enge lebendiger Menschen und toter Körper, hatten ihm diese Worte die Kraft gegeben auszuhalten.

Dann ein Szenenwechsel: Wieder waren sie zusammen, doch in einer glücklichen Zeit, als sie noch frei waren und aus der Stadt zu ihren Ausflügen ins Gebirge aufbrachen. Alberto, sein liebster Freund, trieb ihn auf dem Pfad, der sich den Berg hinaufwand, lachend vor sich her. Guido, der mit den Mädchen vor ihm ging, drehte sich um und rief ihn mit einer weit ausholenden Bewegung zu sich, spornte ihn an, sich noch ein letztes Mal anzustrengen, um den Gipfel zu erreichen.

Er fuhr aus dem Schlaf hoch. Veronese hatte sanft seinen Namen gerufen und ihm eine Hand auf die Schulter gelegt.

»Entschuldige, Giorgio, aber es ist fast fünf. Du hast gesagt, du wolltest zur Zeitung gehen«, sagte er, besorgt über den verwirrten Blick Zevis – der Schriftsteller schien ihn nicht zu erkennen. Doch das war nur ein kurzer Moment, gleich darauf lächelte Zevi ihn an.

»Ich war eingedöst, ich habe den ganzen Nachmittag gearbeitet. Ich bin nicht mehr jung genug dafür, so lange am Stück zu schreiben ...«

»Wenn du müde bist, kann ich gehen ...«

Zevi stand aus dem Sessel auf. »Nein, ich bin in einer Sekunde fertig. In der Zwischenzeit kannst du schon einmal ein Taxi rufen, die Nummer liegt neben dem Telefon.«

13

Als sie in Zevis Wohnung zurückkamen, war es fast sieben. Die Frau hatte geantwortet und sich mit Veronese für den nächsten Tag um zwei Uhr im Park des Padiglione D'Arte Contemporanea in der Via Palestro verabredet. Die Anweisungen waren präzise: Er sollte an das äußerste Ende des Parks gehen, wo sich, ganz in der Nähe eines kleinen griechischen Tempels, das Zenotaph einer gewissen Irina Lukacevic befand.

»Hoffen wir, daß morgen ein schöner Tag ist«, sagte Veronese, »eine Verabredung im Freien scheint mir mitten im Winter keine besonders gute Idee. Ich bin ja durch das New Yorker Klima abgehärtet, doch ich möchte nicht, daß du dich erkältest ...«

Zevi zuckte mit den Schultern. »Mach dir keine Sorgen, ich bin an sehr viel härteres Klima gewöhnt. Auch wenn ich zugeben muß, daß das Alter einem doch zu schaffen macht. Aber ich denke mir, die Frau trifft dich lieber auf neutralem Boden. Wahrscheinlich wohnt sie nicht weit von dort entfernt.«

»Du hast das Zeug zum Detektiv, weißt du das?«

»Ich bin Schriftsteller, ich achte auf Kleinigkeiten. Aber ich habe mich gefragt, ob es nicht besser wäre, wenn du allein zu diesem ersten Treffen gingest. Ich bin nicht eingeladen ...«

Frank schüttelte den Kopf. »Wenn diese Geschichte dich überhaupt noch interessiert, wäre es mir lieber, daß du mitkommst.«

»Einverstanden, wie du willst ...«

In diesem Augenblick klingelte Veroneses Handy. Er warf einen Blick auf das Display, ohne jedoch die Nummer des Anrufers zu erkennen, und meldete sich.

»Guten Abend, hier ist Evelyn, erinnern Sie sich an mich? Heute morgen auf dem Corso Garibaldi, ich bin gefallen ...«

»Natürlich erinnere ich mich!« unterbrach er sie. »Wie geht es Ihnen?«

»Nicht allzu gut, und deshalb muß ich Sie auch stören: Darf ich Sie um einen Rat bitten?«

»Aber natürlich.« Veronese freute sich, daß sie sich gemeldet hatte, er hätte sie sonst wohl noch an diesem Abend selbst angerufen.

»Der Knöchel tut mir ziemlich weh. Man hat mir geraten, in die Poliklinik zu gehen, aber ich bin skeptisch, ob das das richtige ist. Vielleicht kennen Sie einen Arzt ...«

Veronese räusperte sich. Er kannte keinen italienischen Arzt und verstand das Zögern Evelyns, was die Poliklinik anging.

»Warten Sie einen Moment, ich bin hier bei jemandem, der uns helfen kann.«

Er wandte sich an Zevi. »Eine Bekannte von mir hat sich den Knöchel verletzt und braucht einen Arzt, der bereit ist, sie auch um diese Uhrzeit zu untersuchen ...«

Der Schriftsteller sah ihn verwundert an. »Mein Arzt ist auch ein Freund von mir, sie kann sich an ihn wenden und sich auf mich berufen. Wenn er sie heute abend nicht untersuchen kann, wird er ihr telefonisch einen Rat geben. Warte, ich hole mein Adreßbuch.«

Als er zurückkam, fragte Frank ihn, ob der Arzt Englisch spreche. Da der Schriftsteller nickte, gab er Evelyn die Nummer des Arztes und bat sie darum, ihn gleich zurückzurufen, um ihn auf dem laufenden zu halten.

»Es ist eine Amerikanerin, die ich heute morgen kennengelernt habe, als ich unterwegs zu Balzer war«, sagte er, nachdem er aufgelegt hatte. »Sie ist wenige Meter vor mir ausgerutscht, und ich habe ihr geholfen, wieder aufzustehen.«

Er erzählte weiter, und als er gerade bei Evelyns Begeisterung für seine Bilder angekommen war, klingelte das Handy erneut. Es war sie.

»Dottor Salviati ist sehr freundlich gewesen. Er hat mich beruhigt, möchte aber, daß ich morgen den Fuß röntgen lasse. Ich fühle mich schon besser, ich bin wirklich überängstlich. Das einzige Problem ist, daß ich ein Schmerzmittel nehmen sollte, und dafür müßte ich in die Apotheke.«

Veronese erbot sich sofort, ihr zu helfen. Er ließ sich den Namen des Medikaments und die Adresse der Amerikanerin geben und versprach ihr, bald bei ihr zu sein.

»Ich rufe dir ein Taxi«, sagte Zevi, als Frank aufgelegt hatte. »Um diese Zeit ist der Standplatz an der Ecke immer leer. Wohin mußt du fahren?«

Frank sah auf den Zettel mit der Adresse. »Zum Viale Montenero. Ist das weit?«

»Nein. Bitte den Taxifahrer, dich zu einer Nachtapotheke zu fahren. Es gibt eine an der Piazza Cinque Giornate, ganz in der Nähe des Viale Montenero«, sagte er und wählte die Nummer des Funktaxis.

»Ich vermute, sie ist hübsch ...«, sagte der Schriftsteller, als er Frank zur Tür begleitete.

»Sehr ...«, gab Veronese mit einem verschwörerischen Blick zu.

14

Als Frank in die Wohnung des Schriftstellers zurückkehrte, war alles dunkel und still. Zevi hatte sich schlafen gelegt. Frank versuchte, keinen Lärm zu machen, und ging in sein Zimmer.

Evelyn hatte ihn wie einen Helden empfangen, als er ihr das Schmerzmittel gebracht hatte. Sie wohnte in einer eleganten Wohnanlage, wo sie für einen Monat ein Apartment gemietet hatte. Zu Veroneses Überraschung war der Tisch für zwei gedeckt gewesen, noch dazu mit brennenden Kerzen.

»Ich habe gedacht, daß Sie wegen mir nicht zum Essen gekommen sind, also habe ich etwas aus der Küche bestellt. In dieser Wohnanlage gibt es ein richtig gutes Restaurant«, hatte sie mit einem strahlenden Lächeln gesagt.

Tatsächlich hatten Zevi und er nicht zu Abend gegessen, und er hatte sich dem Schriftsteller gegenüber schuldig gefühlt, weil er ihn, um schnell zu Evelyn zu gelangen, allein gelassen hatte, ohne sich zu vergewissern, ob er etwas Eßbares im Haus hatte. Dann hatte er sich gesagt, daß die Haushälterin einen ziemlich tüchtigen Eindruck machte und der Kühlschrank sicher gut gefüllt war.

Vielleicht hätte er sich, wenn sie nicht so hübsch gewesen wäre, darauf beschränkt, ihr telefonisch ein paar Ratschläge zu geben, und das wäre es dann gewesen. Doch Evelyn war nicht nur hübsch, sie wußte auch, was sie wollte, so waren seine Skrupel bald verschwunden.

Das Abendessen war einfach, doch sehr gut, und der Wein erstklassig. Sie hatten sich lange unterhalten, und schon bald hatte er den Eindruck, es gehe ihr bereits viel besser. Während des Essens war sie dann auch einmal vom Tisch aufgestanden, um Zigaretten zu holen, und hatte nicht gehinkt. Offensichtlich hatte das Schmerzmittel schnell gewirkt.

Evelyns Wissen, was die bildenden Künste anging, hatte sich als einigermaßen lückenhaft herausgestellt. Eine Ausnahme machte nur Frank Veronese. Über seine Arbeit schien sie tatsächlich sehr gut informiert, konnte kompetent darüber reden und intelligente, ganz und gar unübliche Fragen stellen.

Nach dem Essen hatte sie ihm ein paar ihrer Zeichnungen gezeigt, die recht gelungen waren, und sie hatten auf der Couch gesessen und Jerry Mulligan gehört, der zufällig auch einer der Lieblingsmusiker Veroneses war.

Als er sich verabschieden wollte, weil er fürchtete, sie sei müde, hatte Evelyn mit ihrem unwiderstehlichen Lächeln protestiert und ihn geküßt. Der Abend hatte glorreich im Schlafzimmer geendet.

Nach diesem angenehmen Zwischenspiel hatte sie, während sie eine Zigarette rauchten, gefragt, wo er wohne und wer die Person sei, mit der sie ihn habe reden hören, als sie telefonierten. Frank war vage geblieben und hatte geantwortet, er sei bei einem alten Freund zu Gast.

Um eins hatte er das Angebot Evelyns, bei ihr zu übernachten, abgelehnt und sich verabschiedet. Als er schon in der Tür stand, schaute sie ihn mit diesem etwas kindlichen Ausdruck an, der so gar nicht zu der erfahrenen Frau paßte, mit der er gerade im Bett gewesen war. Doch das machte sie nur noch faszinierender.

»Für mich war es sehr schön. Und für dich?«

»Für mich auch …«, hatte er geantwortet und ihre Wange gestreichelt.

»Dann bleiben wir diesen Monat zusammen?« hatte sie ihn leichthin gefragt.

»Aber sicher! Fest zusammen …«, hatte er im gleichen Ton geantwortet und sich verpflichtet gefühlt hinzuzusetzen: »Ich rufe dich morgen an.«

Genau das hatte er nicht sagen wollen, doch jetzt war es geschehen. Bevor er ging, hatte Evelyn ihm das Feuerzeug zurückgegeben, das sie am Morgen versehentlich in ihre Handtasche gesteckt hatte.

Als er schlafen ging, war Frank müde und nicht sehr zufrieden mit sich. Eigentlich gehörte es nicht zu seinen Gewohnheiten, mit einer Fremden ins Bett zu gehen. Sein Gefühlsleben war nicht unbedingt geradlinig, doch er war bestimmt kein Casanova. Außerdem mochte er es lieber, wenn er die Initiative ergriff. Obwohl Evelyn sehr begehrenswert war, hätte dies in New York nicht gereicht; bevor sie im Bett gelandet wären, hätte er sie noch ein paarmal zum Essen eingeladen, um zu verstehen, was für ein Typ sie war. Es mußte die italienische Luft sein, sagte er sich, als er einschlief.

15

Am nächsten Morgen arbeitete Zevi bis Mittag, während seine Haushälterin, ohne Lärm zu machen, die Wohnung putzte und Frank schlief. Um elf Uhr schreckte der Maler aus einem Angsttraum hoch; er sah, wie spät es war, und machte sich eilig fertig.

Beim Verlassen seines Zimmers hörte er das Geräusch der Wohnungstür und sah gerade noch die Haushälterin. Er ging durch den Korridor und klopfte an die Tür von Zevis Arbeitszimmer.

»Komm nur herein, Frank«, sagte der Schriftsteller. Seiner Stimme nach schien er gute Laune zu haben, es mußte ein produktiver Vormittag gewesen sein, dachte Veronese. Zevi saß am Schreibtisch, hatte aber den Computer schon ausgeschaltet.

»Es tut mir leid, ich habe verschlafen. Eigentlich bin ich ein Frühaufsteher, es muß der Jetlag sein«, entschuldigte er sich und trat näher.

»Oder die schöne Amerikanerin …«

»Tja, vielleicht …«, gab Frank zu. »Entschuldige, daß ich nicht mit dir zu Abend gegessen habe.«

»Aber ich bitte dich! Man ist nur einmal jung. Mich hätte sie sicher nicht angerufen, und wenn ich sie vor einem Drachen gerettet hätte«, beruhigte ihn Zevi.

»Hast du heute vormittag gearbeitet?«

»Ja, ich versuche, eine bizarre Theorie zu Papier zu bringen. Vielleicht werde ich eines Tages mit dir darüber reden, wenn du mir versprichst, mich nicht für verrückt zu halten.«

»Da bin ich ja gespannt ...«

»Du würdest staunen. Aber reden wir lieber darüber, wie wir heute vorgehen wollen. Es ist ein schöner Tag, ich würde vorschlagen, wir essen eine Kleinigkeit im Zentrum, in der Nähe der Giardini, und gehen dann zu Fuß zu der Verabredung. Was meinst du?«

»Einverstanden.«

»Dann erledige ich jetzt schnell ein paar Anrufe und bin gleich für dich da.«

Sie aßen in einem Restaurant in Porta Venezia zu Mittag und gingen dann an den Giardini entlang bis in die Via Palestro zur Villa Reale, die das *Museo d'arte contemporanea* von Mailand beherbergt.

Zevi sah auf die Uhr, sie waren eine Viertelstunde zu früh. »Ich würde sagen, gehen wir rein, auch wenn es noch ein bißchen früh ist. Ich weiß nicht, wo der Sarkophag mit den Masken steht. Zum letzten Mal bin ich im Park gewesen, als Aldo noch klein war.«

Sie überquerten die Straße und passierten das Tor, gingen dann den Kiesweg hinunter, der an einer Seite der Villa entlangführte, und nach wenigen Metern lag der Park vor ihnen.

»Wie herrlich!« rief Veronese aus und betrachtete staunend die Fassade der Villa Reale und den Park.

»Ja, es ist ein schönes Beispiel klassizistischer Architektur«, erklärte Zevi, als er seinem Blick folgte. »Von der Via Palestro aus ahnt man nicht, daß sich hinter dem Gebäude eine solche Schönheit verbirgt. Die Anlage der Villa ist für Mailand ganz und gar ungewöhnlich und weist Ähnlichkeiten mit den *hôtels particuliers* in Paris auf: Der Hof geht auf die Straße hinaus, während die Fassade dem Park zugewandt ist. Wir haben es mit dem ersten Beispiel eines hier in Mailand angelegten englischen Gartens zu tun.«

»Wer hat die Villa entworfen?«

»Der Conte Belgiojoso hat Ende des achtzehnten Jahrhunderts dem österreichischen Architekten Leopold Pollack den Auftrag dazu gegeben. Hier wohnten Napoleon Bonaparte, der Vizekönig Eugenio Beauharnais, Bruder von Joséphine, und der unvermeidliche Radetzky, der überall gewohnt zu haben scheint. Später gehörte sie den Savoyern, daher der senffarbene Anstrich, typisch für die Palazzi des italienischen Königshauses. Deshalb wird sie auch noch immer Villa Reale genannt, obwohl sie seit langem in Besitz der Stadt ist, also die Villa Comunale.«

Sie gingen den Weg hinunter. Der Park wahrte auch in der kalten Jahreszeit, dank des strahlenden Sonnentags und der vielen immergrünen Pflanzen, seinen Reiz. Eine große Wiese erstreckte sich vor der Villa, und auf einem Karpfenteich tummelten sich Enten und Schwäne. Es waren nicht viele Leute unterwegs, einige Besucher saßen auf Bänken, genossen die Sonne und lasen eine Zeitung oder aßen eine Kleinigkeit, während ein paar Mütter ihre spielenden Kinder beaufsichtigten.

»Wir machen am besten einen Rundgang durch den Park. Er ist nicht sehr groß, und wenn ich mich recht erinnere, gibt es einige ungewöhnliche Dinge zu sehen«, sagte Zevi.

Und so war es. Sie überquerten eine Holzbrücke, die über ein Bächlein an einer Insel vorbeiführte, auf der ein kleiner Tempel mit Altar in der Mitte stand. Weiter hinten fanden sie einen verfallenen mittelalterlichen Turm und noch einen Miniaturtempel, in dessen Innenraum, neben einer verblaßten Freske, einige Zeilen der Äneis eingraviert waren.

Schließlich erreichten sie, nachdem sie einige moderne Skulpturen aus weißem Marmor passiert hatten, einen verborgenen, quasi hinter der Einfriedungsmauer gelegenen und sicherlich wenig besuchten Winkel im Schatten einer Reihe von Bäumen. Dort fanden sie den Sarkophag von Irina Lukacevic.

»Hier ist es«, sagte Frank, der sich gebückt hatte, um den in den Stein eingemeißelten Namen zu lesen.

Es war das Grab oder das Zenotaph einer jungen Frau, die 1935 im Alter von nur vierundzwanzig Jahren gestorben war. Die Masken und der drapierte Vorhang auf dem Sarkophag legten den Gedanken nahe, daß sie Schauspielerin, Tänzerin oder vielleicht Sängerin gewesen war, während ihr Name vermuten ließ, daß sie fern ihrer Heimat gestorben war, vielleicht während einer Tournee nach Mailand.

Die Trauer um das frühe Ende dieses Lebens wurde durch die Lage des Grabes im entlegensten Winkel des Parks, wohin sich sicher nur selten spielende Kinder verirrten, noch verstärkt. Wenn dies wirklich ihr Grab war, so war Irina Lukacevic so einsam wie auf einem wenig besuchten Friedhof.

Doch an diesem Tag leisteten Zevi und Veronese ihr Gesellschaft, denn während sie auf die geheimnisvolle Frau warteten, mutmaßten sie darüber, wie Irina wohl ausgesehen haben könnte und warum sie so früh gestorben war.

Sie waren in ihr Gespräch vertieft, als ein Rascheln dürrer Blätter sie herumfahren ließ. Ein Mann und eine Frau kamen auf sie zu. Kurz bevor sie bei ihnen waren, wandte die Frau sich ihrem Begleiter zu und hielt ihn mit einer Geste zurück. Dann ging sie noch ein paar Schritte weiter und blieb schließlich vor ihnen stehen. Sie sah zuerst den Maler an, dann, mit fragender Miene, Zevi.

Frank ließ ihr keine Zeit zu sprechen. »Ich bin Veronese«, sagte er und streckte seine Hand aus. »Sind Sie die Frau von der Anzeige?«

Die Frau zögerte, nickte dann und gab ihm die Hand. »Ich bin Connie Brandini. Und wer ist er?« fragte sie und zeigte auf den Schriftsteller.

Veronese erkannte, daß Zevi recht gehabt hatte. Vielleicht würde die Frau, da sie ja ein Kriegsverbrechen aufdecken wollte, nicht in Anwesenheit eines ehemaligen Deportierten sprechen mögen. Er sah den Schriftsteller an, unsicher, wie es weitergehen sollte, und Zevi warf ihm einen Blick zu, der zu bedeuten schien: »Ich habe es dir ja gesagt ...«

Veronese verlor nicht den Mut, setzte ein charmantes Lächeln auf und wandte sich an die Frau: »Dies ist ein lieber Freund ...«, setzte er an und wollte ihn gerade vorstellen, als er bemerkte, daß sie ihm nicht mehr zuhörte. Connie Brandini fixierte Giorgio Zevi mit halb geschlossenen Augen wie jemand, der sich an etwas zu erinnern versucht.

»Ich kenne Sie«, murmelte sie. Doch man sah, daß sie

Mühe hatte, dieses Gesicht mit einem Namen zu verbinden.

Zevi tat einen Schritt auf sie zu und streckte seine Hand aus. »Ich bin Giorgio Zevi, Signora. Es freut mich, Sie kennenzulernen.«

Die Sicherheit, die die Frau bis dahin an den Tag gelegt hatte, schien sie zu verlassen. Man sah es ihrem Blick an, der fast eingeschüchtert wirkte, und ihr Gesicht mit der würdevollen Miene wurde dem eines verrunzelten Kindes ähnlich. Doch das dauerte nur einen Augenblick, Connie hatte sich gleich wieder in der Gewalt und gab ihm die Hand.

»Jetzt verstehe ich, warum Ihr Gesicht mir bekannt ist, ich habe es oft auf dem Umschlag Ihrer Bücher gesehen«, sagte sie mit einem müden Lächeln. »Da es auch Ihnen zu verdanken ist, daß ich heute hier bin, habe ich nichts dagegen einzuwenden, wenn Sie bei meinem Gespräch mit Signor Veronese dabei sind.«

Dann wandte sie sich erneut an Frank. »Gehen wir in meine Wohnung, ich möchte Sie zum Kaffee einladen, ich wohne ganz in der Nähe. Trotz der Sonne ist es kalt. Und wir sind nicht mehr jung, nicht wahr, Dottor Zevi?«

Nach diesen Worten drehte Connie Brandini sich um, ging zu ihrem Begleiter und in Richtung Ausgang. Zevi und Veronese wechselten einen Blick und folgten ihnen.

16

Connie Brandini führte ihre Gäste in einen mit jener kostbaren Schlichtheit eingerichteten Wohnraum, wie sie nur wenige Architekten zu schaffen verstehen. Moderne Möbel wechselten sich mit antiken Stücken ab, während eine Reihe von Gemälden mit leuchtenden Farben einen angenehmen Kontrast zu den schneeweißen Wänden bildeten.

Veronese erkannte auf den ersten Blick einen Schifano, einen Baratella und ein großes Bild von Guttuso, doch er versagte es sich, die Gemälde aus der Nähe zu bewundern, und setzte sich neben Zevi auf die Couch.

Connie nahm im Sessel ihnen gegenüber Platz. »Trinken Sie einen Kaffee, oder möchten Sie lieber etwas anderes?« fragte sie, als ihre Haushälterin eintrat.

»Sehr gern einen Kaffee«, sagte Zevi.

»Und Sie, Signor Veronese?«

»Für mich ebenfalls, vielen Dank. Aber bitte nennen Sie mich doch Frank.«

Connie Brandini lächelte, denn sie kannte diese typisch amerikanische Neigung zum Du, an die sie sich nur mit Mühe gewöhnt hatte.

»Mit Vergnügen, Frank«, antwortete sie und lächelte herzlich. Doch dem Maler entging nicht, daß sie müder wirkte als noch vorhin im Park. Sie war blaß, und das erbarmungslose Licht, das durch die großen Fenster einfiel, verstärkt durch das blendende Weiß der Wände, ließ die Falten auf ihrem Gesicht tiefer erscheinen. Er empfand Mitleid für diese zierliche alte Frau, die von dem Sessel, in dem sie saß, fast verschluckt zu werden schien.

Während sie darauf warteten, daß die Haushaltshilfe den Kaffee servierte, sprachen sie über dies und jenes. Connie Brandini hatte alle Bücher Zevis gelesen und kannte das Werk Veroneses sehr gut. Sie hatte seine Ausstellung im Whitney Museum im Jahr zuvor mehr als einmal besucht und, wie sie sagte, auch ein Bild gekauft.

»Sehen Sie selbst, wenn Sie mir nicht glauben …« Sie stand aus dem Sessel auf und ging auf eine Glastür hinten im Salon zu, schob sie zur Seite und führte ihre Gäste in ein rundes Eßzimmer, in dessen Mitte ein runder Glastisch stand, während die Wand gegenüber fast ganz von einer Anrichte aus dem sechzehnten Jahrhundert eingenommen wurde. Über diesem langen Möbelstück hing, angestrahlt von Halogenlampen, eines der größten Bilder Veroneses.

»Meine Güte!« rief der Maler aus und ging näher heran. »Das ist *Inner Sanctum: The Vatican And His Bankers Michele Sindona And Roberto Calvi*, die fünfte Version. Dann haben *Sie* es also gekauft …«, murmelte er.

»So ist es. Obwohl ich einen guten Teil meines Lebens in den Staaten verbracht habe, bin und bleibe ich doch Italienerin. Die Skandale in meiner Heimat haben mich stets mehr berührt als die in den Vereinigten Staaten. Außerdem haben Sie ja mit Ihren Werken bewiesen, daß Geld und Perversion oft Hand in Hand gehen. Ich liebe die Malerei, und Gemälde sind das einzige, was ich aus New York mitgenommen habe. Wenn ich sterbe, was sehr bald sein wird, geht das Werk an Sie zurück, so steht es in meinem Testament. Aber darüber reden wir später. Jetzt wollen wir uns wieder ins Wohnzimmer setzen.«

Die Haushälterin hatte inzwischen den Kaffee gebracht. Connie nahm erneut im Sessel den beiden Männern gegenüber Platz. Auf dem niedrigen chinesischen Tisch zwischen ihnen stand das Tablett.

»Danke, Marta«, sagte sie freundlich. Als die Hausangestellte das Zimmer verlassen hatte, wandte Connie sich an die beiden Männer.

»Da sind wir nun«, setzte sie an. »Was ich Ihnen zu sagen habe, wird Dottor Zevi nicht überraschen, denn er weiß gut, wie heruntergekommen unser Land durch Faschismus, Krieg und die Wirren der Nachkriegszeit war. Aber es wird auch Sie nicht erstaunen, Frank, da Sie ja mit Ihrer Kunst Intrigen und Verbrechen aufdecken ...«

Sie unterbrach sich, holte tief Luft und sah ihre Besucher an.

»Mein Vater und mein Bruder haben 1943 Juden denunziert, die dann von den Deutschen gefangengenommen und ermordet worden sind. Sie taten es für Geld und wußten sehr gut, daß diese armen Menschen sterben würden. In jener Zeit gab es viele, die solche Verbrechen begingen, und ich meine jetzt nicht die Nazis. Ihnen, Dottor Zevi, ist sicherlich das Massaker bekannt, das im September 1943 am Lago Maggiore stattgefunden hat und von dem bis heute kaum gesprochen wird. Nur wenige Historiker erwähnen es, und kein Schuldiger hat dafür gebüßt, außer drei Offizieren der SS, denen man 1968 den Prozeß gemacht hat und die verurteilt wurden, doch schnell wieder freikamen, da das Gericht in Berlin zwei Jahre später das Urteil wegen Verjährung aufhob. Natürlich schreit eine solche Ungerechtigkeit zum Himmel, doch in Deutschland wurden wenigstens Prozesse geführt. In Italien hingegen hat man es nicht einmal versucht…«

Zevi nickte. »Das Massaker am Lago Maggiore war das erste Massaker an Juden in Italien. Mein Cousin und mein Onkel wurden in Orta gefangengenommen, nicht weit vom Lago Maggiore, und man hat nie wieder etwas von ihnen gehört. Das gleiche Schicksal ereilte mehr als fünfzig Menschen; alle waren Juden, mit einer einzigen Ausnahme…«

Veronese betrachtete Zevi: Seine Stimme war ruhig wie immer, doch ein Schatten verdunkelte seine Augen.

Connie Brandini verkrampfte sich, als sie diese Worte hörte, legte eine Hand vor ihre Augen und verharrte eine Weile schweigend in dieser Haltung. Dann hob sie wieder den Blick und sah Zevi an.

»Ich bitte Sie um Vergebung für meinen Vater und meinen Bruder; und für diejenigen, die all dies –« Sie unterbrach sich und neigte den Kopf. Ihre Schultern wurden von einem leisen Weinen geschüttelt.

Zevi stand auf und ergriff ihre Hand. Connie sah zu ihm hoch, ihr Make-up war tränenverschmiert, und ihr Schluchzen erschütterte den zierlichen Körper.

Gerührt betrachtete Veronese die beiden Alten, ihre weißen Köpfe so nahe beieinander; und er dachte an Zevis Leben, gezeichnet vom Lager, und an Connies Leben, gezeichnet von der Schande. Und doch hatten sie beide überlebt.

»Beruhigen Sie sich«, sagte Zevi, »Sie dürfen sich nicht quälen, Sie haben keine Schuld. Nur Mut, erzählen Sie uns.«

Connie zog ein kleines Taschentuch aus dem Ärmel und trocknete damit ihre Tränen.

»Auch ich bin schuldig geworden. Nicht an den Opfern, sondern an ihren Peinigern, und es ist an Gott, mich zu richten. Ich werde Ihnen die ganze Wahrheit erzählen, so daß die Schuldigen auch wirklich als die Mörder in die Geschichte eingehen, die sie gewesen sind; dann werde ich Ihnen mein Tagebuch übergeben. Ich möchte, daß Sie es nach meinem Tod der Öffentlichkeit zugänglich machen. Einstweilen müssen Sie sich mit meinem Bericht bescheiden. Sind Sie damit einverstanden?« fragte sie, ohne daß es ihr gelang, ihre Angst zu verbergen.

Zevi und Veronese wechselten einen Blick. Der Schriftsteller wartete, bis sein Freund antwortete, um ihn nicht zu beeinflussen, und Veronese nickte.

»Ja«, antwortete er. »Und du, Giorgio?«

»Ich auch.«

Connie stieß einen tiefen Seufzer aus und begann zu erzählen.

17

Connies Erinnerungen

Connie Brandini war in Meina am Lago Maggiore geboren und dort aufgewachsen. In jenem Sommer 1943 war sie siebzehn Jahre alt. Am 8. September, dem Tag des Waffenstillstands, hielt sie sich zusammen mit ihren Freunden im Hotel Corona auf: Es waren dies drei Geschwister aus Saloniki und die beiden Kinder des Hotelbesitzers, Silvia und Alex Beer. Die Jugendlichen, alle ungefähr im gleichen Alter, hatten sich Anfang des Sommers kennengelernt und waren inzwischen unzertrennlich: Sie gingen gemeinsam baden, fuhren Fahrrad, spielten Tennis oder hörten sich Platten auf dem Grammophon an. Es war die schönste Zeit in Connies Leben – nie zuvor und nie mehr danach hatte sie sich so glücklich gefühlt.

Connies neue Freunde, Jean, Paul und die kleine Henriette, waren sephardische Juden, die mit ihrer Familie dank eines vom italienischen Konsul in Saloniki besorgten Passes aus Griechenland hatten fliehen können. Auch Silvia und ihr Bruder Alex waren Sephardim, doch sie waren vor vielen Jahren aus der Türkei nach Mailand gezogen – bis zu ihrer Evakuierung nach Meina. Dort hatten sie schließlich im Hotel Corona, das ihnen gehörte, Zuflucht gefunden.

Den ganzen Sommer über war das Corona voll belegt gewesen, und auch jetzt, am Ende der Saison, gab es kein freies Zimmer. Seit Kriegsbeginn hatten sich viele Flüchtlinge aus den bombardierten Städten in den bekannten Ferienorten wie Stresa und Baveno am piemontesischen Ufer des Sees niedergelassen. Im September waren hauptsächlich Ausländer gekommen: Österreicher, Polen, Griechen, Ungarn und sogar Letten.

Die Nachricht vom Waffenstillstand, verbreitet von einigen ausländischen Radiosendern, hatte am Nachmittag des 8. September, einem Mittwoch, die Runde gemacht. Doch die offizielle Mitteilung war vom italienischen Rundfunk erst um 19.30 Uhr bekanntgegeben worden: Der König hatte den Waffenstillstand mit den Alliierten unterzeichnet, und Italien zog sich »wegen materieller Unmöglichkeit, ihn fortzusetzen«, aus dem Krieg zurück.

Connie und ihre Freunde hatten – wie viele andere Leute auch – gejubelt, weil sie glaubten, der Krieg sei zu Ende. Doch er begann nur noch einmal, und für die Zivilbevölkerung sollte das Schlimmste erst kommen.

Aber das konnten die Jugendlichen nicht wissen, und so waren sie, wie viele Einwohner Meinas, auf die Straße gelaufen, um zu feiern, ohne sich um den Pessimismus und die Zweifel der Juden aus Saloniki zu kümmern, die sich fragten, wie Deutschland reagieren würde.

Die Griechen hatten recht. Innerhalb kürzester Zeit war Italien von deutschen Truppen besetzt.

In späteren Jahren, als sie schon eine Weile in den Vereinigten Staaten lebte, hatte Connie sich oft gefragt, warum sich kurz nach dem Waffenstillstand so viele gefährdete Personen am Lago Maggiore aufgehalten hatten. Die meisten von ihnen stammten nicht von dort, und viele waren Ausländer, die versuchten, in der Schweiz Zuflucht zu finden. Doch die Schweiz hatte, gerade in diesen entscheidenden Tagen, die Grenzen geschlossen.

Connie hatte versucht, mit ihren Nachforschungen die Geschichte dieser Menschen zu rekonstruieren, weil sie es wichtig fand, die Ereignisse in einen Zusammenhang mit dem damaligen Verhalten der Ortsansässigen zu bringen.

Dabei hatte sie einen Vorteil gehabt: Sie kannte zwei der Schuldigen, ihren Vater und ihren Bruder. Das war eine gute Ausgangslage, die es ihr später erlauben sollte, die einzelnen Punkte mit Linien zu verbinden, wie Veronese es auf seinen Gemälden tat.

Für einen Ortsfremden wäre es nicht möglich gewesen, all die Dinge zu erfahren, die man ihr anvertraute. Connie gegenüber hatten die Leute jedoch, als sie zwanzig Jahre nach dem Geschehen nach Meina zurückkam, geredet, weil sie eine von ihnen war.

Bei den Gesprächen mit den Leuten ihres Dorfes war ihr klar geworden, daß viele ihren Vater und ihren Bruder verdächtigten, auch wenn niemand sich traute, es offen auszusprechen. Einige jedoch hatten gewagt, ihr ein paar Fragen zu stellen, um herauszufinden, ob sie wußte, daß der plötzliche Reichtum ihrer Familie mit dem Massaker am See zusammenhing.

Ihr Vater und ihr Bruder waren allerdings nicht die einzigen gewesen, die sich solcherart besudelt hatten. Einige hatten mehr aus Feigheit als aus Niederträchtigkeit gehandelt und nicht daran verdient, andere hingegen hatten Geld und Schmuck für die Denunziation der Juden erhalten und waren doch am See geblieben.

Connie wußte, daß Historiker mündliche Zeugnisse nicht als verläßliche Quellen betrachteten, sondern sie als Gerüchte und Gerede einordneten, und daß alles, was sie herausgefunden hatte, unter die Kategorie »Klatsch« fallen würde. Doch bei ihren geduldigen Nachforschungen war es gerade dieses »Gerede«, das zu Beweisen führte, vielleicht nicht immer, aber doch so oft, daß damit wenigstens ein Teil der Wahrheit ans Tageslicht kam. Der Rest, damit hatte sie sich abfinden müssen, würde für immer im dunkeln bleiben.

In der Nacht vom 8. auf den 9. September hatte der Rundfunk die Mitteilung verbreitet, daß der Verrat durch Marschall Pietro Badoglio ohne Wirkung bleiben werde, da schon ein *Governo Nazionale Fascista* gebildet worden sei, eine Regierung, die im Namen Mussolinis arbeite und die Verräter bestrafen werde. In der Meldung wurden die Italiener aufgefordert, sich nicht dem anglo-amerikanischen Feind auszuliefern und nicht gegen ihre deutschen Waffenbrüder zu kämpfen. Die anonyme Sendung kam aus Ostpreußen, aus einem Wagen des persönlichen Zugs Hitlers in Rastenburg, dessen Sender via Kabel mit Radio München für die Ausstrahlung verbunden war.

Ebenfalls am 8. September waren die Amerikaner in Salerno an Land gegangen, um die südlichen Regionen des Landes zu befreien und das Hinterland für den allmählichen Vormarsch nach Norden vorzubreiten. Doch sie würden beinahe zwei Jahre brauchen, um bis nach Mailand zu gelangen.

Wie in anderen besetzten Ländern hatte Himmler auch in Italien nach dem Waffenstillstand Verbände von Freiwilligen bilden lassen, die in die SS eingegliedert und ihr unterstellt wurden. So war innerhalb der Waffen-SS die italienische SS entstanden, deren höhere Offiziere Deutsche waren, während den niederen Offiziersrängen und der Truppe nicht nur Deutsche, sondern auch Italiener angehörten; außerdem wurde eine italienische SS-Polizei gegründet.

Deutschland hatte beim Sturz Mussolinis einen »Verrat« erwartet. Daher wurde bereits am Abend des 8. September der *Achsenplan* in Gang gesetzt. Der Plan sah drei Stufen vor: die militärische Besetzung des italienischen Territoriums, die Befreiung Mussolinis, der von der Regierung Badoglio gefangengehalten wurde, und die Wiederherstellung des Faschismus, wodurch dem Besatzungsregime der Anschein einer realen Regierung gegeben und den deutschen Truppen, bei dem Bemühen, sich dem Vormarsch der Alliierten entgegenzustellen, Deckung geboten werden sollte. Am 12. September war Mussolini von den Deutschen befreit und nach München gebracht worden, während sich in Italien die Republik von Salò bildete, eine nationale Verwaltung im Dienst der Deutschen.

Am 23. September, dem Tag des Massakers im Hotel Corona in Meina, kehrte der Duce nach Italien zurück, empfangen von Rudolf Rahn, dem »Bevollmächtigten des Großdeutschen Reiches«, und Karl Wolff, dem SS-Führer in Italien. Das änderte nichts an der Tatsache, daß alle Posten schon vom 10. September an vergeben worden waren, gut zwei Wochen, bevor die Regierung von Salò offiziell gebildet wurde, zu einer Zeit, als Mussolini noch gefangen war. Dies bestätigte, daß die *Repubblica Sociale Italiana (RSI)* ein wesentliches Element der deutschen Pläne bildete, von Berlin schon lange vor dem Waffenstillstand entsprechend den militärischen Erfordernissen Deutschlands konzipiert. Von diesem Zeitpunkt an weitete die deutsche Besatzung bis zum Eintreffen der Alliierten die Maßnahmen in Zusammenhang mit der Endlösung auf den Norden Italiens aus und begann mit Razzien und Massakern, von denen das am Lago Maggiore das erste war. Die Juden waren jetzt »Ausländer« und »Angehörige einer feindlichen Nationalität«, wie Pavolini, der Sekretär des *Partito Fascista Repubblicano*, geschrieben hatte.

Zur Täuschung der am See lebenden Juden trug auch ein im *Giornale di Frontiera* erschienener Artikel bei, in dem behauptet wurde, auf die ortsansässigen Juden würden die gleichen Gesetze angewandt wie auf die anderen italienischen Staatsbürger. Die Mitteilung kam aus dem *Ministero della Cultura Popolare*. Später war man der Ansicht, daß auch dies eine Falle gewesen sei, um zu verhindern, daß die Juden Verdacht schöpften und die Flucht ergriffen.

Doch die Flüchtlinge aus Saloniki, die im Hotel Corona wohnten, hatten sich durch diesen Zeitungsartikel nicht sicherer gefühlt. Sie erinnerten sich nur allzugut daran, wovor sie geflohen waren. Nach dem 6. Februar 1943 hatten die Nazis in Saloniki die Rassengesetze angewandt, und nur wer geflohen war, hatte sein Leben retten können. Die anderen waren ins Konzentrationslager Baron Hirsch gebracht und deportiert worden.

Die wohlhabenden italienischen Juden in den Villen am See hofften trotz allem noch immer, verschont zu bleiben. Doch auf diesen Optimismus erwiderten die Verbannten aus Griechenland, Italien sei nun ein besetztes Land, mit Deutschland verfeindet, und als solches werde es das gleiche Schicksal erleiden wie die anderen eroberten Länder.

Am 11. September richtete sich das Kommando der SS-Panzergrenadier-Division Leibstandarte Adolf Hitler in Chivasso ein; zwei Bataillone wurden abkommandiert, eines nach Novara, das andere nach Arona, Meina und Baveno. Ein weiteres Bataillon wurde nach Borgo San Dalmazzo entsandt, wo eine Kaserne als Durchgangsstation zu den Lagern diente. Die Soldaten der Leibstandarte kamen von der russischen Front. Es waren dieselben, die in der Gegend von Cherson 1942 nach dem Tod von vier Soldaten als Vergeltungsmaßnahme viertausend russische Gefangene niedergemetzelt hatte. Später würde dasselbe Kontingent in Boves in der Provinz Cuneo ein Massaker an der Bevölkerung anrichten.

In Norditalien operierten gleich nach dem Waffenstillstand, während sich die Armee der Republik von Salò zu bilden begann, autonome faschistische Truppen. Jene Leute, die sich in den wenigen Tagen der Unsicherheit nicht gezeigt hatten, kamen nach der Ankunft der Deutschen wieder aus ihren Schlupflöchern hervor.

Während die Truppen des Reichs im Norden einmarschieren, mit ihren Panzern einen Ring um Mailand legten, die italienischen Truppen entwaffneten und die Stadt besetzten, kam in der Nacht des 11. September ein erster

Spähtrupp deutscher Soldaten am Lago Maggiore an. Am nächsten Tag, Sonntag, dem 12. September, folgte ihnen das übrige Bataillon aus Novara.

Die erste Operation bestand darin, alle Fluchtwege in die Schweiz zu blockieren, etwa in der Gegend von Malesco und am Ponte Ribellasca. Die einhundertfünfzig Soldaten vom Ersten Bataillon des Zweiten Regiments der SS-Panzergrenadier-Division Leibstandarte Adolf Hitler waren wie folgt verteilt: Die erste Kompanie unter Befehl von Obersturmführer Sterl stand in Pallanza, die zweite unter Befehl von Obersturmführer Meir in Intra, die dritte, unter Befehl von Obersturmführer Krüger, in Stresa; die vierte und die fünfte, von den Obersturmführern Bremer und Schnelle befehligt, in Baveno. An der Spitze des Bataillons stand Hauptsturmführer Röhwer als stellvertretender Kommandant.

In jener Woche war Obersturmbannführer Walter Rauff, aus Tunesien kommend, zum SS- und Polizeiführer mit Befehlsgewalt über den Piemont, die Lombardei und Ligurien ernannt worden. Unter sich hatte er, wie schon in Tunesien und wahrscheinlich bereits zuvor in Polen, SS-Hauptsturmführer Theodor S., einen ehemaligen Polizeikommissar aus Berlin, danach bei der SS, der verantwortlich für das wichtige Außenkommando Mailand wurde, wo er den Kampf gegen die Partisanen und die Verfolgung der Juden bis 1945 leiten würde. Später sollte man ihn den »Henker von Mailand« nennen.

Kurz bevor die SS-Panzergrenadier-Division Leibstandarte Adolf Hitler an den See kam, erreichte ein seltsamer Anruf das Hotel Corona. Jemand verlangte das beste Zimmer für »eine äußerst wichtige Persönlichkeit«. Das Hotel war voll belegt, und der Direktor versuchte, seine Tochter zu überreden, ihr Zimmer mit Blick auf den See zur Verfügung zu stellen, doch Silvia wollte davon nichts wissen, und so mußte eine andere Lösung gefunden werden.

Vom Fenster aus beobachteten Connie und Silvia die Ankunft des »wichtigen« Gastes. Ein Auto hielt vor dem Corona, und ein Mann und eine sehr attraktive blonde Frau stiegen aus. Der Wagen war ein schwarzer Fiat mit Mailänder Kennzeichen. Die blonde Dame, die sich als Margit Meyer vorstellte, suchte gleich den Kontakt zu den griechischen Juden: Sie erzählte, sie sei Deutsche, doch mit einem Italiener verheiratet, der beim Konsulat in Saloniki arbeite. Sie kenne sowohl den Konsul als auch den Vizekonsul sehr gut. Professor Dalmasso, ein Dauergast des Hotels, würde Jahre später zu Connie sagen, daß er dieser Frau gegenüber sofort mißtrauisch gewesen sei, weil sie, als sie sich vorstellte, zu ihm gesagt habe, ihr Mann sei beim italienischen Konsulat in Kairo und nicht in Saloniki beschäftigt, wie sie dann behauptet hatte. Dies, meinte Dalmasso, sei ein auffälliger, verdächtiger Lapsus gewesen.

Bereits am Tag ihrer Ankunft trafen Connie und Silvia die Frau im Garten. Margit Meyer bewunderte die schönen Zöpfe Silvias, beglückwünschte sie zu ihren Haaren und fragte, ob sie auch Jüdin sei. Connie sprang in die Bresche und antwortete, sie wären beide zusammen zur Kommunion gegangen. Doch an dem Lächeln, mit dem die Frau sich von ihnen verabschiedete, war deutlich zu erkennen, daß sie ihnen das nicht abnahm.

Am 14. September um neun Uhr am Morgen wurde das Hotel Corona von Mannschaftswagen der Deutschen umstellt. Connie hielt sich im Hotel auf, weil sie am Abend zuvor, wie schon so oft, zum Schlafen bei Silvia geblieben war. Sie wartete in der Halle auf ihre Freundin, um mit ihr zum Tennisspielen zu gehen. Doch Silvia verspätete sich, und durch die Glastür sah Connie die Soldaten anrücken.

Auch Signor Beer hielt sich in der Halle auf. Er wandte sich zu Connie und sagte, sie solle sofort zum Friseur an der Piazza laufen, um Vittorio zu warnen, die Deutschen seien da und er dürfe auf gar keinen Fall zurück ins Hotel kommen.

Als die SS schließlich ins Hotel eindrang, war Connie bereits in die Küche gehuscht, von dort hinunter in den Keller und dann durch eine kleine Hintertür nach draußen zum entlegensten Winkel des Gartens gelaufen, wo in der Hecke hinter der niedrigen Einfriedungsmauer ein Durchgang war, durch den man den Privatstrand des Corona erreichte. Kaum jemand kannte diesen Schleichweg, den Alex angelegt hatte, um schneller an den See zu gelangen.

Connie kletterte über das Mäuerchen und rannte am Ufer entlang. Niemand hielt sie an. Erst nach ein paar hundert Metern kehrte sie zurück auf die Straße und lief ins Zentrum von Meina.

Auf der Piazza stürmte sie außer Atem und mit gerötetem Gesicht in den Friseursalon. Als sie Vittorio unter den Kunden nicht entdecken konnte, erschrak sie derart, daß sie zunächst gar nicht wahrnahm, daß jemand sie ansprach. Ein Mann, der im Sessel vor dem Spiegel saß, das Gesicht voller Rasierschaum. Es war Vittorio.

»Was ist los, Cornelia, hast du ein Gespenst gesehen?«

Mit Mühe, weil sie immer noch außer Atem war, wiederholte Connie, umringt von Neugierigen, Signor Beers Worte. Dann verstummte sie und sah Vittorio an.

Vittorio stand aus dem Sessel auf und wischte sich mit einem Handtuch den Rasierschaum ab. Er wirkte ruhig und entschlossen. Weil sie ahnte, was er tun wollte, klammerte Connie sich an seinen Arm.

»Du mußt fliehen!« flehte sie ihn an, wobei ihr Tränen in die Augen traten.

Vittorio streichelte ihre Wange. »Ich gehe zurück ins Corona, ich kann die Beers und auch die anderen nicht allein lassen. Doch du gehst sofort nach Hause und kommst nicht wieder ins Hotel, bis die Lage sich beruhigt hat. Versprichst du mir das?«

Sie hatte genickt, doch bevor sie noch etwas hinzufügen konnte, stürzte Vittorio schon aus dem Friseursalon in Richtung See.

Obwohl alle ihr rieten, nach Hause zu gehen, nahm Connie kurz darauf ihren Mut zusammen und kehrte auf dem Schleichweg ins Corona zurück. Dort sagte man ihr, daß die Beers, die griechischen Gäste, Vittorio und sein Kollege Carlo ins Zimmer 420 im vierten Stock eingeschlossen worden seien.

Dem Eingreifen des türkischen Konsuls, der sich in Meina aufhielt, war es zu verdanken, daß die Familie Beer drei Tage später befreit wurde und die Erlaubnis bekam, sich innerhalb des Hotels zu bewegen, jedoch nicht, es zu verlassen. Der Konsul, gerade zur rechten Zeit benachrichtigt, hatte den Deutschen gedroht, einen diplomatischen

Skandal auszulösen, wenn den Beers, die türkische Staatsbürger waren, etwas geschehen sollte: Die Türkei war noch neutral, und dort galten die Rassengesetze nicht.

Das Hotel jedoch wurde beschlagnahmt, weil man Juden beherbergt hatte, und Herr Beer mußte eine Million Lire an die SS zahlen, was damals eine ungeheure Summe war.

Gewißheit über die Verwicklung ihres Vaters hatte Connie erst später bekommen, als die Leibstandarte den Lago Maggiore verlassen und alles ein tragisches Ende genommen hatte. Eines Tages, als sie ein Gespräch zwischen ihrem Vater und ihrem Bruder belauscht hatte, war ihr klar geworden, daß die beiden, zusammen mit noch jemand anderem, den Deutschen die Namen und Adressen einiger wohlhabender Juden in Arona übergeben hatten. Ihr Vater war ein Verräter, aber die Juden im Hotel Corona hatte nicht er auf dem Gewissen. Niemand in Meina wußte damals, ob und wie viele Juden das Hotel beherbergte; und doch, auch dort waren sich die Deutschen dank einer detaillierten Namensliste ihrer Sache sicher gewesen.

Diese Liste gab es schon lange, sie hatte die griechischen Flüchtlinge auf ihrem Weg von Saloniki bis Meina begleitet, um schließlich beim Kommando der Gestapo in Mailand zu landen. Und eben aus Mailand war der Befehl gekommen, diese Säuberung durchzuführen. Einmal am See, hatte sich die SS-Division jedoch nicht mit den Juden im Hotel Corona zufriedengegeben. Offensichtlich war beschlossen worden, die Razzia auf alle wohlhabenden Juden in der Gegend auszudehnen, und dafür wurden die Informationen der Gemeindeverwaltung oder die Namenslisten benutzt, die gewisse Ortsansässige, darunter auch Connies Vater, den Deutschen aushändigten.

Den Soldaten war reiche Beute versprochen worden, natürlich nicht der Truppe, sondern den Offizieren. Also warum die Operation nicht auf das gesamte Seeufer ausdehnen? Und so geschah es: Viele Juden, einige davon Villenbesitzer, andere Gäste in Hotels und Appartements, wurden festgenommen, ihre Häuser geplündert, während sie selbst sich in nichts auflösten.

An dem Tag, als die Deutschen das Corona besetzt hatten, kam nachmittags Connies Vater ins Hotel. Er fand seine Tochter im Lesezimmer, zusammen mit andern nichtjüdischen Gästen, bewacht von zwei bewaffneten Soldaten. Er sagte ihr, sie solle keine Angst haben, er werde mit dem für das Hotel verantwortlichen Kommandanten sprechen. Er hatte bereits als Kind Deutsch gelernt und es jeden Sommer mit den Touristen aufgefrischt.

Als er mit dem Kommandanten gesprochen hatte, kam er ins Lesezimmer zurück und flüsterte ihr ins Ohr: »Du bist frei, du kannst das Hotel verlassen und nach Hause gehen.«

Connie sah ihn erstaunt an: »Wie konntest du dich nur durchsetzen?«

Auf ihre Frage zuckte er mit den Achseln und meinte: »Sie haben mich gebeten, für sie als Dolmetscher zu arbeiten. Natürlich durfte ich das nicht ablehnen. Und außerdem sind wir ja keine Juden ...«

Als Connie darauf sagte, sie wolle das Hotel nicht verlassen, explodierte ihr Vater.

»Du bist nicht ganz bei Trost! Auch wenn die Deutschen

es nur auf die Juden abgesehen haben, darfst du nicht hierbleiben. Man weiß nie ...«

»Ich will Silvia und Alex nicht allein lassen ...«, meinte sie hartnäckig. »Wenn du ihr Dolmetscher bist, dann bitte den Kommandanten auch um eine Erlaubnis für mich, sie zumindest ab und zu besuchen zu dürfen.«

Ihr Vater hatte seine Wut gezügelt und schließlich genickt. »Na gut. Ich rede noch einmal mit Obersturmführer Krebs. Am besten, du kommst mit.«

Sie verließen das Lesezimmer und gingen durch die Halle in die Bar. Dort trafen sie den für das Hotel verantwortlichen SS-Offizier, der mit ein paar anderen Leuten ein Bier trank. Seltsamerweise stand jedoch hinter der Bar nicht wie sonst Vittorios Kollege Carlo, sondern der Koch.

Neben dem deutschen Kommandanten, einem gutaussehenden Mann mit rotem Haar, erkannte Connie Margit Meyer und den Italiener, der sie nach Meina gebracht hatte. Er wirkte sehr elegant und gepflegt in seiner eigenartigen graugrünen Uniform und hatte sein dunkles glattes Haar streng zurückgekämmt. Neben dem Hünen Krebs erschien der Italiener klein, obwohl er eine normale Statur hatte. Margit Meyer, die mit dem Deutschen sprach, verstummte, als sie Connie und ihren Vater eintreten sah.

Ihr Vater stellte sie dem Kommandanten vor, um dann leise mit ihm zu tuscheln. Connie war die Unterhaltung kurz und herzlich vorgekommen. Zum Schluß hatte ihr Vater sich mit einem zufriedenen Lächeln wieder an sie gewandt.

»Ich habe Kommandant Krebs erklärt, daß du deinen Zeichenunterricht bei Professor Dalmasso fortsetzen möchtest. Er besorgt dir freundlicherweise einen Passierschein. Bedanke dich bei ihm, er ist dir wirklich sehr entgegengekommen ...«

Connie hatte nie bei Dalmasso Stunden genommen. Doch sie hatte oft mit dem freundlichen alten Herrn gesprochen, dessen Verlag seine Büros wegen des Krieges von Mailand an den See verlagert hatte. Er war ein namhafter Künstler und hatte auch Silvia porträtiert. Ihr Vater hatte Krebs belogen, damit der Deutsche nicht auf den Verdacht kam, sie könnte mit den jüdischen Jugendlichen befreundet sein.

Connie dankte dem Kommandanten und blickte ihm dabei direkt in die Augen, als wäre sie ihm wirklich dankbar und hätte keine Angst vor ihm. Krebs machte eine galante Verbeugung und sagte in unsicherem Italienisch, die *bella signorina* brauche keine Angst zu haben, sie sei schließlich keine Jüdin, und dabei lächelte er, daß ihr das Blut in den Adern gefror.

Die Tage vom 14. bis zum 23. September verstrichen in einer tragischen und zugleich surrealen Atmosphäre. Den gefangenen Juden wurde zweimal am Tag Essen gebracht, und vor der Tür zu ihrem Zimmer im vierten Stock stand stets ein bewaffneter Soldat. Die anderen Gäste des Hotels führten ein scheinbar normales Leben, doch niemand von ihnen durfte abreisen. Hätte jemand es trotzdem gewagt, wären schwere Vergeltungsmaßnahmen die Folge gewesen. Sie aßen im Restaurant, bedient vom Personal, und tagsüber durften sie auch nach draußen; am Abend jedoch herrschte Ausgangssperre.

Wer nicht zu den lärmenden Feiern der deutschen Offiziere eingeladen war, mußte sich nach dem Abendessen auf sein Zimmer zurückziehen. Beinahe jeden Abend wurden Feste veranstaltet, und Musik und Geschrei waren bis spät nachts zu hören. Am Morgen danach berichtete das Personal den Hotelgästen hinter vorgehaltener Hand, was in der Nacht passiert war. Die Kommandanten der verschiedenen am See stationierten Kompanien der Leibstandarte kamen zum Essen, Tanzen und vor allem zum Trinken ins Corona und brauchten die Vorräte des gutgefüllten Weinkellers auf. Zu diesen Festen wurden oft wichtige Persönlichkeiten eingeladen, Männer und Frauen aus dem Ort, einige nahmen gern teil, andere aus Furcht, sonst Repressalien ausgesetzt zu werden. Manchmal kamen auch Damen, die man eigens aus Mailand anreisen ließ, und die Feste endeten in Orgien.

Neun Tage lang wurden die Juden als Gefangene im obersten Stockwerk festgehalten. Niemand hatte die Erlaubnis, sie zu sehen, doch Silvia hatte eines Abends eine Idee gehabt. Das Zimmer 420 war ein Raum mit Bad und Waschküche für das Hotelpersonal und so groß wie drei normale Zimmer. Doch man konnte mit den Gefangenen von außen in Kontakt treten, wenn man ins Nebenzimmer ging, das einen kleinen Balkon direkt neben dem Fenster von Zimmer 420 hatte.

An einem Abend waren Silvia, Alex und Connie, während die Deutschen und ihre Gäste im Ballsaal ausgelassen feierten, die Treppen hoch in den vierten Stock gestiegen – um keinen Lärm zu machen, hatten sie nicht den Lift genommen – und in das Zimmer mit dem Balkon gegangen.

Dank der Größe des Zimmers der Gefangenen erschien dessen Tür auf dem Gang sehr weit entfernt von der zum Zimmer mit dem Balkon. Vermutlich war das der Grund dafür, daß der Wachsoldat sie nicht beachtet hatte und es auch in der Folge nicht tat.

Als sie auf dem Balkon waren, warf Alex ein Steinchen gegen das Fenster der Gefangenen. Gleich zeigte sich Jean und erkannte im matten Licht der Laternen, das vom Garten her zu ihnen hochschien, die Freunde.

Die drei hatten etwas zu essen und Zigaretten gebracht. Denn die Deutschen versorgten die Eingeschlossenen nicht gerade großzügig mit Nahrungsmitteln.

Der Besuch munterte die Gefangenen auf. Seit Tagen waren sie nun abgesondert, und mit jedem Tag wurde ihre Hoffnung kleiner, lebend dort herauszukommen.

Von Jean erfuhren die Besucher, daß außer den Juden aus Saloniki, Vittorio und Carlo auch die junge deutsche Frau eines italienischen Journalisten dort festgehalten wurde, von der niemand wußte, ob sie Jüdin war. Es waren also sechzehn Gefangene.

Connie und die Geschwister Beer hielten ihren Besuch kurz, auch weil sie von den Gefangenen dazu gedrängt wurden zu gehen, damit ihnen nichts zustieße. Doch als Silvia und Alex schon wieder im Zimmer waren, zeigte sich Jeans Mutter noch einmal am Fenster. Sie rief mit leiser Stimme Connie und bat sie, Margit Meyer einen Brief zu überbringen. Signora Diaz gab ihr den Umschlag und flehte Connie an, sehr vorsichtig zu sein und darauf zu achten, daß niemand etwas merke, vor allem die Deutschen nicht.

»Aber die Frau *ist* Deutsche«, entgegnete Connie.

Signora Diaz gab ihr mit einer Geste zu verstehen, daß sie die Stimme senken solle, und flüsterte dann: »Wir können ihr vertrauen, ihr Mann arbeitet beim italienischen Konsulat in Saloniki. Sie kennt den Konsul und den Vizekonsul gut, die uns geholfen haben zu fliehen. Und dank ihnen konnten sich viele Juden in Saloniki retten. Bring ihr diesen Brief, bitte ...«

Connie wand ein, daß sie Margit Meyer sehr freundschaftlich mit Obersturmführer Krebs habe sprechen sehen. Doch Signora Diaz schüttelte den Kopf. »Das tut sie, um keinen Verdacht zu erregen und uns besser helfen zu können. Geh jetzt, ich bitte dich ...«

Also steckte Connie den Umschlag unter ihre Bluse, ging ihren Freunden nach und verließ mit ihnen das Zimmer.

Da sie Silvia und Alex nicht mit in die Sache hineinziehen wollte, suchte sie Margit Meyer am folgenden Tag allein auf. Sie fand sie im Garten, wo sie in einem Liegestuhl döste und sich sonnte. Ein paar Sekunden lang stand Connie in stummer Bewunderung vor ihr. Sie trug einen eleganten Strandanzug, der ihre langen, schlanken Beine frei ließ. Mit ihrem blonden Haar, den rot lackierten Finger- und Fußnägeln und der leicht gebräunten Haut sah sie aus wie eine Filmdiva.

Connie räusperte sich, und Margit Meyer öffnete die Augen. »Das hier ist für Sie«, sagte Connie und hielt ihr den Umschlag hin.

Die Frau nahm die Sonnenbrille ab und blickte fragend zuerst zu Connie, dann auf den Umschlag. »Was ist das, Schätzchen?«

»Von Signora Diaz.«

Frau Meyer schüttelte mit trauriger Miene den Kopf. Doch Connie war es so vorgekommen, als hätte sie ein kurzes zufriedenes Funkeln in ihren wunderschönen blauen Augen gesehen.

Dann nahm Margit Meyer den Brief und steckte ihn in ihre Strohtasche. »Danke, Schätzchen, das war sehr mutig von dir…«

Connie ging es wie Professor Dalmasso: Ihr gefiel diese Frau nicht. Der Gedanke schoß ihr durch den Kopf, ihr die Tasche zu entreißen und wegzurennen. Doch sie tat es nicht, sondern beschränkte sich darauf, eilig ins Hotel zurückzulaufen, ohne ein Wort zu sagen.

Am nächsten Tag hatte Margit Meyer das Hotel Corona sehr früh verlassen, und niemand sah sie je wieder.

Der Umschlag enthielt die Nummern einiger Konten der Familien Torres und Fernandez Diaz bei einer Schweizer Bank sowie die Schlüssel zu zwei Schließfächern mit Inhaberpapieren und Edelsteinen. Doch dies erfuhr Connie erst viele Jahre später dank ihrer Nachforschungen in Italien und anderen Ländern, als sie entdeckte, warum Carla Carini getötet worden war, das einzige nichtjüdische Opfer des Massakers.

Carla Carini war von den Deutschen am 14. oder 15. September festgenommen worden, einige Quellen nennen auch den 17. September. Auf jeden Fall war sie eines Abends aus Baveno verschwunden. Ihre Leiche, identifiziert dank des Schottenrocks, den sie zum Zeitpunkt der Verhaftung trug, hatte man einen Monat später gefunden, notdürftig begraben in einem Wald nahe Fondotoce.

Carla war fünfundzwanzig Jahre alt, sie war sehr hübsch

und wohnte im Hotel Suisse in Baveno. Am Tag vor ihrem Verschwinden war sie mit ihrer Freundin Elda Massa ins Hotel Corona gegangen, das die Deutschen zu diesem Zeitpunkt noch nicht besetzt hatten, um im Garten am See einen Tee zu trinken. Elda hatte das Ganze für eine verrückte Idee gehalten, das Corona war eigentlich zu teuer für sie, doch ihre Freundin hatte es so unbedingt gewollt, daß sie schließlich nach Meina aufgebrochen waren.

Viele Jahre danach hatte Elda Connie erzählt, daß an jenem Tag etwas Seltsames geschehen sei. Als sie im Hotelgarten saßen und Tee tranken, waren eine blonde, sehr attraktive Frau und ein Mann mit glattem schwarzen Haar, der eine graugrüne Uniform trug, an ihrem Tisch vorbeigegangen. Elda erinnerte sich an diese sonderbare Uniform, weil sie später ähnliche bei den verschiedenen faschistischen Milizen sah.

Carla, die gegenüber ihrer Freundin saß, bückte sich, als der Mann und die Frau sich näherten, ganz plötzlich und tat so, als wolle sie etwas vom Boden aufheben. Sie blieb in dieser Haltung, bis das Paar an ihnen vorbei war; doch noch bevor die beiden sich gesetzt hatten, stand sie auf und ging eilig Richtung Hotel. Neugierig geworden beobachtete Elda nun das Paar. Sie schienen lebhaft zu diskutieren, dann verließ der Mann den Tisch und ging ebenfalls auf das Hotel zu. Verwundert und ein wenig ängstlich tat Elda nach kurzer Zeit das gleiche.

In der Halle sah sie Carla am Telefon in einer der beiden Kabinen am Eingang. Dabei bemerkte Elda, daß der Mann in der graugrünen Uniform neben der Rezeption stand und Carla nicht aus den Augen ließ.

Elda Massa hatte nie erfahren, mit wem ihre Freundin telefonierte; doch auch nach so vielen Jahren erinnerte sie sich genau an das Gesicht des Mannes und an den Blick, mit dem er Carla beobachtet hatte.

Am nächsten Tag wurde Carla Carini zum Kommando der SS nach Baveno gebracht. Jemand, der bei dem Verhör anwesend war, berichtete später, der deutsche Kommandant habe Carla beschuldigt, sie sei Jüdin. Als sich aus den Papieren klar ergeben hatte, daß dies nicht zutraf, schien der Deutsche sehr verärgert, gab aber trotzdem den Befehl, sie wegzubringen. Sie mußte auf einen Mannschaftswagen der SS steigen, und seit diesem Zeitpunkt hatte sie niemand mehr gesehen.

Carlas Eltern waren bei einem Bombenangriff ums Leben gekommen, und ihren jüngeren Bruder, der noch ein Kind war, hatte man zu Verwandten in die Abruzzen gebracht. So hatte allein Elda ihren Tod beweint, der unerklärlich geblieben war, bis Connie herausgefunden hatte, warum man Carla getötet hatte.

In jenem Sommer 1943 arbeitete Carla für die Engländer, und an dem Tag im Garten des Corona hatte sie Margit Meyer als deutsche Spionin des SD, des Sicherheitsdienstes der SS, erkannt. Margit Meyer war nämlich nicht die Frau eines Sekretärs des italienischen Konsuls in Saloniki, sondern dessen Geliebte gewesen. Sie hatte vom SD den Auftrag bekommen, sich in das Konsulat einzuschleichen, und zu diesem Zweck eine Affäre mit dem Sekretär begonnen. So kam sie zu zahlreichen Informationen. Unter anderem fand sie heraus, daß der Vizekonsul ein Agent des italienischen Geheimdienstes SIM war, man jedoch mit gutem Grund annehmen konnte, daß es sich bei ihm um einen Doppelagenten handelte und er auch für die Engländer arbeitete. Ihre Nachforschungen bestätigten zudem den Verdacht, daß das italienische Konsulat in Saloniki intensiv für die griechischen Juden tätig war, indem es ihnen Ausreisepapiere verschaffte und sie damit vor der Deportation rettete. In diesem Zusammenhang hatte Margit Meyer ohne Wissen ihres Liebhabers eine Liste kopiert, auf der die Namen vieler wohlhabender Juden aus Saloniki standen, die im Begriff waren, nach Italien zu fliehen. Diese Liste hatte sie unverzüglich nach Berlin übermittelt.

Bei ihren Nachforschungen entdeckte Connie, daß die Mission, die Margit Meyer nach Meina geführt hatte, nicht von Berlin angeordnet war, sondern von einem gewissen S., der als Kommandant an der Spitze der SS in Norditalien stand und ohne Wissen seiner Vorgesetzten, einschließlich des Obersturmbannführers Walter Rauff, Chef des SS-Kommandos von Mailand, handelte. S. wußte dank der Informationen, die er von Margit Meyer erhalten hatte, schon seit Juli von der Anwesenheit wohlhabender Juden in Meina und war auf die Idee gekommen, sich die Entsendung der Leibstandarte in diese Region für seinen Plan zunutze zu machen. Die Übergangsphase und die große Konfusion, in der sich das Land befand, erschienen ihm besonders günstig, und ein Risiko gab es praktisch nicht. Selbst wenn irgend etwas durchsickern sollte, würde S. dies dank seiner einflußreichen Position wieder in Ordnung bringen können.

Tatsächlich waren, als im Oktober das deutsche Kommando zwei Militärrichter geschickt hatte, um über die Massaker am Lago Maggiore Nachforschungen anzustellen, diese Ermittlungen vom SS-Kommando in Mailand ausgegangen, doch sie versandeten rasch.

Um herauszufinden, wo die Fernandez Diaz und die Torres ihr Vermögen verwahrten, hatte S. sich Margit Meyers bedient. Die Torres, die zwar den Konsul und den Vizekonsul in Saloniki kannten, hatten nie mit dem Sekretär, einem einfachen Beamten, Kontakt gehabt; und auch nicht mit seiner nicht existenten Ehefrau. Daher war es für die schöne Spionin, dank falscher Papiere, perfekter Italienischkenntnisse sowie ihrer Vertrautheit mit dem Konsulat als auch mit der Stadt Saloniki und der dortigen jüdischen Gemeinde, nicht schwierig, ihre Rolle überzeugend zu spielen. Als sich die Ereignisse dann überstürzten, glaubten die Juden in Corona, Margit Meyer sei als einzige in der Lage, ihre Rettung auszuhandeln, indem sie der SS ihr Vermögen im Tausch gegen ihr Leben anbot.

Als Carla Carini die Spionin Margit Meyer erkannte, hatte sie ihr Todesurteil unterschrieben. Um ihre Eliminierung hatte sich der Mann gekümmert, den Kommandant S. Margit Meyer bei dieser Mission zur Seite gestellt hatte: ein Mitglied der neugegründeten italienischen Waffen-SS, der Mann in der graugrünen Uniform, dessen Identität Connie erst viele Jahre später herausfinden sollte.

An den Tagen vor dem Massaker gingen am See Gerüchte um, die falsche Hoffnungen nährten: Einige behaupteten, die verschwundenen Juden seien schon in Deutschland, in Arbeitslagern, andere, man habe sie ins Gefängnis San Vittore nach Mailand gebracht oder in eines der zahlreichen Sammellager, die es überall in Norditalien gab, von wo aus sie deportiert werden sollten.

Connie und ihre Freunde setzten ihre Besuche bei den Gefangenen fort, sie versuchten, ihre Stimmung zu heben, und brachten ihnen Essen und Zigaretten. Jean, der siebzehnjährige Sohn der Diaz, gab sich Mühe, optimistisch zu sein, und er war es, der Connie und die Geschwister Beer ermutigte und dazu aufforderte, doch zuversichtlich in die Zukunft zu schauen.

»Ihr werdet sehen, es kommen bessere Zeiten. Ihr müßt nur darauf vertrauen ...«, sagte er.

Doch die Erwachsenen waren inzwischen verzweifelt, auch wenn sie versuchten, es die Jugendlichen nicht merken zu lassen. Sie wußten zu gut, was ihren Glaubensbrüdern in Griechenland widerfahren war, und konnten nicht anders als pessimistisch sein.

Connie würde sich ihr Leben lang an diese Menschen am Fenster erinnern, die ihre Angst verbargen und lächelten, ihnen für das wenige dankten, das sie von ihnen bekamen. An die drei griechischen Familien: die Fernandez Diaz, Vater, Mutter, die drei Kinder Jean, Paul und Henriette und der Großvater; die Mosseri: Vater und Mutter, Sohn und Schwiegertochter; die Eheleute Torres, die in Saloniki dem Konsul geholfen hatten, viele Juden zu retten; schließlich an Daniele Modiano, dessen Frau Georgette davongekommen war, weil sie sich bei Ankunft der Deutschen nicht im Hotel aufhielt; an die wunderschöne Lotte Froelich, die von allen am meisten Pech hatte, da sie genau an dem Tag, als die Deutschen das Hotel besetzten, angekommen war und so von ihrem katholischen Mann getrennt wurde; und nicht zuletzt an Carlo und Vittorio, letzterer Connies erste und einzige Liebe, Vittorio, der sich in Sicherheit hätte bringen können, sich jedoch dafür entschieden hatte, das Los seiner Gefährten zu teilen.

Den drei Kindern der Diaz hatten die Deutschen gesagt, sie würden freigelassen werden, sobald ihre Papiere, die man zur Kontrolle nach Mailand geschickt habe, wieder in Meina seien. An diese fromme Lüge versuchten auch Connie, Silvia und Alex verzweifelt zu glauben, obwohl sie wußten, daß in jenen Tagen an der gesamten piemontesischen Küste des Sees auch andere Juden verschwunden waren.

Dann kam die Nacht des 22. September.

Auch an jenem Abend war Connie im Hotel geblieben, um bei Silvia zu schlafen. Inzwischen achteten die Deutschen nicht mehr auf sie.

Die beiden Mädchen waren eben zu Bett gegangen, als sie das Schlagen von Türen hörten, dann ein großes Durcheinander und Getrampel auf den Treppen. Niemand durfte während der Nacht sein Zimmer verlassen oder sich auch nur an der Tür zeigen – das hatten die Deutschen verboten.

Connie und Silvia hatten das Licht gelöscht und den Kopf unter die Kissen gesteckt, denn der Lärm, der aus dem vierten Stock kam, ließ das Schlimmste befürchten. Als die schweren Schritte auf der Treppe endlich nicht mehr zu hören waren, ging dafür unten lautes Gegröle los. Die Musik drang wie jede Nacht aus dem Tanzsaal, wo die Soldaten spielten, tanzten und sich betranken, nach oben.

Gegen ein Uhr nachts jedoch fing das Hin und Her erneut an, und die Mädchen waren sich sicher, daß diese Schritte wieder aus dem Zimmer im vierten Stock kamen. Als schließlich Ruhe einkehrte, schliefen sie noch einmal ein, wurden aber um drei erneut von den Motoren der Mannschaftswagen geweckt, die vom Platz vor dem Hotel losfuhren.

Am nächsten Morgen erfuhren sie, daß die Gefangenen fortgebracht worden seien. Nur die drei Kinder der Diaz und ihr Großvater waren noch im Zimmer des vierten Stocks. Dann, gegen Mittag, kam jemand ins Hotel gerannt und rief, vor dem Wärterhäuschen trieben Leichen im See. Connie schlich sich auf ihrem geheimen Weg davon und fuhr mit dem Fahrrad die Straße nach Arona entlang. In fünf Minuten hatte sie das rote Bahnwärterhäuschen am Seeufer erreicht.

Am Ufer standen Leute, und von der Straße sahen andere nach unten und zeigten aufs Wasser.

Connie warf das Fahrrad hin, drängte sich durch die Menge und rannte zum Ufer hinunter. Dort lagen im Sand die Leichen von Vater und Mutter Diaz. Ihre Gesichter waren aufgedunsen, die Hände mit Eisendraht zusammengebunden, die Körper vom Wasser aufgeschwemmt. Connie war wie versteinert, sie konnte sich eine ganze Zeitlang nicht rühren, bis plötzlich jemand rief: »Die Deutschen kommen!« Der Schrei riß sie aus dem Entsetzen. Sie sah, wie sich oben auf der Straße zwei Mannschaftswagen mit Soldaten näherten. Da rannte sie zu ihrem Fahrrad und radelte wie eine Verrückte zum Hotel zurück.

Vor dem Corona stieß sie auf Professor Dalmasso. Erst jetzt fing sie an zu schluchzen, worauf der alte Professor sie in die Arme nahm und ins Hotel brachte, wo er ihr etwas Stärkendes zu trinken bestellte und versuchte, sie zu trösten.

Erst später hatte ihr jemand erzählt, daß in der Nacht zuvor die Gefangenen in Vierergruppen fortgebracht worden seien. Die erste Gruppe nach dem Abendessen, um neun Uhr, die zweite um ein Uhr nachts und die dritte um drei Uhr morgens. Silvia und sie hatten alles gehört, auch die ohrenbetäubende Stille, in der das Corona nach der letzten Fahrt versunken war.

Niemand im Hotel machte sich Illusionen über das Schicksal, das die Gefangenen von Zimmer 420 ereilt hatte, doch alle hofften, die Soldaten würden wenigstens mit den drei Kindern und dem alten Großvater Mitleid haben.

Connie glaubte nicht daran. Sie hatte die grausam zugerichteten Körper gesehen, und sie war sich sicher, daß niemand mit dem Leben davonkommen würde.

Tatsächlich kamen die Leute von der SS gegen vier Uhr am Nachmittag und holten die Kinder und den Großvater. Sie würden zu den Eltern in ein Konzentrationslager gebracht. Allen Gästen des Hotels war befohlen worden, sich in ihre Zimmer einzuschließen und drinnen zu bleiben, bis eine neue Anordnung erfolgte. Man hörte kein Schreien oder Klagen, nur Schritte auf der Treppe.

In den folgenden Tagen gab der See weitere Leichen frei, doch die Soldaten zerstückelten sie mit dem Bajonett, beschwerten sie mit Steinen und warfen sie zurück ins Wasser, damit sie auf Grund gingen. Tagelang patrouillierte die SS in Booten am Ufer entlang und hinderte die Bevölkerung daran, sich dem See zu nähern; eine Leiche war am Schweizer Ufer des Lago Maggiore an die Oberfläche gekommen, und die Zeitungen der Eidgenossenschaft hatten darüber berichtet.

Die Juden aus dem Hotel Corona waren nicht wieder aufgetaucht. Später waren andere Leichen entdeckt worden, im Wald vergraben, wie die von Carla Carini, doch die meisten Opfer hatten ihr Grab auf dem Grunde des Sees gefunden. Die letzte Leiche wurde 1948 aus dem See geborgen. Es war eine Frau.

Vierzehn Tage nach ihrer Ankunft verließ die Leibstandarte Italien, um an die russische Front zurückzukehren. Vor dem Abmarsch hatten sich im Kommando in Alessandria zwei Soldaten des Bataillons umgebracht, während andere in Rußland getötet wurden – von ihren Vorgesetzten, denselben, die das Bataillon am Lago Maggiore befehligt hatten, in den Rücken geschossen. Auf diese Weise waren eine Reihe von Zeugen eliminiert worden.

Den Beers war es kurze Zeit später gelungen, in die Schweiz zu fliehen, und Connie war allein geblieben an diesem See, den sie nicht einmal mehr anschauen konnte. Jede Nacht hatte sie Alpträume, in denen sie ihre Freunde, Vittorio und alle Gefangenen des Zimmers 420 sah, wie sie, von Algen umschlungen, auf dem Grunde des Sees lagen. Sie waren entstellt und aufgeschwemmt wie die Leichen, die sie am Bahnwärterhäuschen gesehen hatte. Sie hatte sich dem Ufer nicht mehr genähert und war monatelang beinahe nicht aus dem Haus gegangen, hatte ihr Zimmer, das auf den See hinausging, mit dem des Bruders getauscht, nur um diese glitzernde Wasserfläche nicht mehr sehen zu müssen.

Dann, eines Tages, als sie unbemerkt ein Gespräch zwischen ihrem Vater und ihrem Bruder belauscht hatte, war ihr deren Verwicklung in das Massaker klargeworden. Die Wahrheit zu erfahren hatte sie in eine tiefe Depression gestürzt, und lange Zeit war sie vom Hausarzt mit Medikamenten behandelt worden, während sich eine Tante mit viel Verständnis um sie gekümmert hatte. Monate waren vergangen, bis sie sich wieder erholte, doch am Ende war sie genesen.

Manchmal ging sie in die Kirche. Nicht weil sie gläubig gewesen wäre – nach dem, was sie gesehen hatte, konnte sie nicht mehr daran glauben, daß es einen Gott gab –, sondern weil sie sich dort sicher fühlte. Denn sie fürchtete, ihr Vater und ihr Bruder könnten erfahren, daß sie die Wahrheit wußte, und würden nicht zögern, sie zu töten. Sie wäre gern geflohen, doch wie die Juden konnte sie es nicht.

Sie staunte, welche Aversion sie gegen diese beiden Männer entwickelte, schließlich waren sie ja ihr Vater und ihr Bruder, und es hatte eine Zeit gegeben, da sie sie liebte. Der Gemeindepfarrer, dem sie anvertraute, mit ihrer Familie gebrochen zu haben, natürlich ohne den Grund zu nennen, versuchte sie dazu zu überreden zu verzeihen. Es seien finstere Zeiten, sagte er, der Mensch könne das Schlechteste, aber auch das Beste von sich geben. Daher solle sie verständnisvoll sein und ihren Mitmenschen Liebe schenken, das sei das wertvollste Gut.

Dieser Mann kam ihr verrückt vor, und irgendwie rührte er sie auch. Er konnte so reden, weil er die Leichen von Jeans Eltern nicht gesehen und auch nicht den grauenvollen Abtransport der Gefangenen des Zimmers 420 miterlebt hatte. Doch Connie tat, als würde sie seinem Rat folgen, und dies war der Beginn ihrer Rückkehr ins Leben und gleichzeitig der Beginn ihres Sterbens gewesen.

Nach dem Krieg zogen Connie und ihre Familie in die Vereinigten Staaten. Während der Reise übers Meer stellte sie sich vor, welch hartes Leben sie in Amerika erwartete, wollte man ihren Landsleuten glauben, die in die USA emigriert waren. Aber es kam ganz anders. In Italien waren sie halbwegs wohlhabend gewesen, doch in Amerika waren sie plötzlich steinreich. Connie hatte nicht lange nachdenken müssen, um zu verstehen, woher dieser ganze Reichtum kam, und fast wäre sie erneut in einer Depression versunken.

Doch das wollte sie nicht zulassen. Sie verdrängte Scham und Schmerz und verwandelte sich zunehmend in eine Frau, die unfähig war zu lieben, aber um so fähiger zu hassen. Zwanzig Jahre lang spielte sie die Rolle der braven Tochter und Schwester weiter, bis ihr Vater und ihr Bruder bei einem Verkehrsunfall ums Leben kamen und ihr ein großes Vermögen als Erbe hinterließen. Nun war sie endlich frei, sich zu rächen.

In Italien hatte es nach dem Krieg kein Nürnberg gegeben. Abgesehen von den Prozessen der Alliierten gegen Kesserling, Mackensen und Malzer hatte man in der Nachkriegszeit keine großen Verfahren gegen italienische Kollaborateure angestrengt, und außer ein paar wenigen Anführern waren alle anderen davongekommen. Die Dokumente, die Auskunft über die Massaker – auch das am Lago Maggiore – gaben, waren verlorengegangen oder von den Deutschen oder den Anhängern der Republik von Salò verbrannt worden, bevor die Amerikaner kamen. So war Italien, in dem unglaublich viele Massaker an Zivilisten, zum großen Teil Frauen und Kindern, verübt worden waren, nach dem Krieg ohne Schuldige geblieben.

Connie wurde auf ihre Weise tätig, lange vor der Entdeckung des berühmten »Schranks der Schande« voller Dokumente über die in Italien verübten Massaker – der wurde erst Jahrzehnte später gefunden, als die Schuldigen fast alle tot waren.

Mitte der siebziger Jahre hatten ihre Nachforschungen schon zu einer ganzen Reihe von Ergebnissen geführt, als sie durch einen Zufall nach langer Suche, die sie mehr als einmal fast aufgegeben hätte, Margit Meyer ausfindig machte – oder jedenfalls die Frau, die sie in Meina unter diesem Namen kennengelernt hatte.

Es war ein sehr heißer Sommer, und Connie hielt sich in Rom auf, wo sie Urlaub machte. Sie blätterte eine Illustrierte mit Gesellschaftsnachrichten durch, als sie meinte, Margit Meyer auf einem Foto wiederzuerkennen, das in Portofino aufgenommen worden war und eine Frau zeigte, die die neue Yacht ihres Mannes taufte. Sie war über sechzig, nicht mehr schön wie einst, aber immer noch attraktiv. Die Bildunterschrift nannte einen Namen: Eleonore Giunti, deutsche Frau eines reichen Industriellen aus Genua, die in ihrer Villa in Portofino Urlaub machte.

Connie verlor keine Zeit und reiste sofort nach Portofino. Sie stieg im Splendido ab, dem Luxushotel steil über dem Golf. Eine amerikanische Freundin hatte in Portofino eine Villa gekauft, was Connie sehr zustatten kam, denn damit hatte sie Zugang zu den Partys des internationalen Jetsets, von denen eine auf die andere folgte, jeden Abend in einer anderen Villa. Dank ihrer Freundin erfuhr sie auch, wo Eleonore Giunti alias Margit Meyer wohnte, wer ihr Mann war, wie sie es geschafft hatte, ihn zu heiraten, und all den übrigen Klatsch, der das Leben der feinen Gesellschaft ausmacht. Wenn Margit Meyer eine einfache Angestellte gewesen wäre, hätten sich ihre Nachforschungen schwieriger gestaltet, doch da sie Teil der Welt der Schönen und Reichen geworden war, erfuhr Connie alles über sie, oder besser gesagt: alles, von dem Margit wollte, daß man es wußte. Und eines Abends, bei einem Empfang, entdeckte sie sie endlich in der Menge.

Connie beobachtete sie und sah, wie sie mit der gleichen Liebenswürdigkeit lächelte und redete wie damals den Juden aus Saloniki gegenüber. Es war die Frau aus Meina, daran gab es keinen Zweifel.

Sie brauchte nicht zu fürchten, wiedererkannt zu werden: Es waren zweiunddreißig Jahre seit damals vergangen, Margit Meyer war zweiundsechzig, Connie neunundvierzig, und es gab nichts mehr an ihr, das an die kleine schüchterne Siebzehnjährige erinnerte, die ihr den Brief von Signora Diaz übergeben hatte. Inzwischen sprach sie Italienisch mit stark amerikanischem Akzent, und ihr Haar war nicht mehr schwarz und lang, sondern blond und kurzgeschnitten.

An jenem Abend war es ihr gelungen, sich mit ihr anzufreunden, und an den folgenden Tagen sahen sie sich oft auf der Yacht ihrer amerikanischen Freundin oder auf der von Margit. Connie lernte auch deren Gatten kennen, einen rechtschaffenen Mann, der während des Kriegs in den Vereinigten Staaten gewesen war und keine Ahnung von der Vergangenheit seiner Frau hatte.

Innerhalb kürzester Zeit war Connie Margits beste Freundin geworden; Freundin in dem Sinne, wie man dieses Wort in gewissen Kreisen versteht. Sie gingen gemeinsam einkaufen oder auf den Markt von Santa Margherita, saßen am Swimmingpool und plauderten über alles mögliche. Connie wartete auf den richtigen Moment, sie wußte, daß diese Frau schuldig war, doch sie wollte herausfinden, welche Rolle sie genau gespielt hatte.

Aus den Osnabrücker Prozeßakten und aus den ziemlich lückenhaften Zeugenaussagen, die sie selbst gehört hatte, als sie in Deutschland und in Mailand gewesen war, um das Verfahren mitzuerleben, wie auch aus ihren eigenen Nachforschungen hatte sich für sie klar ergeben, daß irgend jemand, vielleicht der berüchtigte S., Margit Meyer, die nie gesucht oder verhört worden war, als Werkzeug benutzt hatte.

Die Hypothese, daß diese mysteriöse Person ohne Wissen des deutschen Kommandos gehandelt hatte, war nicht nur durch die Zeugenaussagen der beiden schon Ende Oktober 1943 nach Meina entsandten Militärrichter beim Osnabrücker Prozeß, sondern auch durch die Aussage von Kommandant B., der zum Ersten Bataillon gehörte, gestützt worden. Der hatte bekräftigt, daß es seines Wissens ein Offizier des SD in Mailand gewesen sei, welcher der dritten Kompanie, jener in Stresa stationierten von Hauptmann Krüger, die Vernichtung der Juden am See befohlen hatte. Dies, hatte er mit Überzeugung hinzugefügt, sei keine autorisierte Aktion gewesen, weil sonst die Kriegsbeute in die Kompaniekasse gekommen wäre, was jedoch nie geschehen sei.

Connie hoffte in jenem Sommer in Portofino, als sie versuchte, das Vertrauen Margit Meyers zu gewinnen, weitere Teile der Wahrheit zu entdecken.

Eines Nachmittags saßen die beiden Frauen auf der Terrasse des Hotel Splendido und genossen die letzte Sonne in der Abendstimmung über dem Golf. Mit einem Mal warf Margit Meyer die Zeitung, in der sie gelesen hatte, wütend zu Boden. »Immer diese alten Nazigeschichten. Man kann es nicht mehr ertragen ...«, rief sie mit rotem Gesicht aus.

Connie bückte sich, um die Zeitung aufzuheben, und sah, daß auf der Seite ein Artikel über die von Nazis in Italien verübten Verbrechen stand. Es ging auch um das Massaker von Meina, und die drei Offiziere der Leibstandarte wurden erwähnt, die man im Osnabrücker Prozeß verurteilt hatte und die nach zwei Jahren Gefängnis wieder freigekommen waren.

»Was für ein Getue, wirklich!« sagte Connie, indem sie die Zeitung hinlegte. »Im Grunde haben diese Leute doch nur Befehle ausgeführt ...«

Der Köder war ausgeworfen. Still saß sie da, hielt die Augen geschlossen und tat, als genieße sie die Sonne. Sie mußte nicht lange warten.

»Natürlich haben sie Befehle ausgeführt!« platzte Margit Meyer heraus. »Das kann man ihnen doch nicht zur Last legen! Aber man weiß ja: Die Geschichte wird von den Siegern geschrieben ...«

Nach ein paar Sekunden setzte Connie erneut an: »Ich verstehe nicht, warum man die Vergangenheit ständig wieder aufrühren muß. Alle haben Fehler gemacht, das passiert immer in einem Krieg. Das glaube ich wenigstens, ich bin in Amerika geboren, und ich kenne keinen Krieg, jedenfalls nicht im eigenen Land. Aber du bist Deutsche, es muß hart gewesen sein ...«

Margit Meyer antwortete nicht gleich, sondern ließ lange den Blick schweifen. Connie, die sie durch ihre Sonnenbrille beobachtete, entging nicht, daß ihre blauen Augen sich plötzlich verdüsterten.

»Ja, es ist sehr hart gewesen. Meine ganze Familie ist bei der Bombardierung Berlins gestorben. Ein Verbrechen ... Aber laß uns über etwas anderes reden, die Erinnerung schmerzt mich.«

Und Connie fügte sich und wechselte das Thema.

In den nächsten Tagen ließ sie keine Gelegenheit aus, Margit Meyer glauben zu machen, sie sei eine überzeugte Faschistin. Immer wieder sprach sie mit großer Bewunderung über Mussolini und behauptete, sie schäme sich, italienischer Abstammung zu sein, weil die Italiener die Deutschen verraten hätten. Diese Komödie setzte sie über Tage fort, bis ihre Geduld eines Nachmittags belohnt wurde.

Sie waren allein in der Villa von Margit Meyer, das Personal hatte Ausgang, ihr Mann war auf Reisen. Am Rand des Swimmingpools genossen sie die letzte Sonne und lasen. Connie hatte das Buch eines bekannten amerikanischen Autors mitgebracht, das in Europa während des Kriegs spielte, um das Gespräch erneut auf dieses Thema zu bringen. Im Roman ging es um einen Spion des Reichs, und Connie hatte die Geschichte für Margit Meyer kurz zusammengefaßt und ihre Worte mit begeisterten Kommentaren über die Hauptfigur gespickt.

Margit Meyer hatte ihr mit Interesse zugehört, schaute sich dann den Umschlag des Buchs mit einem selbstgefälligen Lächeln an und legte den Roman auf das Tischchen neben ihrem Liegestuhl. »Auch ich bin eine Spionin des deutschen SD gewesen«, sagte sie ohne große Umschweife und fügte hinzu, sie habe an einer Aktion in Norditalien nahe der Schweizer Grenze teilgenommen.

Natürlich erwähnte sie weder das Hotel Corona noch Meina. Gutgläubig, wie sie gewesen sei, habe sie sich von ihrem eigenen Vorgesetzten hereinlegen lassen, der sie in eine vom deutschen Kommando nicht genehmigte Operation hineingezogen habe. Und dieses hohe Tier sei längst mit der Beute auf Nimmerwiedersehen verschwunden gewesen, als die Sache ans Licht gekommen sei, während man sie um ein Haar erschossen hätte. Zum Glück habe sie den SD schließlich von ihrer Unschuld überzeugen können.

Geschickt und geduldig schaffte es Connie nun auch noch, ihr den Namen des Vorgesetzten zu entlocken, der sie hintergangen hatte: Es war Kommandant S., zu jener Zeit bei der Gestapo in Mailand in der Abteilung 4B tätig: Kirchen, Juden, Sekten. Damit waren Connies Vermutungen bestätigt, sie hatte mit ihren Nachforschungen ins Schwarze getroffen.

Gegen diesen Mann war, wie sie bereits wußte, niemals ermittelt worden, und nach dem Krieg hatten sich seine Spuren verloren. Vermutlich, hatte Margit Meyer hinzugefügt, sei er, wie viele andere ehemalige Nazis, nach Südamerika geflohen.

»Er hat diesen Juden ein Vermögen geraubt, unter ihnen waren auch Bankiers. Und doch, trotz der Schwierigkeiten, in die er mich gebracht hat, bewundere ich ihn. Auch wenn er mir meinen Teil nicht ausbezahlt hat ...«, hatte sie fast flüsternd hinzugefügt.

Connie hatte den Eindruck, Margit Meyer sei bewußt geworden, zuviel geredet zu haben. »Es ist viel Zeit vergangen, wen interessiert das schon noch …«, hatte sie zum Schluß mit einer gelangweilten Handbewegung gesagt.

In der darauffolgenden Stille sah Connie den sonnenüberfluteten Garten des Corona wieder vor sich, die gepflegte Hand der jungen, schönen Margit Meyer und wie sie den Brief von Signora Diaz in ihre Handtasche steckte.

Sie stellte keine weiteren Fragen mehr über S., auch wenn sie vermutete, daß Margit Meyer sehr viel mehr über ihn wußte. Aber da gab es noch etwas, das sie herausbekommen wollte: die Identität des Italieners, des Mannes in der graugrünen Uniform, der die Aktion mit ihr zusammen durchgeführt hatte.

Während sie sich die Beine mit Sonnencreme einrieb, spielte sie unerschrocken ihre Rolle weiter.

»Die Italiener haben sich den Deutschen gegenüber wie Verräter verhalten. Auch wenn viele Faschisten dem Reich treu geblieben sind: die Republik von Salò, die italienische SS, die verschiedenen faschistischen Milizen. Und weißt du, was? Ich bin der Meinung, sie waren die einzigen wahren Patrioten. Ich nehme an, du hast welche von ihnen kennengelernt …«

Margit Meyer hatte genickt. »Der italienische Helfer von S. war einer dieser Milizsoldaten der ersten Stunde. Er gehörte zur italienischen SS und war dem Kommando in Mailand zugeteilt. Sie stellten ihn mir bei der Operation, von der ich dir erzählt habe, zur Seite, und auch er hat aus der Sache viel Geld herausgeholt. Außerdem ist ihm, bevor er verschwand, noch ein großer Wurf geglückt: Er hat nämlich eine italienische Spionin im Dienst der Engländer enttarnt. Von ihm selbst hat man nichts mehr gehört, und das war eine schlimme Schmach für die italienische SS, die ihre Loyalität gegenüber dem Reich beweisen wollte. Er hieß Rapagnetta, doch heute hat er einen neuen Namen und lebt unbehelligt in Rom. Ich habe ihn vor einer Weile bei einem Empfang in der amerikanischen Botschaft getroffen. Wir haben so getan, als würden wir uns nicht kennen ...«

Connie setzte sich auf der Liege ruckartig auf, nahm die Sonnenbrille ab, schaute Margit mit gespielter Verwunderung an und rief: »Und du bist nicht auf ihn zugegangen?«

Margit Meyer verzog das Gesicht zu einer freundlichen Grimasse und zuckte mit den Achseln. »Wir haben uns auf den ersten Blick verstanden: Ich würde nichts über ihn sagen und er nichts über mich. Fertig.«

»Aber du hättest dich rächen sollen! Wenn dieser Mann mit S. gemeinsame Sache gemacht hat, ist es auch seine Schuld, daß du fast erschossen worden wärst. Was macht er heute?«

Margit Meyer lachte auf. »Er ist ein sehr angesehener Bankier. Wenn ich dir seinen Namen sagen würde, du würdest mir nicht glauben ...«, fügte sie mit dem gleichen Lächeln wie damals hinzu, als sie Silvia gefragt hatte, ob sie Jüdin sei.

»Vielleicht kenne ich ihn! Sag mir, wer es ist, ich verspreche dir, von mir erfährt es niemand!« flehte Connie sie an.

»Du bist wirklich ein neugieriges kleines Mädchen«, tadelte Margit sie scherzhaft, doch es war deutlich, wie sehr dieses Interesse ihr schmeichelte.

Schließlich stand sie von ihrem Liegestuhl auf, ging an den Rand des Swimmingpools und streckte einen Fuß ins Wasser. »Im Grunde kann ich es dir auch verraten, wenn du soviel Wert darauf legst…«, meinte sie und sah sie kokett an.

Die Sonne ging gerade unter, doch es war noch sehr warm. Eine Möwe flog über sie hinweg in Richtung Castello und stieß einen Schrei aus. Von der hoch oben am Berg gelegenen Villa hatte man einen spektakulären Blick auf den kleinen Hafen, wo Yachten und Boote auf dem Wasser schaukelten, klein wie Spielzeug. Es wurde langsam Zeit für den Aperitif, bald würden sich das La Gritta und die Scafandro American Bar an der Piazza von Portofino mit Menschen füllen.

Margit Meyer lächelte Connie immer noch an, amüsiert über den bewundernden Blick dieser kleinen Italo-Amerikanerin.

»Na gut, ich verrate dir den Namen…«, gab sie schließlich nach. »Niemand kann ihm mehr etwas anhaben, seit langer Zeit ist er unantastbar. Und wenn man bedenkt, wie viele Leute er ins Jenseits befördert hat! Alfredo Ridolfi hatte Spaß daran, die Endlösung in die Tat umzusetzen…«

»Mein Gott!« hatte Connie ausgerufen. »Wirklich *der* Ridolfi?«

Sie war tatsächlich bestürzt. Dieser Mann war nicht nur in Italien, sondern in der halben Welt bekannt und geachtet.

»Ja, meine Liebe, genau der Ridolfi, der einmal Rapagnetta hieß, wie D'Annunzio. Doch das einzige Talent, das er hatte, war sein Haß, ein Konzentrat aus reiner Gewalt, so daß ihn sogar die Schwarzhemden davongejagt haben.«

»Ich kann es nicht glauben ...«, hatte Connie gesagt. »Wie ist es möglich, daß niemand seine wahre Identität entdeckt hat?«

»Die Dokumente, die ihn betrafen, existieren nicht mehr, er hat sich einer Gesichtsoperation unterzogen, und mit dem ganzen Geld, das er aus der Angelegenheit herausgeschlagen hat, war es für ihn nicht schwierig, davonzukommen. Noch heute denken viele Leute wie wir. Er ist beschützt worden und wird es immer sein. Das solltest du wissen, Schätzchen ...«

Connie wußte das sehr gut. Nach 1954 hatten die Generalstaatsanwälte Mirabella und Santacroce die Masse der Dokumente, die nicht verbrannt worden war, endgültig archiviert, außer denen ohne Namen, die keine Gefahr darstellten.

Margit Meyer tauchte weiter ihren Fuß ins Wasser, während die untergehende Sonne ihre Züge weicher machte. Der Blick aus ihren blauen Augen verlor sich in der Ferne, jenseits des Horizonts, und ein verächtliches Lächeln trat auf ihre Lippen. »Wir haben viele eliminiert, aber nicht alle ...«, murmelte sie.

Diese Worte verletzten Connie zutiefst, und sie spürte einen schmerzhaften Stich im Sonnengeflecht. Doch sie zwang sich, ruhig zu bleiben, damit diese monströse Frau nicht merkte, wie sehr sie sie haßte.

Sie sah Vittorio vor sich, wie er sie zum letzten Mal grüßte und ihr für die Zigaretten dankte, die sie ihm gebracht hatte. Und die kleine Henriette, die so sicher war, ihre Eltern in einem Konzentrationslager wiederzusehen. Statt dessen hatte sie, wie all die anderen, auf dem Grunde des Sees ihr Ende gefunden.

Margit Meyer stand noch immer am Rande des Swimmingpools, gehüllt in ihren eleganten blauen Kaftan, die frisch lackierten Zehen im Wasser. Sie sprach zu ihr, doch Connie hörte ihre Worte nicht mehr, sie sah nur, wie sich diese roten Lippen bewegten wie in einem Stummfilm.

Dann kam plötzlich eine tiefe Ruhe über sie. Mit langsamen Bewegungen zündete sie eine Zigarette an und ging zu der Frau am Rand des Swimmingpools.

»Hier, meine Liebe«, sagte sie zu Margit und hielt ihr die extralange Marlboro hin.

Margit Meyer nahm die Zigarette. »Danke, ich wollte dich gerade um eine bitten.«

Connie trat noch näher an sie heran und sah ihr in die Augen. Margit lächelte Connie an wie im Garten des Hotel Corona, auf die gleiche herablassende Art, die sie damals so eingeschüchtert hatte.

Doch sie war nicht mehr das kleine Mädchen von damals. Sie erwiderte das Lächeln und strich ihr sanft über die Wange.

»Du bist immer noch schön, fast wie im September 43 im Hotel Corona in Meina. Nur daß du dich damals Margit Meyer genannt hast.«

Die Frau hatte die sorgfältig nachgezogenen Augenbrauen gehoben wie eine maßlos erstaunte Diva in einem dieser alten Filme, die in der vornehmen Gesellschaft spielen. Dann verstand sie, und die Zigarette fiel ihr aus dem Mund.

Margit konnte nicht schwimmen, und Connie hatte dies bemerkt. Sie trat einen Schritt zurück, ließ dann plötzlich einen Arm vorschnellen und stieß die Frau in den Swimmingpool. Margit fiel ins Wasser, und der weite blaue Kaftan öffnete sich wie eine Blüte; durch das Wasser schwer geworden, schlang er sich schließlich um sie, während sie noch verzweifelt schrie, mit den Armen um sich schlug, mehrmals auf- und wieder abtauchte. Am Ende schloß sich der blaue Kaftan über ihrem versinkenden Kopf.

Connie wartete, bis Margits Körper auf der Oberfläche schwamm. Erst dann verließ sie die Villa.

18

Es war noch nicht einmal fünf Uhr und schon fast dunkel im Wohnzimmer der Wohnung am Corso Venezia. Connie erhob sich mühevoll aus dem Sessel, schaltete das Licht ein, und die Finsternis wich. Dann setzte sie sich wieder zu Frank und Giorgio.

»Margit Meyer ist nicht die einzige gewesen, ich habe auch mit anderen die Rechnung beglichen, aber das werden Sie erfahren, wenn Sie mein Tagebuch lesen. Ridolfi alias Rapagnetta jedoch starb eines natürlichen Todes und hat meinen Profikillern die Arbeit abgenommen. Das Geld der Diaz genießen jetzt seine Erben.«

Connie schwieg und sah die beiden Männer an. Sie schien sehr müde, die Krankheit hatte ihr Gesicht stark gezeichnet.

»Ich möchte Sie nicht mit hineinziehen, Signor Zevi. Mit Ihren Büchern haben Sie einen großen Beitrag zur Wahrheitsfindung geleistet. Was ich erzählt habe, ist nur eine von vielen furchtbaren Kriegsgeschichten, aber es ist *meine* Geschichte und die meiner armen Freunde ...«

Connie unterbrach sich, ihre Augen glänzten. »Ich bin eine Mörderin, und wenn es eine andere Welt gibt, werde ich bekommen, was ich verdient habe. Aber ich möchte weder Frank noch Sie auf dem Gewissen haben. Erst jetzt wird mir klar, daß die Hilfe, um die ich Sie bitte, mit großer Gefahr für Sie verbunden ist...«

»Was mich angeht, so habe ich keine Angst. Und ich werde all das in einem großen Gemälde festhalten, das verspreche ich Ihnen«, sagte Veronese.

Zevi schüttelte den Kopf, und alle drei versanken in Schweigen. Der Schriftsteller war es, der nach einer Weile als erster wieder sprach.

»Erzählen Sie uns von Ridolfi«, sagte er.

Connie lächelte bitter. »Ja«, setzte sie an und verzog die Lippen. »Das ist der Punkt. Er, oder besser: sein Sohn könnte eine Gefahr darstellen.«

»Woran ist er gestorben?« frage Zevi.

»An Krebs, Ende der siebziger Jahre. Doch sein Sohn setzte sich danach mit mir in Verbindung. Er wußte, daß ich jene Cornelia Brandini aus Meina war. Ich glaube, sein Vater hatte Erkundigungen über mich eingezogen, als Margit Meyer starb. Damals legte die italienische Polizei die Sache als Unfall zu den Akten: Margit Meyer konnte nicht schwimmen, sie hatte am Rande des Swimmingpools einen Schwächeanfall erlitten und war ertrunken. Ich wurde als Zeugin einbestellt, doch dank meiner amerikanischen Freundin konnte ich beweisen, daß ich an jenem Nachmittag nicht mit Margit Meyer zusammen war. Die Zeitungen berichteten allerdings ausführlich über das Unglück, und Ridolfi muß sich, als er meinen Namen las, an den Dolmetscher in Meina erinnert haben, der sich, wie er selbst, an den Juden bereichert hatte. Daß mein Name im Zusammenhang mit dem Margit Meyers auftauchte, kam ihm vielleicht verdächtig vor. Jedenfalls war sein Sohn bei mir...«

»Wann war das?« fragte Zevi.

»Anfang der achtziger Jahre suchte er mich in New York auf. Ein junger Mann um die Dreißig, sehr selbstsicher. Er ließ sich von einem gemeinsamen Freund einführen, einem Banker aus der City. Aber mit den Verbindungen seines Vaters hätte er es auch geschafft, im Weißen Haus empfangen zu werden. Er behauptete, an meinen Bildern interessiert zu sein, weil ihm sein kürzlich verstorbener Vater von meiner Sammlung moderner Kunst erzählt habe. Natürlich gab ich vor, ihm zu glauben, und während er die Gemälde ansah, bemerkte er, unsere Väter seien Bekannte aus Kriegszeiten. Ich tat, als wäre ich darüber verwundert und gerührt, und ließ ihn erzählen. Doch er wagte es nicht, Margit Meyer beziehungsweise Eleonore Giunti zu erwähnen, und so gingen wir, nachdem wir uns gegenseitig gemustert hatten, wieder auseinander. Ich bin überzeugt, daß sein Vater, obwohl er nicht sicher war, ob ich Bescheid wußte, ihn vor mir gewarnt hatte. Auch wenn ihn mein jahrzehntelanges Schweigen vermutlich beruhigt hat. Sonst wäre ich schon tot …«

Giorgio Zevi nickte nachdenklich.

»Ich sehe, Sie sind erstaunt«, sagte Connie mit einer gewissen Zufriedenheit. »Und doch war wirklich er der italienische Komplize von S. und Margit Meyer. Das Problem ist, daß Andrea Ridolfi mit den Ideen seines Vaters aufgewachsen ist und sich der Politik zugewandt hat. Er hat gute Aussichten auf Erfolg, wenn man sich ansieht, wie sich die Dinge in Italien entwickeln. Doch wenn seine Parteifreunde von der Vergangenheit seines Vaters erfahren sollten, wären sie gezwungen, sich von ihm zu trennen. Er ist ein Fanatiker, und offenbar genügt es ihm nicht, einer der reichsten

Männer Italiens zu sein, sein Ehrgeiz geht dahin, Vorsitzender seiner Partei und ein mächtiger Politiker zu werden. Möge Gott uns davor behüten!«

»Der Sohn fürchtet also, daß Sie vor Ihrem Tod die Wahrheit erzählen könnten, kann aber, wie schon sein Vater vor ihm, nicht sicher sein, daß Sie diese Wahrheit kennen«, sagte Zevi mehr oder weniger zu sich selbst.

»So ist es, und deshalb kann es wirklich gefährlich sein, etwas mit meinem Tagebuch zu tun zu haben«, gab Connie zu bedenken. »Andrea Ridolfi weiß, daß ich zur Zeit in Italien bin, und er weiß, daß ich bald sterben werde. Meine Patientenakte ist vor ein paar Tagen aus dem *Istituto dei Tumori* entwendet worden. Und mein amerikanischer Anwalt hat mir mitgeteilt, daß er gerade gestern von einem italienischen Kollegen kontaktiert worden sei, der behauptete, ein Gemälde für einen seiner Klienten kaufen zu wollen. Es ist klar, daß Ridolfi junior mich im Auge behält ...«

Connie schüttelte den Kopf. »Es war dumm von mir, Sie in die Sache mit hineinzuziehen! Ridolfi hat die Macht auf seiner Seite, und er schreckt vor nichts zurück. Es wäre besser, das Tagebuch bei einem Notar zu hinterlegen und ihm den Auftrag zu erteilen, es nach meinem Tod der Presse zu übergeben.«

»Ich vertraue weder den Notaren noch den Zeitungen. Vor allem heute, wo die Presse fast ganz in der Hand dieser Leute ist ...«

»Dann verbrenne ich es!« rief Connie voller Angst aus.

»Wenn Sie das tun würden«, sagte Zevi freundlich, »wäre alles, was Sie bisher unternommen haben, nutzlos gewesen ...«

Connie barg ihr Gesicht in den Händen und schwieg.

Der Schriftsteller hatte Mitleid mit dieser Frau, die mit dem permanenten Gedanken an Rache ihr Leben zerstört hatte. Vielleicht, dachte er, wäre es für sie besser gewesen, mit ihren Freunden zusammen zu sterben, als in dieser Hölle zu leben.

Connie hob den Blick und sah Frank an. »Tun Sie so, als hätte ich Ihnen nichts erzählt, vergessen Sie mich, ich bitte Sie! Und vergeben Sie mir …«

Veronese schüttelte den Kopf. »Ich glaube, daß Ridolfi junior schon weiß, daß wir in die Sache verwickelt sind.« Er sah den Schriftsteller an. »Du solltest dich allerdings heraushalten, Giorgio. Du hast schon genug getan …«

Ärgerlich zuckte Zevi mit den Schultern. »Was für ein Unsinn! Wenn es jemanden gibt, der in das erste Flugzeug nach New York steigen und die ganze Sache vergessen sollte, dann bist du es. Ich bin alt und ehrlich gesagt auch ein bißchen müde. Außerdem dürft ihr nicht vergessen, daß mein Onkel und mein Cousin unter den 54 Toten waren. Also …«, schloß er seelenruhig.

»Wenn Ihnen etwas zustoßen sollte, könnte ich es mir nie verzeihen«, klagte Connie weiter. »Ich werde mich um die Sache kümmern, wie ich es schon vor langer Zeit hätte tun sollen. Schließlich können sie eine alte kranke Frau im Endstadium nicht ins Gefängnis werfen! Und wenn Ridolfi junior mich tötet, um so besser, dann erspart er mir den Kampf gegen die Krankheit … Was kann ich tun, um Sie zu überzeugen, die Sache fallenzulassen?«

»Nichts, wie es scheint«, sagte Zevi.

»Es ist zu spät, Connie«, sagte Veronese mit einem Lächeln. »Wenn diese Leute Sie überwachen, und danach sieht es ja aus, dann wissen sie, daß wir hier sind. Und da wir uns den ganzen Nachmittag in dieser Wohnung aufgehalten haben, werden sie sich den Grund dafür denken können ...«

Connie seufzte. »Ich könnte zur Polizei gehen und alles erzählen, einschließlich der Sache mit der Patientenakte ...«

»Das würde zu nichts führen, fürchte ich«, sagte Zevi.

Sie schwiegen eine Weile, dann wandte Veronese sich an Connie.

»Ich würde gern wissen, wann Sie beschlossen haben, und sei es nur für sich selbst, sich zu rächen ...«

»Sehr früh, vielleicht schon an dem Tag, als ich die Leichen der Diaz am Strand vor dem Bahnwärterhäuschen gesehen habe. Doch als ich dann 1950 erfuhr, was mit Vittorios Mutter geschehen war, wurde mir klar, daß ich früher oder später wirklich handeln würde. Ich hatte sie im August 1943 kennengelernt, als sie ins Corona kam, um ihren Sohn zu besuchen. Sie war eine bewundernswerte Frau, eine Witwe, und sie hing sehr an Vittorio. Als die Beers in die Schweiz flüchteten, gelang es ihnen, sie zu sich zu holen, und sie lebte bis Kriegsende bei ihnen.«

Connie runzelte die Stirn, als nehme sie diese Erinnerung mehr mit als die Morde, die sie begangen hatte.

»Dies haben mir Signor Beer und Silvia erzählt, als ich sie nach dem Krieg aus den Vereinigten Staaten anrief ...« Connie schwieg, holte dann tief Luft und fuhr fort: »Silvia erzählte mir, daß Vittorios Mutter während ihres Aufenthalts in der Schweiz den Tod ihres Sohnes nicht hinnehmen wollte. Die Leiche war nicht gefunden worden, und sie gab sich über Monate der Illusion hin, er sei noch am Leben und halte sich irgendwo versteckt. Doch als der Krieg zu Ende war und sie nach Mailand zurückkehrte, in die Wohnung, wo sie mit ihm gelebt hatte, konnte sie der Wirklichkeit nicht länger entfliehen: Vittorio war nicht da, und er würde nicht zurückkommen. Und als sie das begriffen hatte, nahm sie sich das Leben.«

Eine Weile waren sie still, stumm angesichts dieser Tragödie in der Tragödie. Dann erhob sich Connie aus dem Sessel.

»Ich hole das Tagebuch.«

Während sie warteten, stand Veronese auf und begann nervös im Zimmer auf und ab zu gehen.

»Was für eine furchtbare Geschichte!« sagte er und schüttelte den Kopf.

»Nichts ist schlimmer, als die eigenen Kinder zu überleben«, murmelte Zevi.

»Es muß schrecklich für diese arme Frau gewesen sein, sich allein in der leeren Wohnung wiederzufinden und plötzlich zu begreifen, daß ihr Sohn tot war.«

Zevi nickte, antwortete aber nicht. In diesem Augenblick kam Connie ins Zimmer zurück. Sie hielt einen Umschlag in der Hand, den sie Veronese gab.

»Es ist mir eine Ehre und eine Freude gewesen, Sie kennenzulernen«, sagte sie. »Schade, daß es erst am Ende meines Lebens geschehen ist. Werden Sie mir je verzeihen, Sie in diese Schwierigkeiten gebracht zu haben?«

Zevi lächelte. »Auch für uns ist es eine Ehre gewesen. Und machen Sie sich keine Sorgen, was mich angeht, so lebe ich schon seit sechzig Jahren mit ›diesen Schwierigkeiten‹. Und Frank ...«

Veronese unterbrach ihn. »Machen Sie sich darüber keine Gedanken, Connie. Auch ich bin es gewohnt, den Leuten auf die Füße zu treten. Es wird alles gutgehen, Sie können ganz beruhigt sein.«

Connie brachte sie zur Tür und umarmte sie. Doch bevor sie den Aufzug betreten hatten, rief sie die beiden Männer noch einmal zurück.

»Danke«, flüsterte sie und schickte ihnen einen Kuß mit den Fingerspitzen nach.

19

Connies Chauffeur brachte Veronese und Zevi zur Wohnung des Schriftstellers zurück.

Auf der Fahrt sprachen sie kein Wort, nicht nur wegen der Anwesenheit des Chauffeurs, sondern auch, weil keiner der beiden Lust hatte, irgendwelche Bemerkungen zu machen.

Um sechs Uhr waren sie zurück in der Wohnung. Zu früh, um zum Essen zu gehen, zu spät, sich an die Arbeit zu setzen.

Zevi ging in die Küche, um einen Aperitif zu machen. Als er das Wohnzimmer wieder betrat, führte Frank gerade ein Handygespräch. Diskret stellte er das Glas vor ihn hin und wollte schon aus dem Zimmer gehen, als der Maler ihn mit einer Geste zurückhielt.

»Bleib doch, Giorgio, ich habe keine Geheimnisse vor dir. Es war meine amerikanische Freundin, sie wollte mich zum Abendessen einladen. Was meinst du, soll ich gehen?«

Zevi sah ihn verwundert an. »Brauchst du einen Rat, um mit einer schönen Frau essen zu gehen?«

Veronese lachte und schüttelte den Kopf. »Ich habe ihr gesagt, ich hätte eine Verabredung. Ich mag dich nach einem so bedrückenden Nachmittag nicht allein lassen …«

»Eben weil der Nachmittag anstrengend war, wird es dir guttun, dich abzulenken ...«

Frank nickte. »In Ordnung, ich werde deinem Rat folgen, auch wenn ich nicht sehr in Stimmung bin. Was wir heute erfahren haben, bedrückt mich sehr. Denk nur, die arme Frau! Durch die Schuld dieser Mörder ist sie selbst zur Mörderin geworden!«

»Das ist der Lauf der Geschichte«, sagte Zevi. »Es gibt primäre Mörder, mit denen die Kette beginnt, und andere, die ein Glied nach dem anderen hinzufügen sozusagen durch Kontamination.«

»Ursache und Wirkung, meinst du?« fragte Veronese.

»So ungefähr. Doch die primären Mörder brauchen keinen Grund, um zu morden, sie haben es in ihrer DNS«, sagte Zevi und bereute es gleich.

»Willst du damit sagen, es gibt Menschen, denen die Neigung zum Verbrechen angeboren ist?«

Zevi seufzte. »Mehr oder weniger. Doch ich würde es eher als angeborene Gleichgültigkeit gegenüber dem Tod und dem Schmerz, den sie anderen zufügen, bezeichnen. Ich nenne sie die *Unmenschen*. Was ich sagen will, ist folgendes: Wer beschlossen hat, die Juden von Meina für Geld zu töten, wie S. oder Connies Vater, ist ein primärer Mörder. Connie dagegen ist eine sekundäre Mörderin, die durch das Leid und das Verlangen nach Rache zum Verbrechen getrieben wurde. Ohne das Massaker von Meina wäre sie nicht zur Mörderin geworden, während die anderen beiden auf jeden Fall eine Möglichkeit gefunden hätten, einen Menschen physisch oder moralisch zu vernichten. Der Krieg hat nur eine erste Möglichkeit geboten. Doch genug davon, das ist eine für einen Juden gefährliche These, es scheint eine Art umgekehrter Rassismus zu sein.«

»Dann gibt es also deiner Meinung nach die Guten und die Bösen, und du widersprichst denen, die behaupten, daß das Böse im Grunde nicht existiert«, meinte Frank. »Letztlich eine Art von Dualismus, der an die Manichäer erinnert?«

»Mag sein. Ein anderes aussagekräftiges Beispiel könnte das Verhalten auf dem Schlachtfeld sein. Charles Edward Stuart, der berühmte Bonnie Prince Charles, Anwärter auf den Thron von Schottland und England, tötete 1748 in Schottland nie die auf dem Schlachtfeld verwundeten englischen Soldaten, sondern ließ sie sogar von seinen Ärzten versorgen. Der Engländer Cumberland dagegen befahl seinen Truppen nach der Schlacht bei Culloden, alle verwundeten Jakobiten niederzumetzeln, und richtete damit eines der schlimmsten Blutbäder in der Menschheitsgeschichte an. Cumberland war einer, den ich als Unmenschen definieren würde. Die Welt ist ein Dorf, und die Epochen sind einander ähnlich, es ändern sich nur die Mittel und die Waffen. Aber jetzt geh mit deiner Freundin essen, morgen entscheiden wir dann, was wir tun wollen.«

Als Veronese gegangen war, blieb Zevi allein in der Stille seiner Wohnung zurück und ließ sich alles noch einmal durch den Kopf gehen. Sie würden erst nach Connies Tod den Inhalt des Tagebuchs öffentlich machen. Dies war die ursprünglichen Abmachung, und Frank und er hatten beschlossen, sich daran zu halten, trotz allem, was am Nachmittag gesagt worden war. Das Original würden sie nach Israel schicken, zum Archiv von Yad Vashem, und eine Kopie ins *Centro di Documentazione Ebraica* in Mailand bringen.

Vorausgesetzt, daß Frank einverstanden war. Doch er hatte sich fest vorgenommen, ihn zur Vorsicht anzuhalten, Ridolfi junior durfte man nicht unterschätzen. Deshalb hatte er auch am Nachmittag Connie gegenüber darauf gedrängt, daß sie einen Bodyguard anstellen sollte. Connie hatte gelächelt und genickt, doch es war klar, daß sie ihn nur beruhigen wollte.

Nachdem er ein wenig Schinken gegessen hatte, machte er sich einen Kaffee und dachte dabei wieder an Alfredo Ridolfi, seinerzeit Rapagnetta, den italienischen Helfer von S., nach Meina geschickt, um das Vorgehen der Soldaten zu kontrollieren und die delikate Mission von Margit Meyer zu überwachen.

Er erinnerte sich an den beeindruckenden Aufstieg Ridolfis nach dem Krieg; in kurzer Zeit war er ein bekannter und steinreicher Finanzier geworden. Er versuchte ihn sich jünger vorzustellen, in der von Connie beschriebenen Uniform, die weder deutsch noch italienisch war, sehr ähnlich jenen Uniformen, die die Männer der *Legioni Autonome* trugen, wie sich die für die Republik von Salò kämpfenden Banden nannten. Jede Gruppierung hatte eine andere Uniform, je nachdem, ob sie zu den *Brigate Nere*, der *Guardia Repubblicana*, den berüchtigten Banden Carità, Pollastrini, Koch, Cip, zur *Legione Muti*, zur *X Mas*, zur italienischen SS oder den Milizsoldaten der Republik von Salò gehörten, Leute, die traurige Berühmtheit durch die Grausamkeit und den Sadismus erlangt hatten, mit denen sie die verschiedenen Phasen der Deportation durchführten: von der Jagd auf die Juden bis zu ihrer Festnahme, von der Inhaftierung bis zur Auslieferung an die Deutschen; Operationen, die von Quälereien und Erniedrigungen bis zu Folter und Mord gingen. Den Denunzianten brachte ein männlicher Gefangener fünftausend Lire ein, eine Frau zweitausend, ein Kind tausend. Wer einen Juden oder eine ganze jüdische Familie kannte, nutzte die Situation aus, indem er zuerst von den Juden Geld für sein Schweigen erpreßte und sie dann, sobald die Summe bezahlt war, denunzierte.

Auch wenn es stimmte, was ein Zeuge in Nürnberg gesagt hatte, daß »jeder überlebende italienische Jude sein Leben den Italienern verdankt«, so konnte Zevi doch nicht darauf verzichten, die Frage anders zu stellen: Wie war es möglich gewesen, daß trotz (und nicht »dank« oder »infolge«) der außergewöhnlichen Hilfe Tausender Menschen im ganzen besetzten Italien gut siebentausend Juden, also siebzehn Prozent der jüdischen Bevölkerung, in nur fünfzehn Monaten deportiert und umgebracht wurden?

Es war nicht zu leugnen, daß sich viele Italiener, die ihr Leben und das ihrer Familien aufs Spiel gesetzt hatten, um Juden und Antifaschisten zu retten, heroisch verhalten hatten. Andere dagegen waren absolut niederträchtig gewesen. Und diejenigen, die in letzter Zeit dazu neigten, dem Faschismus die Absolution zu erteilen, würde Zevi gern daran erinnern, daß es gerade der berühmten, von der effizienten faschistischen Bürokratie immer wieder aktualisierten Volkszählung von 1938 und der Republik von Salò zu verdanken war, wenn die Verfolgung der Juden auch in Italien zu diesen grausigen Ergebnissen geführt hatte.

Am Ausgang des Holocaust Memorial Museums in Washington stand zu lesen, daß das große Verbrechen das

Schweigen war. Doch zum Reden brauchte man Mut, und auch die arme Connie war paradoxerweise lieber zur Mörderin geworden, als daß sie die Wahrheit gesagt hätte.

Wie oft hatte er daran gedacht, sich zu rächen? Seine Freunde waren gestorben und er selbst nach Auschwitz verschleppt worden, weil jemand sie verraten hatte, das wußte er gut. Als er aus dem KZ nach Italien zurückgekommen war, hatte er Monate damit verbracht, die Ereignisse vor der Festnahme in den piemontesischen Bergen zu rekonstruieren, und war sich zum Schluß zu neunzig Prozent sicher, herausgefunden zu haben, wer sie für Geld denunziert hatte. Ihre Gruppe, fünf junge jüdische Partisanen, drei Männer und zwei Frauen, hatte dem Denunzianten neunzehntausend Lire eingebracht. Damals eine schöne Summe.

Doch nachdem er lange über Rache nachgedacht hatte, war er zu dem Schluß gelangt, daß es niemanden wieder lebendig machen würde, den Verräter zu töten. Die Wahrheit war, daß Anna und er, die einzigen Überlebenden der Gruppe, beschlossen hatten weiterzuleben, vielleicht ohne es wirklich zu wollen, doch weil sie es als ihre unumgängliche Pflicht ansahen, Zeugnis abzulegen. Und dafür war es unerläßlich, Abstand zu wahren und objektiv zu bleiben, sich fernzuhalten von der Leidenschaft, die die Rache immer begleitet.

Nun, nach sechzig Jahren, war Zevi müde. Zu lang schon war er ein Überlebender; und auch wenn er sein Versprechen gehalten hatte, die Wahrheit in seinen Büchern zu erzählen, nahm er es sich noch immer übel, am Leben zu sein.

»Bald werde ich gehen, mehr oder weniger in Frieden«, sagte er laut zu sich selbst, während der Kater um seine Beine strich und schnurrte.

»Lieber Giap, du bist auch alt, und wenn der Augenblick gekommen ist, versuchen wir den Planeten gemeinsam zu verlassen. Was meinst du dazu?«

Der Kater schnurrte noch heftiger, als wäre er einverstanden. Zevi ging in die Küche, machte eine Dose Futter auf und füllte den kleinen Napf, sah dann zu, wie der Kater fraß. Nach ein paar Bissen schaute Giap zu ihm hoch, ließ den Napf stehen, begann wieder zu schnurren und sah ihn dabei an.

Er nahm den Kater auf den Arm und ging zurück ins Wohnzimmer. »Mach dir keine Sorgen, ich weiß, daß du nicht nur schnurrst, damit du zu fressen bekommst ...«

Zevi setzte sich mit dem Kater auf den Knien in den Sessel. Oft wunderte er sich darüber, wieviel Trost ihm dieses kleine Tier, sein einziger Gefährte, seit seine Frau gestorben war, mit seiner Liebe und Nähe schenkte.

Er schaltete den Fernseher ein und ließ den Ton leise; der flackernde Bildschirm war zusammen mit der Tischlampe neben dem Sessel die einzige Lichtquelle im dunklen Zimmer. Zevi achtete nicht auf die Bilder, die über den Schirm flimmerten, und während er das rote Fell des Katers streichelte, gingen seine Gedanken zu seinem Onkel und seinem damals gerade einmal vierundzwanzigjährigen Cousin, die in den Tagen des Massakers am Lago Maggiore in Orta von der SS aufgegriffen worden waren. Wie die Juden aus dem Hotel Corona waren auch sie verschwunden, und ihre Leichen hatte man nie gefunden. Die Witwe seines

Cousins, Serena, war dank der unglaublichen Großherzigkeit eines blutjungen deutschen Soldaten dem Tod entronnen. Sie hatte sich Zevi vor Jahren anvertraut und ihm dabei gestanden, daß der Schmerz, obwohl so viele Jahre vergangen waren, noch immer gegenwärtig sei. Am Anfang habe sie gedacht, die Zeit könne ihn mildern, doch er war ganz im Gegenteil stärker geworden.

Diese Worte hatten ihn nicht erstaunt. Der Schmerz verschwand nicht, er setzte sich ein wenig, hielt sich irgendwo verborgen und täuschte einen, so daß man glaubte, ihn überwunden zu haben. Doch für jeden, der tief oder grausam gelitten hatte, wie die ehemaligen Deportierten, handelte es sich immer nur um eine Atempause, nach deren Ende der Schmerz unweigerlich wieder da war, zusammen mit der Frage: »Warum gerade ich?« Gerade diese Unergründlichkeit des Schicksals stellte – vor allem für einen ungläubigen Menschen – eine große Qual dar. Und paradoxerweise litt am meisten, wer sich nichts vorzuwerfen hatte.

Auch bei Zevi hatte, wie bei Serena, das Alter den Schmerz verstärkt. Nur jenes parallele Leben, in das er jede Nacht im Traum eintauchte und das doch realer als das Leben am Tag schien, hatte es ihm überhaupt ermöglicht, ihn zu ertragen. Er hatte nie mit jemandem darüber geredet, auch nicht mit seinem Sohn, dem Psychoanalytiker. Außerdem hatten die Spezialisten immer Probleme mit dem Schicksal der Deportierten gehabt, und man mußte sich fragen, zu welchen Schlußfolgerungen man bei einer so kleinen Gruppe von Überlebenden gelangen konnte, auch wenn einige von ihnen bereit gewesen waren, über ihren Leidensweg zu sprechen.

Zevis Medizin waren nicht die Bücher gewesen und auch nicht die literarische Anerkennung, die sie ihm einbrachten. Gewiß, die Anerkennung hatte, wenigstens für einige Zeit, die Angst aller Deportierten ferngehalten: die Angst, daß ihnen nicht geglaubt würde. Doch es hatte nach seiner Rückkehr nicht lange gedauert, bis er verstand, daß der Krieg in Wirklichkeit nicht zu Ende war, daß er es nie sein würde.

Ihm gingen die Worte eines großen Schriftstellers, ebenfalls eines Deportierten, durch den Kopf; Worte, mit denen er die Gefühle beschrieben hatte, als er nach der Befreiung quer durch Europa nach Hause zurückkehrte. Er hatte von dem Schmerz gesprochen, »der sich mit dem drohend lastenden Gefühl eines unheilbaren und endgültigen Übels verband, das, überall gegenwärtig, sich wie ein Wundbrand in die Eingeweide Europas und der Welt gefressen hatte, Same künftigen Unheils.«

Dieses »künftige Unheil« dauerte nunmehr seit sechzig Jahren an, die Kriege breiteten sich aus, Menschen starben, aber vor allem töteten sie weiter.

Und diese absurde Theorie der *Unmenschen* verfestigte sich immer mehr in seinem Denken. Im Grunde war dies die Rechtfertigung, die er der Menschheit zugestehen und an die er so gern glauben wollte.

20

Connie starb um sieben Uhr morgens. Sie schlief ein, während sie durch das Fenster im düster-winterlichen Morgengrauen den matten Schein der Laternen von Porta Venezia sah. Das Sterben war für sie nicht schwer, sie hatte eine Überdosis Schmerzmittel genommen, die sie in den Schlaf hineingleiten ließen. Wie es häufig zu geschehen scheint – so bezeugen jedenfalls Menschen, die aus einem Koma wieder erwachen –, sah auch sie einen Tunnel aus strahlend weißem Licht, an dessen Ende sie Vittorio traf, der so jung war wie damals und sie in einer Welt willkommen hieß, deren Existenz sie nie vermutet hätte. Sie fühlte sich gut, jeder Schmerz war gewichen, und sie war jung, schön und endlich glücklich.

Die Hausangestellte fand, als sie um acht Uhr mit dem Frühstückstablett ins Schlafzimmer kam, Connies Körper, jetzt eine leere Hülle, in würdevoller Haltung auf dem Bett liegend, das Gesicht heiter und ein sanftes, rätselhaftes Lächeln auf den Lippen.

Das Tablett fiel zu Boden, Marta stieß einen Schrei aus, und Antonio, der gerade in der Küche einen Kaffee trank, kam zu ihr gelaufen. Sie begriffen nicht gleich, daß Connie tot war, deshalb riefen sie einen Krankenwagen. Der Notarzt erkannte, daß es sich um Selbstmord handelte, und alarmierte die Polizei. Innerhalb einer Stunde war die Wohnung voller Ärzte, Hilfspersonal und Polizisten.

Als endlich alle wieder gegangen waren, setzten sich Antonio und Marta im Wohnzimmer zusammen.

»Sie hat sich das Leben genommen«, murmelte Marta und trocknete sich die Tränen mit einem Taschentuch, das sie zusammengeknüllt in der Hand hielt.

Antonio nickte. »Die arme Signora, sie wußte, daß es keine Rettung mehr für sie gab, und wollte nicht auf den Verfall warten. Ich kann sie verstehen ...«

»Ich muß Rechtsanwalt Greyson in New York informieren. Das hat die Signora mir aufgetragen, für den Fall –« Marta unterbrach sich und fing wieder an zu weinen.

Antonio legte ihr einen Arm um die Schulter. »Ja, gewiß. Das ist deine Aufgabe, ich habe eine andere. Gestern abend, bevor sie sich ins Schlafzimmer zurückgezogen hat, hat die Signora zu mir gesagt, wenn ihr etwas geschehen sollte, müsse ich sofort ihre neuen Freunde benachrichtigen, den Schriftsteller und Signor Veronese. Doch zuerst gehen wir jetzt in ihr Schlafzimmer, sie hat doch sicher etwas Schriftliches hinterlassen ...«

Tatsächlich fanden sie einen an sie beide adressierten Umschlag in der Schublade des Sekretärs. Der Brief trug das Datum vom Tag zuvor.

Liebe Marta, lieber Antonio,

ich möchte Euch dafür danken, daß Ihr mir so viele Jahre mit Eurer Zuneigung und Eurer Hilfe beigestanden habt. Ohne Euch wäre mein Leben wirklich elend gewesen.

Ich gehe, denn ich beabsichtige nicht, auf die Schmerzen zu warten, die bald kommen werden.

Benachrichtigt Rechtsanwalt Greyson. Vor der Abreise aus New York habe ich ihm meine testamentarischen Verfügungen übergeben, auch soweit sie Euch betreffen.

Du, Antonio, gehst bitte persönlich zur Wohnung von Dottor Giorgio Zevi und teilst ihm und Frank Veronese meinen Tod mit. Übergib ihm die bewußten Dinge. Ich bitte Dich darum, es sofort zu tun!

Noch einmal vielen Dank, meine Freunde, und seid nicht betrübt wegen mir. Ich umarme Euch,

Connie Brandini

P.S. Vernichtet diesen Brief.

Als Antonio an Zevis Tür klingelte, öffnete ihm der Schriftsteller selbst, nicht ohne jedoch vorher durch den Türspion geschaut zu haben. Er sah den Chauffeur und begriff gleich, daß etwas mit Connie sein mußte.

Antonio überbrachte ihm die Nachricht sehr behutsam, als wollte er vor sich selbst, aber besonders vor einem Fremden nicht zugeben, daß Connie Brandini sich umgebracht hatte. Dann übergab er Zevi zwei Audiokassetten und einen Umschlag und erklärte ihm, um was es sich handelte.

»Die Signora hat gesagt, Sie würden verstehen …«, fügte er hinzu.

»So ist es«, sagt Zevi. »Ich danke Ihnen, daß Sie mich gleich benachrichtigt haben, Antonio. Kann ich Ihnen einen Kaffee anbieten?« fragte er freundlich.

»Nein, danke, Dottore. Ich muß sofort zurück zu Marta,

die arme Frau braucht Hilfe. Es sind so viele Dinge zu erledigen. Wir sind erschüttert, wir waren seit vielen Jahren bei Signora Brandini ...«

»Gewiß, ich verstehe. Ich werde Signor Veronese benachrichtigen. Aber wenn ich irgend etwas tun kann, zögern Sie nicht, mich anzurufen.«

Als der Chauffeur gegangen war, überbrachte Zevi die Nachricht Veronese, der noch in seinem Zimmer war.

»Ich habe es gespürt«, sagte Frank und folgte ihm ins Wohnzimmer. »Als sie sich gestern nachmittag von uns verabschiedet hat, hatte ich das Gefühl, es wäre ein Lebewohl.«

Zevi nickte. »Sie hat es für uns getan. Jetzt sind wir frei, den Inhalt des Tagebuchs zu verbreiten. Und wenn wir das tun, sind wir nicht mehr in Gefahr ...«

Veronese sah ihn mit ängstlicher Miene an. »Mein Gott, du hast recht! Arme Connie... Glaubst du wirklich, daß diese Leute so weit gehen?«

Zevi breitete die Arme aus, eine ohnmächtige Geste. »Ich weiß es nicht. Laß uns lieber überlegen, wie wir vorgehen. Wir haben Connies Tagebuch mit einigen kürzlich hinzugefügten Zeilen, von ihrer Hand geschrieben und vom Chauffeur und von der Hausangestellten mit ihren Unterschriften beglaubigt; außerdem eine Erklärung, auf Band aufgenommen, in der Connie bestätigt, daß wir ihr Zeugnis direkt von ihr gehört haben. Gestern hat Antonio unsere Gespräche aufgenommen und mir eben die Kassetten gebracht ...«

»Das bedeutet, daß Connie, als wir gegangen sind, schon vorhatte, sich das Leben zu nehmen ...«

Zevi nickte. »Als ihr klargeworden ist, daß sie uns mit der Enthüllung ihrer Geheimnisse in Gefahr gebracht hatte, hat sie ihre Entscheidung getroffen. Sie wollte, daß das Tagebuch möglichst rasch öffentlich gemacht wird, doch sie wußte, daß wir niemals gehandelt hätten, wenn sie noch am Leben gewesen wäre. So hat sie beschlossen zu gehen, weshalb wir nun sofort die Wahrheit über das Massaker enthüllen können. Wenn das Tagebuch erst einmal öffentlich zugänglich ist, hat Ridolfi keinen Grund mehr, hinter uns herzusein …«

Veronese verzog das Gesicht, er war nicht sehr überzeugt. »Wenn er wie sein Vater ist, und das sieht ja ganz so aus, könnte er Lust haben, sich trotzdem zu rächen …«

»Mag sein. Doch laß uns jetzt anfangen. Ich erkläre dir, wie wir meiner Meinung nach vorgehen sollten. Als erstes machen wir in meinem Arbeitszimmer Kopien des Tagebuchs und der Kassetten.«

21

Am selben Vormittag, gegen elf Uhr, wartete Giorgio Zevi in der Halle des Apartmenthauses, in dem er wohnte, auf ein Taxi. Geschützt vor den eisigen Windstößen, betrachtete er durch die Glastür die schwarzen Zweige der Bäume, die wie Skelette vor dem Himmel hin und her schwankten, während die letzten müden Blätter durch die Luft wirbelten. Als er das Taxi an den Bürgersteig heranfahren sah, verabschiedete er sich mit einem Winken vom Portier und ging hinaus.

Im Auto gab er dem Taxifahrer die Adresse des *Centro di Documentazione Ebraica*. Er würde dort eine Kopie von Connies Tagebuch hinterlegen; Frank und er hatten sich am Vormittag auf diese Vorgehensweise geeinigt.

Das Taxi durchquerte die Stadt, und Zevi fielen die ersten Vorboten von Weihnachten auf. Fast alle Geschäfte waren dekoriert, mehr oder weniger geschmackvolle Festbeleuchtung schmückte die wichtigsten Straßen des Zentrums, und manch ein fröstelnder Weihnachtsmann stand schon draußen vor den Kaufhäusern.

Seit sein Sohn erwachsen und seine Frau gestorben war, waren religiöse Feste für ihn zu Tagen wie alle anderen geworden. Für Aldo war, wie für alle Kinder der Welt, der Weihnachtsmann mit Träumen, freudiger Erwartung und

Geschenken verbunden gewesen; und Zevi hatte niemals daran gedacht, dies seinem Sohn, nur weil er Jude war, vorzuenthalten. Was die jüdischen Feste anging, so hatten der Junge und seine Mutter sie immer mit Verwandten gefeiert, aber ohne ihn; und niemand hatte ihm je vorgehalten, daß er dabei nicht mitmachte.

Er war nie gläubig gewesen und hatte das KZ als greifbaren Beweis der Nichtexistenz Gottes empfunden; auch wenn in den letzten Jahren seine Haltung weniger hart geworden war und er die Frage gewissermaßen offengelassen hatte.

Von den Religionen jedoch hatte er eine sehr schlechte Meinung, und sein diesbezügliches Interesse hatte sich immer auf den anthropologischen und kulturellen Aspekt beschränkt. Er war der Überzeugung, daß die Religionen den Menschen allzuoft den Vorwand dazu geliefert hatten, sich gegenseitig abzuschlachten. Was ihn selbst betraf, hatte er nur ein einziges Gebot: »Was du nicht willst, das man dir tu, das füg auch keinem andern zu.« Mehr als ausreichend für ein ziviles Zusammenleben.

Connies Tagebuch, das nun in seiner Ledertasche verwahrt war, hatte keine alten Wunden aufgerissen, denn die waren nie geheilt; und doch, als das Taxi durch die Stadt fuhr, empfand er, vielleicht zum ersten Mal, seit dieses neue Geheimnis in sein Leben gekommen war, ein Gefühl der Unruhe. Er spürte den Atem der beiden Ridolfi, des toten und des lebenden, im Nacken, als wären zusammen mit den Opfern auch ihre Mörder aus der Vergangenheit wieder aufgetaucht.

Ridolfi junior schien die Neigung zum Bösen von seinem

Vater geerbt zu haben, und Zevi fragte sich, ob auch er zu jener großen Schar von *Unmenschen* gehörte, die er für alle Übel auf dem Planeten verantwortlich machte.

Inzwischen war er davon überzeugt, daß Kriege nicht nur wegen wirtschaftlicher Interessen geführt wurden, sondern vor allem dazu dienten, anderen Leid zuzufügen. Die Gewalt, oft so irrational, daß sie an Idiotie grenzte, Grundelement der Lager aller Zeiten, war jedoch eine alles andere als verrückte Strategie. Vorsätzlich und pervers wie sie war, hatte sie den Zweck, den Opfern den schlimmsten Schmerz und einen qualvollen, erniedrigenden Tod zu bereiten. Nach dem Ende der Nazizeit waren weder die Haager noch die Genfer Konvention in der Lage gewesen, diesen Sadismus vom Erdboden verschwinden zu lassen. Die damals erprobten monströsen Möglichkeiten wurden weiter in jedem Winkel der Erde praktiziert. Die Liste war lang: Algerien, Vietnam, Sowjetunion, Kambodscha, Südafrika, Jugoslawien und zuletzt Afghanistan und Irak.

Mit seiner Theorie von den *Unmenschen* glaubte Zevi eine Erklärung für diese immer wiederkehrende Grausamkeit gefunden zu haben: Leid und Schrecken waren die Nahrung der Mächtigen, die sie aufsaugten wie Vampire das Blut. Manchmal schien es ihm gar, er könnte das Leid der Menschen zum Himmel aufsteigen sehen, von wo es in einem roten Regen, den die Mächtigen gierig tranken, wieder zur Erde fiel.

Zevi schüttelte den Kopf über sich selbst: ein alter Deportierter, der die Grausamkeit seiner Mitmenschen nicht zugeben wollte und sich deshalb vorstellte, daß Monster die Welt mit Blut besudelten.

Das Taxi steckte im Verkehr fest, Bauarbeiten und eine Straßenverengung zwangen den Chauffeur, im Schritttempo zu fahren.

Er öffnete das Fenster einen Spalt weit und atmete erleichtert die frische Luft ein. Er dachte an Frank, der in diesem Augenblick unterwegs zur Post war, um das Original des Tagebuchs nach Israel zu schicken. Plötzlich hatte er Angst um ihn. Wenn Ridolfis Männer ihm etwas antun sollten, würde er sich dafür verantwortlich fühlen. Zu lange Zeit war er in Sicherheit gewesen, in seiner Wohnung, ohne direkten Gefahren ausgesetzt zu sein, das Lager war wohl immer präsent gewesen, aber in der Erinnerung eingefroren wie ein tödliches Virus, eingeschlossen in einem Reagenzglas und verborgen in einem Militärlabor. Sechzig Jahre lang war die Erinnerung sein schlimmster Feind gewesen, doch es war ihm gelungen, ihr eine außerordentliche und siegreiche Kraft entgegenzusetzen, die es ihm erlaubt hatte, Schriftsteller zu werden und dieses Alter zu erreichen. Seit er Auschwitz verlassen hatte, hatte es nichts gegeben – außer der Depression, die ihn oft befiel –, was für sein Leben tatsächlich hätte gefährlich werden können; und das hatte ihn nachlässig werden lassen. Jetzt aber mußte er sein Talent zu überleben, das ihn einst gerettet hatte, wiederfinden, er mußte es mit all seinen Sinnen geradezu körperlich spüren und ebenso den Instinkt für Gefahr, der so lange geschlummert hatte.

Schon am Vormittag war ein vages Alarmgefühl in ihm wach geworden, doch er hatte dieses schmerzliche Unbehagen dem Tod Connies zugeschrieben. Jetzt jedoch spürte er am ganzen Körper die Gefahr, die Frank und er voller

Leichtsinn nur theoretisch in Betracht gezogen hatten. Endlich sah er die Bedrohung, wie sie wirklich war: so nah, daß er fast meinte, sie berühren zu können.

Er war ein Idiot gewesen, sagte er sich wütend. Ridolfi junior würde nicht aufgeben, er würde bis ans Ende gehen, um sie zum Schweigen zu bringen, oder vielleicht nur, um sich zu rächen.

Mit zitternden Händen nahm er das Handy aus seiner Manteltasche und wählte Franks Nummer. Das Telefon klingelte lange, und erst als er schon in höchster Aufregung war und gerade auflegen wollte, meldete sich der Maler.

»Ich komme eben aus der Post. Alles erledigt …«

»Steig sofort in ein Taxi und komm zu mir ins *Centro di Documentazione Ebraica.* Ich bin sehr in Sorge, ich glaube, sie lassen uns damit nicht einfach durchkommen …«

Frank Veronese spürte die Angst in Zevis Stimme und erschrak. »Ist irgendwas passiert?«

»Noch nicht.«

»Beruhige dich, Giorgio. Sie schießen bestimmt nicht mitten auf der Straße auf uns! Und außerdem ist die Sendung schon abgeschickt …«

Zevi hörte ihm nicht zu. »Ich spüre es, Frank, ein Kribbeln unter der Haut, und ich irre mich nicht. Wir müssen schleunigst verschwinden.«

»Und die Kopie des Tagebuchs?«

»Darum kümmere ich mich. Du steigst in ein Taxi und kommst zu mir.«

Frank wollte noch etwas sagen, doch Zevi gab ihm die Adresse und legte auf.

Veronese sah sich um: Er war an der Hauptpost, mitten

im Zentrum. Es gelang ihm, gleich in der Via dell'Orso ein Taxi anzuhalten. Als er im Wagen saß, dachte er daran, Zevi zurückzurufen, ließ es dann aber doch sein. Ein Anruf konnte ihn noch mehr aufregen. Veronese fragte den Taxifahrer, wie lange sie brauchen würden. Eine Viertelstunde, antwortete der Mann, wenn der Verkehr es zuließ. Man konnte nichts anderes tun als warten.

In der Zwischenzeit war Zevi angekommen. Zu seiner Erleichterung sah er, daß wenige Meter vom Eingang des Instituts entfernt wie üblich ein Wagen der Carabinieri parkte: Zwei junge Männer standen mit geschultertem Maschinengewehr neben dem blauen Auto und unterhielten sich. Er bat den Taxifahrer zu warten, stieg aus und ging auf den Eingang zu.

Das *Centro di Documentazione Ebraica* war in zwei kleinen Villen aus dem neunzehnten Jahrhundert untergebracht, die der Gemeinde 1938 nach den Rassengesetzen und der Veröffentlichung des *Manifesto della razza* von einem vermögenden Glaubensbruder geschenkt worden waren. Dieses »Manifest der Rasse«, verfaßt vom Duce und dem Wissenschaftler Nicola Pende, Inhaber des Lehrstuhls für Pathologie an der Universität Rom, erklärte, »daß die Juden nicht zur italienische Rasse gehörten und sie die einzige nicht assimilierte Volksgruppe in Italien darstellten, da sie aus nicht europäischen Rasseelementen gebildet war, grundsätzlich verschieden von den Elementen, die den Ursprung der Italiener begründet hatten«.

Als Zevi die Treppe zum Institut hinaufging, erinnerte er sich an das bittere Lachen seiner katholischen Freundin Chiara, als sich in jenem fernen September 1938 ihr Freundeskreis versammelt hatte, um über die Säuberung der italienischen Schulen von allen Schülern jüdischer Herkunft zu sprechen.

»Von welcher italienischen Rasse reden die eigentlich?« hatte Chiara ausgerufen. »Unser Land erstreckt sich von den Alpen bis nach Afrika und ist seit unvordenklichen Zeiten von den verschiedensten Rassen bevölkert, von der germanischen bis zur arabischen, mit allen Schattierungen. Ist es vielleicht nicht das, was uns besonders macht? Wie ungeheuer dumm diese Leute sind!« hatte sie schließlich angeekelt gesagt.

Zevi lächelte bei dieser fernen Erinnerung. Seine Freundschaft mit Chiara hatte ein ganzes Leben lang gehalten, und noch heute machten sie manchmal lange Wanderungen in den Bergen wie zu Zeiten ihrer Jugend.

Artikel 2 des *Manifesto della razza* verbot jüdischen Schülern den Besuch öffentlicher Schulen, während Artikel 3 ausführte, daß von Oktober 1938 an alle jüdischen Lehrer aus dem Schuldienst entlassen würden. Im selben Jahr wurde auch die berüchtigte *bonifica libraria* umgesetzt, deren Ziel eine vollkommene Revision der italienischen und ins Italienische übersetzten ausländischen Buchproduktion war, natürlich in Hinblick auf jüdische Autoren.

Die jüdischen Schüler der Mittel- und Oberschulen waren auf diese Weise von den Schulen des Königreichs ausgeschlossen worden, während man denen, die gerade Abitur gemacht hatten, die Tore der Universitäten vor der Nase zuschlug. Aus diesem Grunde war die Schule in der Via Eupili entstanden, untergebracht in den beiden kleinen Villen, wo die Lehrer lehren und die Schüler lernen durften.

Aber auch nur bis zum September 1943, als die Deportationen begonnen hatten.

Zevi klingelte an der Sprechanlage, sah direkt in die Kamera und sagte seinen Namen. Als man ihm öffnete, achtete er darauf, daß die Tür hinter ihm ins Schloß fiel, dann stieg er die Treppe hoch.

Kaum hatte er die ersten Stufen erklommen, kam ihm Silvio Falco entgegen, ein alter Freund aus der Schulzeit. Auch er hatte Auschwitz überlebt, doch seine Familie, Vater, Mutter und zwei Brüder, waren nicht zurückgekommen.

»Giorgio, was für eine Überraschung!« sagte er und umarmte ihn. »Was verschafft uns die Ehre deines Besuchs? Komm, wir gehen nach oben, ich lade dich zu einem Kaffee ein.«

Zevi folgte ihm, und als sie die Tür zu Falcos Büro geschlossen hatten, holte er, ohne sich auch nur den Mantel auszuziehen, sofort die Fotokopie von Connies Tagebuch aus seiner Ledertasche.

»Silvio, hör mir zu, es ist sehr wichtig. Ich übergebe dir die Kopie eines Tagebuchs, das die Wahrheit über das Massaker von Meina enthält, doch ich habe keine Zeit, dir zu erklären, wie es in meine Hände gelangt ist. Das Original ist unterwegs nach Israel, ein Freund von mir hat es gerade losgeschickt. Und jetzt muß ich gehen. Ich glaube, ich bin in Gefahr. Doch was noch wichtiger ist, mein junger amerikanischer Freund, der auf dem Weg hierher ist, schwebt ebenfalls in Gefahr. Wir müssen uns verstecken, wenigstens so lange, bis ihr den Skandal über die Geschichte von Meina platzen laßt und den Inhalt dieses Tagebuchs veröffentlicht. Erst dann werden wir vielleicht in Sicherheit sein ...«

Falco riß bestürzt die Augen auf. »Heiliger Himmel, Giorgio! In was für einen Schlamassel bist du denn da geraten? Und wer ist dieser Freund?«

Zevi machte eine nervöse Handbewegung. »Ein Maler. Er ist erst vierzig Jahre alt, es darf ihm nichts geschehen, verstehst du?« Der Schriftsteller hatte die Stimme erhoben und Falcos Arm gepackt.

Giorgio Zevi konnte auch in schwierigsten Momenten gelassen bleiben, das hatte er im Lager und bei manch anderen Gelegenheiten bewiesen, als er nach dem Krieg mit stoischer Ruhe viele Dinge ertragen hatte, nicht zuletzt die Dummheit der Leute. Falco war mit ihm im Lager gewesen und verdankte ihm sein Leben. Als die Deutschen Auschwitz schon verlassen hatten und kurz bevor die Russen kamen, um die Insassen zu befreien, lag Falco krank in seiner Baracke und konnte sich nicht rühren. Er wäre mit Sicherheit gestorben, wenn Zevi, auch er schwach und krank, ihm nicht jeden Tag ein bißchen von seinem Essen gebracht hätte. Im Lager machten auch wenige Kalorien den Unterschied zwischen Leben und Tod aus, und mit dem Essen, das Zevi sich abgespart hatte, überlebte Falco. Wenn Zevi also erschrocken war, hatte er sicher einen Grund dafür.

»Wer bedroht euch denn?« fragte Falco deshalb.

»Ich habe keine Zeit, ich muß gehen. Tu das, worum ich dich gebeten habe, und so schnell wie möglich. Presse, Fernsehen, Radio, alle müssen darüber berichten. Kurz und gut: Ihr müßt einen Skandal auslösen. Mein Leben und das meines Freundes hängen davon ab ...«

Zevi umarmte Falco und wandte sich zur Tür. Doch der andere lief hinter ihm her.

»Warte, nicht durch den Haupteingang!« Falco hielt ihn fest. »Sag mir, wohin du willst, und ich bringe dich mit dem Auto hin. Es ist auf jeden Fall besser, wir gehen hinten heraus, wenn du fürchtest, daß dir jemand gefolgt ist. Auf diese Weise gewinnen wir Zeit.«

Zevi hielt inne, noch immer mit der Hand auf der Türklinke. Durch seine Brille fixierten seine scharfen schwarzen Augen den Freund für den Bruchteil einer Sekunde, so lang, wie er brauchte, das Pro und das Kontra des Vorschlags abzuwägen. Dann, zur großen Erleichterung Falcos, nickte er.

»Einverstanden. Doch jemand muß rausgehen und den Taxifahrer bezahlen, der unten am Eingang auf mich wartet. Und dann muß ich Frank anrufen und ihm sagen, daß er nicht hierher kommen, sondern mich irgendwo anders treffen soll.«

Er überlegte laut. »Der Flughafen ist zu weit und kompliziert, wegen der Tickets und der Kontrollen. Wir müssen zum Hauptbahnhof! Ja, der Bahnhof ist ideal, da steigen wir in einen Zug und verschwinden für eine Weile.«

Zevi zog sein Handy aus der Tasche und rief Veronese an. Als der Maler sich meldete, verabredete er sich mit ihm am Bahnhof und bat ihn, das Taxi auf dem Parkplatz rechts, unter der Galerie, halten zu lassen und im Wagen auf ihn zu warten.

»Was für ein Auto ist es? Die Marke meine ich, und die Nummer der Taxigesellschaft. Frag bitte den Fahrer«, fügte er hinzu.

Veronese tat es. Das Taxi war ein Multivan der Marke Fiat mit der Nummer Bari 42.

»Ich bin in weniger als zwanzig Minuten da«, sagte der Schriftsteller, bevor er auflegte.

22

Am Hauptbahnhof angekommen, entdeckten Zevi und Falco gleich den weißen Multivan am Ende der Reihe parkender Taxen.

»Da ist er!« rief Zevi erleichtert aus. »Fahr bitte an der anderen Seite ran.«

Falco tat es, und sie stiegen aus, ohne sich um das strenge Halteverbot zu kümmern.

Als Veronese Zevi sah, zahlte er beim Fahrer und stieg eilig aus. Die drei Männer gaben sich die Hand, wobei der Schriftsteller Falco und Veronese miteinander bekannt machte.

»Du hast uns einen großen Gefallen getan, Silvio«, sagte er zu seinem Freund. »Doch jetzt mußt du gehen. Es ist besser, man sieht uns nicht zusammen ...«

»Uns ist niemand gefolgt, ich habe darauf geachtet. Das glaube ich wenigstens ...«, fügte Falco zweifelnd hinzu. »Was hast du jetzt vor, Giorgio?«

»Ich weiß es noch nicht, doch ich melde mich auf jeden Fall so schnell wie möglich bei dir. Aber sag niemandem, daß du uns gesehen hast!«

»Du kannst ganz beruhigt sein. Hast du denn Geld dabei?«

Zevi nickte, selbst nicht recht überzeugt, weil er daran

dachte, daß der Gebrauch der Kreditkarte sicher nicht ratsam war, wie er aus Spionagefilmen gelernt hatte.

Falco zog sein Portemonnaie aus der Tasche, holte einige Hundert-Euro-Scheine heraus und gab sie Zevi. »Zum Glück bin ich heute morgen auf der Bank gewesen, weil ich ein paar Zahlungen erledigen wollte…«

Zevi nahm das Geld. »Danke. Ich gebe es dir zurück, sobald wir wieder da sind. Und vergiß bitte nicht: Unsere Sicherheit hängt davon ab, wie schnell du die Bombe hochgehen läßt.«

»Keine Angst, ich setze sofort alle Hebel in Bewegung.«

»Gut. Doch jetzt müssen wir gehen.«

Die beiden umarmten sich, dann wandte Falco sich an Veronese. »Geben Sie gut auf Giorgio acht, es darf ihm nichts geschehen! Und Ihnen natürlich auch nicht…«

Falco blieb noch eine Weile stehen und sah diesem seltsamen Paar nach. Neben dem Amerikaner, groß und athletisch wie ein Bodyguard, wirkte Zevi noch kleiner und schmächtiger als sonst.

Im Bahnhof blieben Zevi und Veronese unter der Anzeigetafel mit den Abfahrtszeiten stehen.

»Wo sollen wir hin?« fragte Frank.

Zevi zeigte auf die Tafel. »Der Intercity nach Zürich geht als nächster. Laß uns Fahrkarten holen. Am besten nehmen wir erste Klasse, das ist zwar teuer, doch man bemerkt leichter, ob man verfolgt wird.«

Die Schlange am Fahrkartenschalter war nur kurz, sie bekamen schnell ihre Tickets und fuhren dann mit der Rolltreppe nach oben, um von dort zum Bahnsteig zu gelangen.

»Was tun wir, wenn wir in Zürich sind?« fragte Veronese, als sie in den Zug stiegen.

Zevi zuckte mit den Schultern und lächelte. »Ich weiß es nicht, aber wir haben viereinhalb Stunden, es uns zu überlegen.«

Sie hatten einen Wagen mit Abteilen, von denen, wie Zevi es sich gedacht hatte, ein guter Teil leer war. Sie suchten eins, das sie für sich allein hatten, zogen die Vorhänge zu und setzten sich einander gegenüber.

Als der Zug aus dem Bahnhof fuhr, sah Veronese den Schriftsteller prüfend an und versuchte herauszufinden, ob ihn dieses Abenteuer körperlich mitnahm.

»Mach dir keine Sorgen«, sagte Zevi, der ahnte, was in Frank vorging, »mir geht es gut. Ich fühle mich großartig.«

Dann schüttelte er den Kopf. »Wieder im Zug...«, murmelte er vor sich hin. Doch Veronese hörte ihn nicht, weil der Schaffner die Schiebetür geöffnet hatte und die Fahrkarten verlangte.

Als er wieder gegangen war, sah Zevi auf die Uhr. Der Intercity von halb eins würde gegen fünf Uhr in Zürich ankommen. Er nahm das Handy und rief seinen Sohn an.

»Hör mal, Aldo, mein amerikanischer Freund und ich sind auf dem Weg nach Rom, um uns die Munch-Ausstellung anzusehen. Ich wollte nicht, daß du dir Sorgen machst, wenn du mich daheim nicht erreichst...«

»Nach Rom?« bemerkte Aldo erstaunt. Sein Vater reiste nicht gern, und spontane Fahrten gehörten nicht zu seinen Gewohnheiten. Doch wie es schien, fühlte sich Giorgio, seit dieser Amerikaner in sein Leben getreten war, wie neugeboren.

»Wann kommst du zurück?«

Zevi antwortete nicht gleich, und das Zögern entging seinem Sohn nicht.

»Ich weiß nicht, in einigen Tagen … Vielleicht besuche ich ein paar Kollegen, die mich schon hundertmal eingeladen haben. Du weißt ja, daß sie mir vorwerfen, ein alter Griesgram zu sein …«, fügte er mit einem Lachen hinzu.

Aldo lachte ebenfalls, allerdings wenig überzeugt. »Wann kommt ihr in Rom an?«

Die Frage kam unerwartet, doch Zevi konnte sich erinnern, auf der Anzeigetafel unter dem Zug nach Zürich gesehen zu haben, daß um dreizehn Uhr der Pendolino nach Rom abfuhr. Es war ihm aufgefallen, weil ein römischer Freund von ihm oft diesen Zug nahm, um nach Hause zu fahren.

»Wir fahren gerade ab«, antwortete er, »und kommen gegen fünf an. Ich weiß es nicht ganz genau, Frank hat sich um alles gekümmert …«, ergänzte er und zwinkerte dem Maler zu.

»Ich würde deinen Freund gern kennenlernen, wenn ihr zurück in Mailand seid …«

»Warte, ich gebe ihn dir.« Zevi hielt Veronese das Handy hin.

»Sehr erfreut, Sie kennenzulernen, auch wenn es nur am Telefon ist …«, sagte Aldo in perfektem Englisch und mit großer Herzlichkeit. »Sie haben neuen Schwung in das Leben meines Vaters gebracht. Aber geben Sie bitte acht, daß er sich nicht zu sehr anstrengt, im allgemeinen führt er ein eher zurückgezogenes Leben.«

Veronese entging der Anflug von Argwohn in der Stimme

des anderen nicht. Er beschloß, auf italienisch zu antworten, weil er dachte, daß es Aldo beruhigen würde, wenn er ihn in seiner Sprache reden hörte, wie holprig sein Italienisch auch sein mochte.

»Ich hoffe auch, Sie bald kennenzulernen, Giorgio spricht oft von Ihnen«, log er. »Sie müssen sich keine Sorgen um Ihren Vater machen, ich würde mir eher die Hand abhacken lassen, als daß ich zuließe, daß ihm etwas passiert ...«

Aldo war erstaunt. Wenn ein Maler sich einer so schauerlichen Assoziation bediente und bereit war, seine wertvolle Hand aufs Spiel zu setzen, mußte er es aufrichtig meinen.

»Ich gebe Ihnen noch einmal Giorgio. Auf Wiederhören«, verabschiedete sich Veronese und reichte Zevi das Handy zurück.

Zevi wechselte noch ein paar Worte mit Aldo, schaltete dann sein Handy aus und steckte es in die Tasche. »Am besten mache ich dieses Ding jetzt nicht mehr an.«

»Dein Sohn schien sich um dich zu sorgen«, sagte Frank.

»Von seinem Standpunkt aus hat er recht, ich bin schließlich achtundsiebzig Jahre alt.«

»Wenn er wüßte, in was wir verwickelt sind ...« Veronese beendete den Satz nicht.

»Aber er weiß es nicht. Und wenn das Ganze so verläuft, wie ich hoffe, wird er es nie erfahren. Doch darüber wollen wir jetzt nicht nachdenken. Wir müssen uns überlegen, wie wir weiter vorgehen. Dem Himmel sei Dank, daß Falco Zahlungen in beträchtlicher Höhe erledigen wollte und wir deshalb eine Weile keine Geldprobleme haben.«

»Ich habe Reiseschecks und Bargeld in Dollar und Euro

dabei«, sagte Frank. »Zum Glück trage ich immer alles bei mir, auch die Flugtickets.«

Die Schiebetür öffnete sich erneut: Ein Mann stand vor dem Abteil, lächelte, entschuldigte sich und schloß die Tür wieder. Zevi und Veronese sahen sich an, dann sprang der Schriftsteller auf und schob den Vorhang beiseite. Doch da er so nicht viel sehen konnte, öffnete er die Tür und schaute in den Gang. Der Mann war verschwunden.

Er setzte sich wieder hin. »Normalerweise macht außer dem Schaffner niemand so leicht die Tür auf, wenn die Vorhänge zugezogen sind«, meinte er.

»Glaubst du, das ist einer, der uns sucht?« fragte Veronese beunruhigt.

»Ich habe keine Ahnung. Der Mann muß in einem der Nachbarabteile verschwunden sein, denn als ich nach draußen geschaut habe, war der Gang leer. So schnell kann er aber nicht durch den ganzen Wagen gegangen sein. Wenn er einen Sitzplatz suchte, warum dann nicht hier? Es sind noch vier Plätze frei. Und wenn er keinen suchte, warum hat er dann hier geschnüffelt, um schließlich woanders hinzugehen?«

Veronese nickte. »Wir sollten uns die anderen Abteile ansehen«, sagte er.

»Genau, und das werden wir sofort tun.« Zevi stand auf und nahm seine Ledertasche. »Ich kontrolliere die Abteile auf der rechten Seite, du die auf der linken. Wenn ich am Ende angekommen bin, mache ich kehrt und tu so, als hätte ich mich in der Richtung geirrt, und dann gehen wir ins Restaurant. Was meinst du?«

Veronese nickte und stand auf. »In Ordnung, also los ...«

Das Ganze dauerte nicht lange. Zevi entdeckte den Mann zwei Abteile hinter ihrem. Er sprach mit einem korpulenten Typ, der neben ihm saß. Im Abteil waren außerdem noch zwei Mädchen mit Walkmen und Kopfhörern. Zevi ging bis zum Ende des Wagens, wo er auf den Schaffner traf, den er mit lauter Stimme fragte, wo das Restaurant sei.

»Im nächsten Wagen, aber in der anderen Richtung, Signore«, antwortete der Schaffner und zeigte dahin, wo Frank auf ihn wartete.

Zevi bedankte sich bei ihm, wieder mit lauter Stimme, und ging zurück, erneut an dem Abteil des Mannes vorbei. Doch er schaute nicht hinein und ging zu Veronese, dem er ein Zeichen gab, daß er schweigen solle.

Im Speisewagen setzten sie sich an einen Tisch, der ein wenig abseits stand, und sprachen erst, als der Kellner mit der Bestellung gegangen war.

»Er sitzt zwei Abteile hinter uns und unterhält sich mit einem großen dicken Typ. Außerdem sind noch zwei Mädchen im Abteil, aber ich glaube nicht, daß die etwas mit ihm zu tun haben. Wer weiß, vielleicht hat er den anderen Mann im Zug kennengelernt und dieses Abteil ausgesucht, weil zwei hübsche Mädchen drinsitzen. Gesetzt den Fall, daß er nichts mit uns zu tun hat ...«, sagte Zevi.

»Aber wir können nicht sicher sein«, gab Veronese zu bedenken.

»So ist es.« Der Schriftsteller nickte. »Ich schlage vor, nicht zu dramatisieren, aber die beiden Männer als potentiell gefährlich zu betrachten. Also werden wir uns entsprechend verhalten. In Zürich müssen wir sie abschütteln, falls sie nicht vorher aussteigen.«

Veronese überlegte sich, daß dies nicht einfach sein würde, und er fühlte sich erneut schuldig, Zevi in diese Geschichte verwickelt zu haben.

»Es tut mir leid ...«, setzte er an, doch Zevi unterbrach ihn mit einer Handbewegung.

»Hör auf, dir Sorgen zu machen, Frank! Vergiß nicht, daß es Connie und dir zu verdanken ist, wenn ein Teil der Wahrheit über das Massaker von Meina ans Licht kommt. Du bist eher derjenige, der wegen einer Geschichte, die vor so vielen Jahren geschehen ist, nichts riskieren sollte. Das ist die Sache von uns Alten ...«

Veronese schüttelte den Kopf. »Es ist die Sache von jedem, der damit konfrontiert wird. Außerdem war es vorherbestimmt, und du sagst ja selbst: Gegen das Schicksal kann man sich nicht stellen.«

»Gewiß«, gab Zevi zu. »Aber man soll nicht über ein Unheil klagen, bevor es einem zugestoßen ist. Vielleicht haben diese beiden es gar nicht auf uns abgesehen.«

Doch so war es nicht. In Zürich bemerkten sie, daß die beiden Männer ihnen folgten.

»Sie sind hinter uns, was sollen wir tun?« fragte Veronese.

Zevi sah sich um. »Komm«, sagte er, hakte ihn unter und zog ihn in einen gedrängt vollen Buch- und Zeitschriftenladen. Sie gingen zu dem Ständer mit ausländischen Illustrierten und taten so, als schauten sie sich welche an. Von dort, wo sie standen, waren der Eingang des Ladens und ein Teil der Bahnhofshalle zu überblicken.

»Hier sind wir sicher, wenigstens für den Moment«, sagte Veronese. »Bleib du hier stehen, ich sehe nach, ob es einen anderen Ausgang gibt.«

Das Geschäft bestand aus zwei Räumen: In dem einen wurden Bücher und Zeitungen verkauft, der andere war ein Souvenirladen. Frank ging schnell einmal durch den gesamten Laden und kam dann zu Zevi zurück.

»Wir können dort hinausgehen«, sagte er und zeigte mit dem Kopf hinüber zur Abteilung, wo Souvenirs ausgestellt waren. »Aber wir müssen schnell sein, bevor sie etwas merken. Wo sind sie jetzt?«

»Immer noch vor dem Eingang«, antwortete Zevi.

»Dann beeilen wir uns.«

Im Schutz einer Gruppe von Touristen gelang es ihnen, durch die Ausgangstür der Souvenirabteilung zu schlüpfen. Sie kamen ganz in der Nähe eines anderen Gleises heraus, auf dem ein Zug stand. Zevi las auf der Anzeigetafel, daß er in einer Minute abfahren würde. Richtung Chur.

»Schnell, laß uns in diesen Zug steigen!« sagte der Schriftsteller, zeigte auf das Gleis und lief mit unerwarteter Energie los.

Sie stiegen in den letzten Wagen, einen Augenblick, bevor der Zug losfuhr. Durch das Fenster sahen sie die beiden Männer, die sich umschauten. Sie traten vom Fenster zurück, um nicht gesehen zu werden, und setzten sich auf die andere Seite.

Der Schriftsteller war ins Schnaufen geraten. »Zum Glück halte ich mich in Form und gehe jeden Tag eine halbe Stunde spazieren«, sagte er mit einem kümmerlichen Lächeln. »Es sieht so aus, als hätten wir sie abgehängt. Hoffen wir, sie haben uns nicht einsteigen sehen ...«

»Ja, hoffen wir das. Aber wohin fahren wir eigentlich?«

»Nach Chur. Jetzt wollen wir einmal sehen ...«, sagte

Zevi und nahm einen Fahrplan, der auf dem Sitz gegenüber lag.

Nach kurzer Zeit sah er wieder auf. »In Sargans sind wir an der Grenze zwischen der Schweiz und Liechtenstein ...«

»Wir könnten in Sargans aussteigen und uns ein Auto leihen«, sagte Frank.

Zevi schüttelte den Kopf. »Es ist besser, öffentliche Verkehrsmittel zu benutzen. Ich nehme an, es gibt dort einen Bus ...«

In diesem Moment erschien der Schaffner, und sie lösten die Fahrkarten. Zevi wechselte ein paar Worte auf deutsch mit ihm. Tatsächlich hielt der Zug in Sargans, von wo es eine Busverbindung nach Vaduz gab.

»Dann laß uns den Bus nach Liechtenstein nehmen«, sagte Zevi zu Veronese. »Das scheint mir ein guter Ort, um sich für ein paar Tage zu verstecken. In etwas mehr als einer Stunde sind wir am Ziel.«

Den Rest der Reise über sprachen sie wenig. Die Anspannung und das Laufen hatten Zevi ermüdet, doch es war eher eine emotionale als eine körperliche Müdigkeit. Noch einmal war er auf der Flucht, und wie einst konnte der Zug sowohl das Verderben als auch die Rettung bedeuten. Er schloß die Augen, er mußte sich jetzt ausruhen. Bei ihrer Ankunft würden sie einen Zufluchtsort finden müssen, und das würde nicht einfach werden.

Trotz der Anspannung schlief er ein. Er träumte, mit Alberto und Frank zusammenzusein, in diesem Zug. Alberto trug die schwere Kleidung, die er an dem Tag anhatte, als sie von den Faschisten im Aostagebirge festgenommen worden waren. Wie immer rührte es ihn zu sehen, wie jung der Freund war, und er schämte sich für sein langes Leben und seinen alten Körper. Alberto zeigte auf Frank, dann sah er ihm direkt in die Augen. »Ziele im Leben sind die beste Verteidigung gegen den Tod: nicht nur im Konzentrationslager...«, flüsterte er mit seiner schönen Stimme, fast so, als sollte Frank ihn nicht hören.

Zevi dachte, daß Frank für das Leben stand, während Alberto und er für immer zur Welt der Toten gehörten.

Doch Alberto, der seine Gedanken lesen konnte, war nicht gleicher Meinung. Er schüttelte den Kopf, als wollte er ihm sagen, daß er sich irre, schenkte ihm ein warmes Lächeln und schulterte seinen Rucksack. »Nicht vergessen«, mahnte er ihn, als er im Traum an einer Station ausstieg.

Zevi war an diese Auflösungen gewöhnt, die ihn von dem mysteriösen Ort, wo seine Freunde weiterlebten, fernhielten. Er hätte Alberto gern aufgehalten, und wirklich streckte er einen Arm nach ihm aus, doch es war zu spät: Der Freund war schon verschwunden.

Der Duft von Kaffee weckte ihn auf. Frank ließ gerade Zucker aus einem Tütchen in einen Pappbecher rieseln.

»Ich habe gedacht, daß etwas Heißes dir guttun würde. Möchtest du?«

»Danke«, antwortete er und nahm den Becher. »Habe ich lange geschlafen?«

»Du bist gleich nach der Abfahrt eingeschlafen. In einer Viertelstunde sind wir in Sargans. Zum Glück ist es für die Jahreszeit mild. Wir sind schon mitten im Gebirge, auch wenn man das bei dieser Dunkelheit nicht sieht.«

Zevi lächelte. »Ja, es wird sicher kalt sein, und wir wollen hoffen, daß es nicht schneit. Morgen müssen wir uns etwas zum Anziehen kaufen und vielleicht auch passenderes Schuhwerk.«

Sie kamen gerade rechtzeitig in Sargans an, um vor dem Bahnhof noch den Bus nach Vaduz zu erwischen.

Als sie Triesen, den Ort vor Vaduz, erreichten, beschlossen sie auszusteigen, da es dort weniger überlaufen schien und man sich unauffälliger als in der Hauptstadt des winzigen Fürstentums bewegen konnte. Sie stiegen an der Landstraße aus, wo sie, wie der Fahrer sagte, eine Reihe von Unterkünften finden würden. Tatsächlich sahen sie gleich das Schild eines Hotels, des Gasthofs zur Sonne, eines schön restaurierten alten Gebäudes mit einem kleinen Vorplatz, auf dem viele Autos parkten.

Zevi sah auf die Uhr. »Es ist Zeit zum Abendessen, und nach den parkenden Autos zu urteilen, kann man hier gut essen. Also laß uns hineingehen.«

Das Restaurant war recht elegant und gut besetzt. Man wies ihnen einen Tisch zu, und als der Maître kam, um die Bestellung aufzunehmen, half Zevi Veronese, etwas auszusuchen, indem er die Namen der Gerichte aus dem Deutschen ins Englische übersetzte. Bevor sie das Restaurant betreten hatten, waren sie übereingekommen, kein Italienisch zu sprechen, sondern untereinander nur englisch, während Zevi mit den Einheimischen deutsch sprach. Dies für den Fall, daß ihnen jemand auf der Spur wäre und im Gasthof Fragen stellte.

Sie waren beim Kaffee, als Zevi Gesprächsfetzen vom Nachbartisch aufschnappte, wo ein junges Paar saß.

»Ich habe mir heute das Büro angesehen, das Bucholtz in seinem Haus im Letzanaweg vermietet. Es ist nicht schlecht, wenn auch ein bißchen teuer«, sagte der Mann gerade zu seiner Freundin.

»Übrigens reisen sie morgen bei Tagesanbruch auf die Malediven. Meine Mutter hat mir das gesagt, sie ist mit Frau Bucholtz befreundet. Wollen wir hoffen, daß es keinen Tsunami mehr gibt…«, bemerkte die Frau ein wenig boshaft.

»Es war furchtbar warm in dem Haus. Der Typ von der Agentur hat mir erzählt, Bucholtz hätte sich ausgebeten, daß die Heizung eingeschaltet bleibt, damit die Interessenten nicht frieren müßten. Wenn du willst, können wir Montag zusammen hingehen und das Büro anschauen. Es hat einen wunderbaren Blick…«

»Wo genau ist es denn?« fragte die Frau.

»Auf der Straße nach Triesenberg, Letzanaweg 25, direkt in der Kurve, wo diese Ausweichstelle und die beiden großen Garagen sind.«

»Ah, ich weiß, wo. Aber ich finde, er verlangt zu viel. Blick hin oder her. Und außerdem: Kommt es dir nicht ein bißchen abgelegen vor? Vielleicht sollten wir in Vaduz suchen, das wäre für mich sehr viel bequemer…«

Für Zevi war dieses Gespräch erhellend. Er sah Veronese mit strahlenden Augen an, und der Maler warf ihm einen fragenden Blick zu.

»Ich erkläre es dir später. Was hältst du davon, wenn wir fragen, ob sie hier im Hotel zwei Zimmer für diese Nacht haben?«

»Gute Idee.«

Nach dem Abendessen sagte ihnen die Hotelbesitzerin, eine freundliche Italienerin, daß keine Einzelzimmer mehr frei seien, sie ihnen aber ein kleines Familienapartment anbieten könne, bestehend aus zwei Zimmern mit einem gemeinsamen Bad. Sie antworteten, das passe ihnen ausgezeichnet, und waren erleichtert, daß sie nicht nach ihren Pässen fragte.

Die Besitzerin brachte sie zu dem Apartment und ging ihnen auf der engen Holztreppe voran. Während sie hinaufstiegen, erzählte sie, daß dies der älteste Gasthof in Triesen sei. Früher habe das Gebäude als Poststation gedient, wo die Kutschen haltgemacht hätten, damit die Pferde sich ausruhen und die Reisenden schlafen und sich stärken konnten. Sie hätten das Hotel gerade übernommen und erst seit einem Monat geöffnet.

Die Zimmer waren behaglich, einfach und wie das ganze Haus geschmackvoll renoviert. Die Besitzerin überreichte Zevi den Schlüssel des Apartments, sagte ihnen, bis wieviel Uhr sie am nächsten Morgen frühstücken konnten, und wünschte ihnen eine gute Nacht.

Kaum daß sie allein waren, fragte Veronese den Schriftsteller, was ihm bei Tisch durch den Kopf gegangen sei.

Zevi machte einen sehr zufriedenen Eindruck. »Beim Essen habe ich die Unterhaltung des Paars neben uns mitgehört. Sie sprachen von einem Haus hier in Triesen, das von morgen früh an unbewohnt sein wird, weil die Besitzer bei Tagesanbruch auf die Malediven fliegen. Ein Teil des Hauses soll, wenn ich es richtig verstanden habe, vermietet werden, und der Besitzer, ein gewisser Bucholtz, hat die Heizung angelassen, falls ein Interessent es besichtigen will …«

»Ja und?« fragte Veronese erstaunt.

Zevi lachte. »Verstehst du denn nicht? Wir könnten uns in dem Haus verstecken. Es wäre sicherer als ein Hotel. Außerdem ist es geheizt. Um so besser!«

»Und wenn jemand es besichtigen will?«

Zevi schüttelte den Kopf. »Heute ist Freitag. Am Wochenende hat jede Immobilienagentur geschlossen, da wird niemand kommen. Ich habe mir die Adresse gemerkt, morgen sehen wir es uns an.«

»Das wäre eine ausgezeichnete Lösung. Aber es ist Hausfriedensbruch«, gab Veronese zu bedenken.

»Ich weiß, aber es ist sehr viel sicherer, als von einem Hotel zum anderen zu ziehen. Besser einen kleinen Gesetzesbruch begehen, als Ridolfi junior oder einem seiner Helfershelfer in die Hände fallen. Meinst du nicht?«

Veronese nickte. »Sicher. Und außerdem sind wir keine Diebe, wir leihen uns das Haus für ein paar Tage, das ist alles. Morgen, in Vaduz, kaufen wir uns, was wir brauchen, etwas zum Anziehen und ein paar Vorräte. Es tut mir leid, daß du gezwungen bist, heute nacht ohne Pyjama zu schlafen ...«

Zevi zuckte die Achseln. »Besser ohne als in einem gestreiften Pyjama.«

Veronese staunte über den Galgenhumor des Schriftstellers, der die Hölle von Auschwitz überlebt hatte, und getraute sich kaum, über den Scherz zu lächeln. Doch Zevi nahm ihm die Befangenheit, indem er ihm frohgemut eine gute Nacht wünschte und hinzufügte: »Wir müssen uns ausruhen, morgen ist ein wichtiger Tag.«

Sie zogen sich in ihre Zimmer zurück. Veronese war sehr besorgt, er fürchtete, daß die Sorgen Zevis, was Ridolfis

Sohn anging, gerechtfertigt waren. Vielleicht waren die beiden Männer aus dem Zug von ihm geschickt worden. Oder kamen sie aus den Staaten? In dem einen wie in dem anderen Fall, sagte er sich, war es seine Schuld, wenn Zevi sich in Schwierigkeiten befand. Er hätte ihm nie Connies Brief vorlesen dürfen, nein: Er hätte niemals New York verlassen dürfen.

Bevor er unter die Bettdecke schlüpfte, schaltete er sein Handy ein, das er im Zug abgestellt hatte. Auf dem Anrufbeantworter war eine Nachricht Evelyns, die ihn bat, sie sofort zurückzurufen. Ihre Stimme klang ernst, ganz ohne den verführerischen Unterton, den sie normalerweise hatte, und wirklich besorgt. Nachdem er die Nachricht abgehört hatte, schaltete Frank das Handy wieder aus; was immer Evelyn ihm zu sagen hatte, es konnte warten.

23

Am nächsten Morgen wurden Zevi und Veronese um halb acht wach. Sie gingen nach unten, um zu frühstücken, bezahlten die Rechnung, baten um eine Karte von Triesen und Umgebung und verließen das Hotel. Es war ein schöner, sonniger Wintertag, und die wundervolle Szenerie der Berge zeichnete sich vor dem blauen Himmel ab. Man hatte Sicht auf die Schweizer Seite, und unten im Tal glitzerte der Rhein wie ein silbernes Band.

Sie gingen ein Stück an der Landstraße entlang, um den gleichen Bus wie am Abend zuvor zu nehmen, der sie nach Vaduz bringen würde.

In Vaduz stiegen sie im Zentrum aus, genau unterhalb des Fürstenschlosses, das gerade restauriert wurde und deshalb hinter Gerüsten und Netzen kaum zu sehen war.

Sie erledigten ihre Einkäufe in einem Kaufhaus, versorgten sich mit ein paar Lebensmitteln und warmer Kleidung. Nach einer Stunde stiegen sie bereits wieder mit zwei vollen Taschen in den Bus nach Triesen und Triesenberg.

»Schau, hier ist der Letzanaweg. Wir müssen an dieser Haltestelle aussteigen«, sagte Veronese und zeigte auf einen Punkt auf der Karte. »Dann gehen wir ein Stück zu Fuß: Das Haus müßte kurz vor der Abzweigung nach Triesenberg liegen.«

In Triesen verließ der Bus die Landstraße und fuhr in die Berge hinein. Es dauerte nicht lange, bis sie ihre Haltestelle erreicht hatten, und als sie ausstiegen, waren sie überwältigt von dem auf dieser Höhe besonders beeindruckenden Panorama: Ein Archipel aus Bergen schien über dem Tal zu thronen.

»Eine Landschaft wie bei Heidi«, meinte Zevi. »Was für ein Blick, bei dieser Sonne!«

»Da kommt richtig Feriengefühl auf«, sagte Frank, dem die Schönheit der Landschaft auf gewisse Weise wie eine kleine Entschädigung für ihre unangenehme Situation vorkam.

Zevi liebte die Berge, und was sich seinem Blick bot, war wirklich außerordentlich. Er lächelte und nickte. »Tun wir doch einfach so, als wären wir auf einem Vergnügungsausflug. Wohin gehen wir jetzt?«

Veronese sah auf die Karte. »Wir müssen noch ein wenig höher, aber das Haus dürfte in der Nähe sein.«

Tatsächlich sahen sie nach fünfhundert Metern rechts in einer Kurve eine Ausweichstelle mit zwei großen Garagen, auf denen die Hausnummer stand, die sie suchten. Ein Schild der Immobilienagentur gab Auskunft über die Größe des zu vermietenden Büros und nannte einige Telefonnummern und Bucholtz als Vermieter.

»Das Haus müßte hier sein, aber ich sehe nur die Garagen«, sagte Veronese verblüfft.

»Versuchen wir, auf dieser Seite hinunterzugehen.« Zevi zeigte auf eine Schotterstraße, die in den Wald führte.

Nach wenigen Metern stießen sie auf ein offenes Tor, das von der Straße aus nicht zu sehen war. Durch dieses Tor gelangten sie auf einen Kiesweg, kamen an einem Pförtnerhaus vorbei und erreichten schließlich die Villa.

»Sie kommt mir nicht sehr groß vor«, meinte Veronese.

Tatsächlich schien das Haus, von dort aus gesehen, wo sie sich befanden, einstöckig und eher klein.

»Der Architekt muß das Gefälle ausgenutzt haben, wahrscheinlich entfaltet sich die Villa erst am Hang zu ihrer vollen Größe«, sagte Zevi. »Komm, laß uns um die Ecke gehen und nachsehen.«

Ihre Vermutung bestätigte sich: Die Villa war direkt an den Berg gebaut und in Wirklichkeit sehr groß und dreistöckig, mit einem steil abfallenden Garten und einer großen Terrasse zum Tal hin.

»Ein großartiger Bau!« rief Zevi aus. »Ich kann mir vorstellen, daß sich der Eigentümer in erster Linie den Blick bezahlen läßt.«

»Ganz sicher... Mal sehen, wie wir hineinkommen. Vielleicht ist es einfacher, eines der Fenster, die auf den Garten hinausgehen, zu öffnen als die Haustür...«, sagte Veronese.

Sie hatten Glück. Offensichtlich fürchtete man in Triesen keine Einbrecher. Ein Fenster im Erdgeschoß war gekippt und ließ sich sehr leicht öffnen – und in kurzer Zeit waren sie im Inneren der Villa.

Veronese schaltete sofort die Lichter an, weil man wegen der geschlossenen Fensterläden wenig sah, dann machte er sich daran, sorgfältig die Wände im Eingangsbereich abzusuchen.

»Was suchst du?« fragte Zevi, der sich in der Zwischenzeit den Mantel ausgezogen hatte. In diesem Haus herrschte wirklich eine tropische Hitze.

»Ich vergewissere mich, daß es keine Alarmanlage gibt.«

Zevi lachte. »Entschuldige, Frank, ich habe vergessen, es dir zu sagen. Es gibt keine Alarmanlage. Das Paar im Restaurant hat sich nämlich genau darüber beklagt ...«

Frank stieß einen Seufzer der Erleichterung aus. »Um so besser ...«

Das Haus war in zwei Wohnungen geteilt. Ursprünglich mußte es einmal eine einzige Villa gewesen sein, luxuriös und von beträchtlichen Ausmaßen, doch durch die baulichen Eingriffe, die das Gebäude hatte erdulden müssen, waren seine Räume und seine Eleganz unwiderruflich in Mitleidenschaft gezogen worden.

Als Zevi und Veronese nach dem Öffnen einer Schiebetür ein großes Zimmer betraten, entfuhren ihnen unwillkürlich Ausrufe der Bewunderung.

Es war ein Arbeitszimmer, an den Wänden Bücherregale aus Holz bis hoch zur Decke, doch alle leer. Die Einrichtung bestand aus einem kahlen Schreibtisch, einigen im Raum verteilten Sesseln und zwei alten, verstaubten Tischlampen. Was sie jedoch in Erstaunen versetzt hatte, war das riesige Glasfenster, das die ganze Außenwand einnahm und den Blick auf das Tal und die Berge freigab.

Rechts war ein Kamin, und an den weißen Wänden sah man schwach Spuren von Bildern, die sie einst geschmückt hatten. Kamin und Möbel waren im Stil der sechziger Jahre, modern und stilisiert. In einem der Sessel lag ein großes rechteckiges Kissen, auf welches die Häuser von Stratford-upon-Avon und in Großbuchstaben BIRTHPLACE gestickt waren. Ganz offensichtlich ein Souvenir aus Shakespeares Geburtsort.

»Wer diese Glaswand hat bauen lassen, ist sicherlich nicht dieselbe Person, die jetzt im Haus wohnt«, meinte Veronese und zeigte auf das riesige Fenster.

»Ein idealer Platz, um zu arbeiten. Doch, wie es scheint, seit einer Weile unbenutzt...«, sagte Zevi.

»Vielleicht ist dies hier das Büro, das sie vermieten wollen.« Frank ging auf die Tür zu und öffnete sie.

»Tatsächlich«, sagte er und wandte sich erneut um. »Da ist der eigene Zugang zum Garten. Hier können wir unser Basislager aufschlagen«, sagte er und schloß die Tür.

Zevi trat ans Bücherregal und nahm ein Buch heraus, das einzige, das verlassen auf dem staubigen Bord stand. Der Umschlag zeigte in Großaufnahme einen gutaussehenden blonden Mann, der ihm bekannt vorkam.

Es war die deutsche Ausgabe einer Biographie des österreichischen Schauspielers Oskar Werner. Nachdem er dem Klappentext entnommen hatte, daß er ein großer Shakespeare-Schauspieler gewesen, dem internationalen Publikum aber durch seine Arbeit mit François Truffaut bekannt geworden sei, erinnerte sich Zevi an ihn. Oskar Werner war der Protagonist in *Fahrenheit 451* in der Rolle des Feuerwehrmanns Montag und der traurige Jules in *Jules et Jim* gewesen, zwei Meisterwerke des französischen Regisseurs. Doch am meisten staunte Zevi, als er eine Fotografie des Schauspielers sah, auf der dieser in einem Sessel vor einem großen Glasfenster mit Blick auf die Berge saß. Und die Bildunterschrift besagte: *Oskar Werner in seinem Haus in Triesen.*

»Unglaublich«, rief er aus.

»Was?« frage Veronese und kam näher.

»Erinnerst du dich an Oskar Werner, den Hauptdarsteller in *Fahrenheit 451* von Truffaut?«

»Natürlich! Ich habe alle seine Filme gesehen! Und auch auf der Bühne soll er großartig gewesen sein. Warum?«

Zevi hielt ihm das Buch hin. »Es sieht so aus, als hätten wir uns in sein Haus geflüchtet …«

Veronese sah sich das Foto an und schüttelte ungläubig den Kopf. »Das ist ja dieses Zimmer!«

Dann setzte er sich hin und begann das Buch durchzublättern, das noch weitere in Triesen aufgenommene Fotos enthielt. Einige zeigten den Schauspieler auf der Terrasse, zusammen mit seinem Mentor Werner Krauss. Die beiden Schauspieler, der alte und der junge, lehnten am Geländer der Terrasse und lächelten sich herzlich zu, während man hinter ihnen das Tal von Triesen sah. Eine weitere Aufnahme, ebenfalls auf der Terrasse, doch aus einem Winkel fotografiert, daß man die Büsche und die Wiesen am Berghang erkennen konnte, zeigte den Schauspieler, wie er, mit freiem Oberkörper und Sonnenbrille, an einem schmiedeeisernen Tischchen saß und in die Kamera lächelte.

»Sieh mal, da ist auch das Shakespeare-Kissen!« rief Frank aus.

»Das hier war sein Arbeitszimmer, kein Zweifel. Es sind dieselben Bücherregale«, bemerkte Zevi.

Veronese ließ sich von dem Schriftsteller die Bildunterschriften und einige Abschnitte aus dem Buch übersetzen. Oskar Werner war allein gestorben, an Herzversagen, in einem Hotelzimmer in Marburg während einer Tournee im Jahre 1984. Seine letzten Jahre waren unglücklich gewesen, geprägt von dem Unverständnis für seine Kunst und der Ächtung seines Theaters. Wie so oft war es gerade sein eigenes Land, das ihm am meisten Kummer machte und ihn in den letzten Jahren jener Solidarität beraubte, die jeder gute Künstler verdient hätte, vor allem in weniger glücklichen Zeiten. Da er ein freier Geist und kein Herdenmensch war, hatte man ihn sehr geliebt, aber auch sehr gehaßt; und als er, an der Schwelle zum Alter, Hilfe brauchte, war er allein gewesen. Vielleicht hatte er deshalb nicht in seiner Heimatstadt, sondern auf dem kleinen Friedhof von Triesen begraben werden wollen. Da spielte es nun keine Rolle mehr, daß man als postume Ehrung einen Platz in Wien nach ihm benannt hatte.

»Leider habe ich ihn nie auf der Bühne gesehen. Aber als Filmschauspieler war er wirklich großartig«, sagte Zevi.

»Das stimmt. Doch sieh mal hier…« Veronese reichte dem Schriftsteller erneut das Buch.

Ein Foto, das eine ganze Seite einnahm, vermutlich ohne Oskar Werners Wissen ein Jahr vor seinem Tod aufgenommen, zeigte den Schauspieler auf dem sonnenbeschienenen Hof von Mauthausen. In sich versunken stand er da, den Blick zu Boden gerichtet, die Hände in den Taschen. Er wirkte müde, niedergeschlagen, in traurigen Betrachtungen verloren. Beiderseits von ihm saßen andere Besucher in zwei Reihen wie in Erwartung einer Vorstellung.

Auf der gegenüberliegenden Seite war eine Karte des Oskar-Werner-Wachau-Festivals abgedruckt, eine Einladung zu einer kostenlosen Lesung im Lager von Mauthausen.

Der Text lautete:

Hitler hat sechs Millionen Juden grausamst und meuchlerisch ermordet und viele Millionen anderer Rassen und Nationen. Der letzte Weltkrieg hat über 52 Millionen Tote gekostet. Im Rahmen meines Festivals in der Wachau erlaube ich mir, Sie zu einer Gedenkstunde einzuladen

am 15. August 1983, um 11 Uhr

im ehemaligen Konzentrationslager Mauthausen.
Meine Freunde werden dabeisein!
Ich bitte Sie auch zu kommen, danke
Der Eintritt ist frei
Gegen eine freiwillige Spende für die Hinterbliebenen der Opfer.

OSKAR WERNER
FESTIVAL WACHAU

Zevi war tief betroffen von dem Bild dieses Mannes, der so müde und ohne Hoffnung schien, aber auch von dieser sonderbaren Einladung. Er hieß den Gebrauch des Adjektivs »meuchlerisch« gut, das in diesem Zusammenhang selten verwendet wurde. Die Schlächter aller Zeiten waren nicht nur Ungeheuer, sondern auch viel banaler: elende Schwindler, die ihre Opfer gefangennahmen und töteten, indem sie sich jeder noch so jämmerlichen und ehrlosen List bedienten. Er fragte sich, wie viele die Einladung angenommen und wie vieler Sympathien sich der Schauspieler durch diese Initiative beraubt hatte.

»Er wirkt, als laste das ganze Gewicht des Holocaust auf seinen Schultern«, murmelte er.

Frank nickte. »Er war der Ansicht, während des Kriegs nicht genug getan zu haben. Doch was hätte er denn machen sollen? Er wurde zur Wehrmacht eingezogen, obwohl er nichts unversucht gelassen hatte, freigestellt zu werden. Er war kaum älter als zwanzig und desertierte, versteckte sich im Wienerwald mit seiner Frau, die Halbjüdin war, und ihrer kleinen Tochter. Es muß hart gewesen sein …«

»Das wußte ich nicht. Ein mutiger Mann …«, murmelte Zevi.

»Ja, sehr. Er nahm kein Blatt vor den Mund. Ich habe eine Biographie über ihn gelesen, und ich schätze ihn nicht nur als Künstler, sondern auch als Menschen. Zum Schluß jedoch ist alles hochgekommen, und seine Verzweiflung hat gesiegt …«

»Das geschieht Menschen, die viel gelitten haben, oft«, murmelte Zevi.

Veronese betrachtete den Schriftsteller. Er hatte das Buch geschlossen und drückte es fest an sich, sah durch das Fenster zu den Bergen hinüber, und ein Lächeln spielte um seine Lippen. »Doch was für einen wundervollen Ort er sich ausgesucht hat!«

»Und jetzt ist sein Haus unsere Zuflucht!« rief Veronese aus und vollführte eine ausholende Geste, die das Zimmer und die Berge vor ihnen mit einschloß.

Plötzlich hörten sie ein schrilles Pfeifen. Bestürzt sahen sie sich an. Der Ton schien aus dem Stockwerk über ihnen zu kommen.

»Ich schau nach, du bleibst hier«, sagte Veronese und ging zur Tür. Doch Zevi folgte ihm, und gemeinsam stiegen sie die Treppe hoch und versuchten, dabei keinen Lärm zu machen. Oben angekommen, hörten sie wieder diesen seltsamen Ton und folgten ihm. Er drang aus einem geschlossenen Zimmer. Sie öffneten vorsichtig die Tür und kamen in einen kleinen, recht hellen Raum, wo auf einem Tisch ein großer rechteckiger Käfig stand. Drinnen saß ein Tierchen mit rötlichem Fell, das erneut sein Pfeifen hören ließ, als es sie sah.

Sie traten näher heran, und der Schriftsteller beugte sich hinunter, um sich das niedliche Meerschweinchen, das sie voller Neugierde anschaute, genauer zu besehen. Durch die Gitter streichelte er ihm über den Kopf und sprach liebevoll auf das Tier ein, wandte sich dann wieder Veronese zu.

»Sieh mal, Frank, wie rührend es uns ansieht. Meerschweinchen sind liebe Tiere, vielleicht die sanftmütigsten der ganzen Tierwelt. Wir sollten von ihnen lernen ...«

»Wir sagen Guinea Pig dazu. Mein Neffe hat auch eins. Aber ich habe noch nie eines in einer so außergewöhnlichen Farbe gesehen. Schau mal, was für ein schönes Haarbüschel es auf dem Kopf hat, es sieht aus wie ein Punk! Das sind sehr friedvolle Tiere, sie beißen nie. Andrew hält es stundenlang im Arm ...«

»Es heißt Handy Dandy.« Zevi zeigte auf das Schildchen am Käfig, auf dem der Name stand. »Vielleicht gehört es Frau Bucholtz, nach dem Foto zu urteilen ...«

Über dem Käfig, mit Klebstreifen an der Wand befestigt, hing ein Polaroid mit einer sympathischen Frau mittleren Alters, die Dandy auf dem Arm hatte und es mit liebevollem Blick anschaute. Darunter eine Nachricht, die an eine gewisse Inge, vermutlich die Hausgehilfin, gerichtet war und in der es hieß, sie solle Montag als erstes Dandy zwanzig Tropfen Vitamin C ins Wasser geben.

»Gut«, meinte Frank, »jetzt wissen wir, daß die Bucholtz', auch wenn sie das schöne Haus von Oskar Werner ruiniert haben, wenigstens Tiere lieben.«

»Ja, und das tun nicht alle«, fügte Zevi hinzu, während sie aus dem Zimmer gingen.

24

Ingo Bucholtz und seine Frau hatten Triesen am Morgen um vier Uhr Richtung Zürich verlassen, von wo aus sie mit einem Charterflug nach Malé fliegen wollten.

Die Reise stand jedoch unter keinem guten Stern. Frau Bucholtz hatte für das Packen länger gebraucht als gedacht, und sie waren schon eine halbe Stunde verspätet abgefahren. Auf der Autobahn hatten sie dann noch eine halbe Stunde im Stau gestanden, und als sie endlich weiterfahren konnten, mußten sie nach wenigen Kilometern eine Tankstelle ansteuern, um einen Reifen zu wechseln. Als sie Kloten schließlich erreicht hatten, war das Flugzeug seit fünf Minuten in der Luft.

Bucholtz war wütend, und als aufbrausender Charakter wollte er die Alternativen, die ihm angeboten wurden, nicht einmal in Erwägung ziehen und fing an, mit seiner Frau herumzustreiten. Sie, eine sanftmütige Dame mittleren Alters, die seit dreißig Jahren seine jähzornige Art ertrug, antwortete ihm gar nicht und wandte sich in aller Ruhe der Bar zu, wo sie ein üppiges Frühstück bestellte.

Am Ende beruhigte Bucholtz sich. Im Grunde war dieser Urlaub ein Einfall seiner Frau gewesen, er selbst hatte immer Mißtrauen gegenüber diesen exotischen Reisen in ferne und allzu heiße Gegenden gehegt. Und außerdem gab es heutzutage, angesichts von Terrorismus, Unfällen und Tsunamis soviel schlimmere Unannehmlichkeiten. Bei der Vorstellung, vielleicht einer Tragödie entkommen zu sein, kehrte seine gute Laune zurück, und in einer Anwandlung von Großzügigkeit schlug er seiner Frau vor, in Zürich shoppen zu gehen, in einem guten Restaurant zu essen und am Abend nach Triesen zurückzufahren.

»Komm, mein Schatz, lassen wir diesen verdammten Flughafen hinter uns und fahren in die Stadt. Da ist doch diese Boutique in der Bahnhofstraße, die dir so gut gefällt, oder?« fragte er und zwinkerte ihr zu.

Frau Bucholtz, an die raschen Stimmungswechsel ihres Mannes gewöhnt, antwortete, das sei eine gute Idee. Sie wußte, daß er sich, damit sie ihm seinen Auftritt verzieh, großzügig zeigen würde, und gedachte, davon zu profitieren. Weihnachten rückte näher, es war eine gute Gelegenheit, Einkäufe zu machen und durch die Stadt zu bummeln, die sie so sehr mochte. Malé konnte warten.

In dem Haus in Triesen hatten Zevi und Veronese inzwischen in der Küche eine einfache Mahlzeit zu sich genommen. Der Kühlschrank im Haus war tatsächlich so gut wie leer, und das beruhigte sie, denn offensichtlich würde die Reise der Bucholtz länger als eine Woche dauern. Die Speisekammer dagegen war mit Konserven gut bestückt, und die Einkäufe, die sie am Morgen gemacht hatten, würden für zwei oder drei Tage reichen.

Sie tranken einen Kaffee im Arbeitszimmer, dann beschloß Frank, noch einmal einen Kontrollgang durchs Haus zu machen.

»Ich will mich vergewissern, daß alle Türen und Fenster ordentlich verschlossen sind. Wenn wir hereingekommen sind, können das andere auch.«

»Soll ich mitkommen?« fragte Zevi.

»Nein, danke, ich kümmere mich schon darum«, sagte Frank und verließ das Arbeitszimmer.

Fünf Minuten später hörte Zevi ein Geräusch von der Treppe, dann einen dumpfen Schlag. Er lief hinaus auf den Gang und sah Frank, der auf dem Boden lag und sich mit der Hand einen Knöchel hielt.

»Verdammt, ich bin ausgerutscht. Der Läufer auf der Treppe ist nicht festgemacht ...«

Zevi lief zu ihm. »Zeig mal.«

Veroneses Knöchel schwoll zusehends an. Der Schriftsteller ging in die Küche, holte Eis, tat es in eine Plastiktüte und ging zu Frank zurück, der in der Zwischenzeit aufgestanden war, doch seinen linken Fuß nicht belastete. Zevi half ihm, zurück ins Arbeitszimmer zu kommen und sich in einen Sessel zu setzen. Dann gab er ihm den Eisbeutel.

»Halt ihn eine Weile auf den Knöchel. Meinst du, du hast dir was gebrochen?«

Frank versuchte den Fuß zu bewegen und verzog das Gesicht vor Schmerz. »Ich hoffe nicht. Natürlich tut es wahnsinnig weh! Ich komme mir vor wie meine Freundin Evelyn, aber wenn ich es recht bedenke, blieb sie viel ruhiger ...«

»Oder ihren Knöchel hatte es nicht so übel erwischt wie deinen«, sagte Zevi und schob ihm das Shakespeare-Kissen unter den Fuß. »Geht es so besser?«

»Ja, danke. Ich glaube nicht, daß es schlimm ist, aber ich sollte wohl eine Weile stillsitzen.«

»Allerdings. Das meine ich auch.«

Während Frank das Buch über Oskar Werner durchblätterte, beschloß Zevi, eine Nachricht an Silvio Falco zu schicken. Er wollte ihn fragen, was er sich überlegt hatte, um Connies Tagebuch mit dem größtmöglichen Aufsehen öffentlich zu machen. Er suchte sein Handy in der Gesäßtasche seiner Hose, wo er es meistens hinsteckte, fand es aber nicht. Daraufhin holte er seinen Mantel und sah in allen Taschen nach – nichts. Besorgt ging er ins Arbeitszimmer zurück und öffnete seine Ledertasche, leerte sie vollkommen aus, doch das kleine Gerät war nicht zu finden.

»Ich fürchte, ich habe mein Handy verloren«, sagte er zerknirscht.

»Bist du sicher?«

»Leider ja, ich habe überall nachgesehen. Aber ich könnte schwören, daß ich es heute morgen im Bus auf der Fahrt von Vaduz hierher noch gehabt habe.«

»Es könnte auf dem Weg von der Bushaltestelle zum Haus herausgefallen sein. Wir waren ein bißchen arg beladen, vielleicht ist es dir aus der Tasche gerutscht.«

»Das ist gut möglich. Ich gehe noch einmal durch alle Zimmer, um sicher zu sein, daß es nicht im Haus ist.«

Doch die Suche führte zu keinem Ergebnis, und Zevi kam ins Arbeitszimmer zurück.

»Nichts zu machen, im Haus ist es nicht. Ich suche jetzt den Weg zur Haltestelle ab: Es könnte noch am Straßenrand liegen. Auf dieser Straße sind ja nicht viele Fußgänger unterwegs.«

»Geh nicht. Das kann gefährlich sein. Laß das Handy, wo es ist, wir haben ja meins«, sagte Frank.

»Es ist wegen Aldo. Er hat deine Nummer nicht, und wenn er mich nicht erreicht, mobilisiert er innerhalb einer Stunde die Polizei in halb Europa, das kannst du mir glauben. Und ich will nicht, daß er sich Sorgen macht.«

Er merkte selbst, daß seine Argumente nicht stichhaltig waren, deshalb fügte er in einem Ton, der keine Widerrede duldete, hinzu: »Und außerdem brauchen wir in unserer Lage unbedingt zwei Apparate!«

Veronese erkannte, daß es sinnlos war, weiter auf Zevi einzureden, auch wenn ihm die Vorstellung nicht gefiel, daß der Schriftsteller allein das Haus verließ. Er versuchte aufzustehen, doch ein stechender Schmerz im Knöchel ließ ihn zurücksinken.

»Vergiß es!« ermahnte ihn Zevi. »Es ist mitten am Tag, die Sonne steht hoch am Himmel, und ich muß gerade einmal fünfzig Meter gehen. Du kannst beruhigt sein, mir geschieht nichts, und das Gehen ist mir noch nie schwergefallen. Mit meiner Freundin Chiara mache ich immer noch Wanderungen im Gebirge, wußtest du das?«

Veronese war nicht überzeugt, doch er nickte. »Es gefällt mir nicht, aber ich weiß, daß ich es dir nicht ausreden kann.«

»Stimmt.« Zevi lächelte.

»Sobald du das Handy gefunden hast, ruf mich bitte an. Und wenn du es nicht gleich findest, gib es auf. Du kannst dann ja mein Handy benutzen und Aldo sagen, daß du deins verloren hast. Versprochen?«

Zevi nickte. »Versprochen. Ich gehe jetzt.«

Der Schriftsteller verließ das Haus und schloß die Tür hinter sich zu. Frank hatte einen Schlüssel. Sie hatten ihn am Morgen gefunden, er hing neben der Tür.

Auf dem Kiesweg dachte er wieder an den österreichischen Schauspieler, an die Fotos, die ihn in den sechziger Jahren mit den Kindern, einer zwanzigjährigen Tochter und einem wonnigen, kleinen Jungen, im Garten zeigten.

Auf diesen Bildern, aufgenommen in dem Haus in Triesen, erschien Oskar Werner jung und vollkommen glücklich. Es waren die Jahre des Erfolgs und der großen Inszenierungen. Die Schrecken des Krieges waren in irgendeinen Winkel des Gehirns verdrängt worden: Die Gewalt, die er erlebt hatte, die Tage in den Trümmern von Wien, der Hunger, die Kälte und die Angst, als sie sich vor den Nazis und den Russen versteckten, mußten ihm sehr fern vorgekommen sein.

In der Biographie hatte Zevi beim Überfliegen der Seiten gelesen, daß es bei den Dreharbeiten zu *Fahrenheit 451* zu Meinungsverschiedenheiten zwischen Werner und Truffaut gekommen war. Der Schauspieler wollte, daß die faschistische Einstellung des Feuerwehrmanns Montag stärker hervorgehoben würde. Truffaut jedoch war damit nicht einverstanden. Bei diesem Film mitzumachen mußte eine schmerzhafte Erfahrung gewesen sein. Denn diese auf dem Set wirklich verbrannten Bücher waren eine fast zu reale Wiederholung dessen, was der Schauspieler im Krieg gesehen hatte. »Dort, wo man Bücher verbrennt, verbrennt man auch am Ende Menschen«, hatte Heinrich Heine gemahnt.

Doch Erinnerungen befreien sich im Lauf der Zeit aus dem Gefängnis, in das die Jugend sie noch sperrt. Und wie eine unheilbare Krankheit, die über Jahre latent geblieben ist, erweisen sie sich oft als verhängnisvoll.

Zevi wußte das gut. Und als er das Foto des Schauspielers betracht hatte, wie er auf dem sonnenbeschienenen Hof von Mauthausen stand, niedergeschlagen, die Hände in den Taschen, gebeugt, als wollte er sich gegen den Schmerz verteidigen, der an jenem Ort noch immer spürbar schien, war er davon überzeugt gewesen, daß die Erinnerung ihn getötet hatte.

Er ließ das Tor hinter sich, bog in den Letzanaweg ein und ging ihn hinunter Richtung Triesen. Es war Samstag und jetzt, um die Mittagszeit, war fast niemand unterwegs. Genüßlich atmete er die prickelnd-frische Luft ein und hielt auf die Bushaltestelle zu. Er ging langsam, schaute mal auf den Straßenrand, ob das Handy irgendwo zu sehen war, mal geradeaus, um auf ein eventuell sich näherndes Auto zu achten. Wenige Meter vor der Haltestelle sah er das Handy halb verborgen im Gras liegen. Er bückte sich und hob es auf, während ein großer Jeep, der aus Triesen kam, an ihm vorbeidröhnte und weiter Richtung Triesenberg fuhr.

Zevi erreichte die Haltestelle, setzte sich unter das Schutzdach, vergewisserte sich, ob sein Sohn angerufen hatte, und wählte dann Franks Nummer, der sich sofort meldete.

»Alles in Ordnung?« fragte der Maler besorgt.

»Alles bestens. Ich bin gleich zurück.«

»Ich warte auf dich. Sei vorsichtig.«

Zevi steckte das Handy in die Tasche und ging den gleichen Weg, den er gekommen war, zurück.

Er war nicht mehr weit von der Nummer 25 des Letzanawegs entfernt, als er den schwarzen Jeep erneut sah, diesmal in der Gegenrichtung. Es konnte auch ein ähnliches Auto sein, doch ihm waren die dunklen Scheiben und dieses Militärfahrzeug-Design aufgefallen, das unangenehme Erinnerungen bei ihm weckte, und er war sich eigentlich sicher, daß es sich um dasselbe Auto handelte. Er beschleunigte seinen Schritt, und der Geländewagen fuhr links an ihm vorbei die Straße hinunter und verschwand hinter der Kurve.

Er ging noch schneller, wollte so bald wie möglich den kleinen Platz mit den Garagen erreichen, in den Waldweg einbiegen und verschwinden. Dann sagte er sich, es sei besser, weiter auf der Straße zu bleiben, denn wenn die im Geländewagen es wirklich auf ihn abgesehen hatten, mußte er sich soweit wie möglich vom Haus entfernen, um Frank zu schützen.

Er holte tief Luft und setzte eilig seinen Weg fort. Sein Herz schlug heftig, eher vor Anspannung als vor Anstrengung. Die Ausflüge mit Chiara hatten doch etwas gebracht: Auch wenn er alt war, stellte eine Steigung für ihn noch kein Problem dar.

Zevi kam an den Garagen vorbei und ging weiter bergan, in Richtung der nächsten Bushaltestelle. Er hatte sie fast erreicht, als er hinter sich das Dröhnen eines Motors hörte. Er drehte sich um, der schwarze Jeep kam mit hoher Geschwindigkeit den Berg heraufgefahren, direkt auf ihn zu.

25

Frank Veronese sah auf die Uhr: Es waren mehr als zwanzig Minuten vergangen, seit Zevi ihn angerufen hatte. Er wählte die Nummer des Schriftstellers, doch es schaltete sich nur der Anrufbeantworter ein.

Die Minuten verstrichen, und seine Sorge wuchs. Inzwischen war er sich sicher, daß etwas geschehen war. Voller Sorge stand er von der Couch auf und setzte den Fuß auf den Boden, doch ein stechender Schmerz zwang ihn, sich wieder hinzusetzen. Er besah sich seinen Knöchel: Er war ein wenig abgeschwollen, doch nicht viel. Er versuchte, sich an die Massage zu erinnern, die sein ehemaliger Rugby-Trainer ihm vor Jahren beigebracht hatte, um die Folgen einer Verstauchung zu mildern. Doch um Johns Massagetechnik in die Praxis umzusetzen, brauchte er eine entzündungshemmende Salbe. Auf einem Bein hüpfte er ins Bad und machte das Arzneischränkchen auf. Bucholtz mußte ein Hypochonder sein, denn das Schränkchen quoll von Medikamenten über. Nachdem er eine Unmenge Schachteln und Fläschchen auf den Boden geworfen hatte, fand er endlich, was er suchte, und kehrte mit einer Salbe und einer elastischen Binde ins Wohnzimmer zurück. Er setzte sich in den Sessel, verteilte großzügig Salbe auf dem Knöchel und begann, ihn zu massieren.

Schließlich versuchte er, aufzustehen und den Fuß erneut auf den Boden zu setzen. Es ging viel besser, aber noch nicht gut genug. Er fing wieder an, den Knöchel zu bearbeiten, bis er zu spüren meinte, daß sich unter den Fingern etwas bewegte. Vielleicht war einfach ein Nerv eingeklemmt. Er hörte auf zu massieren, versuchte erneut, sich hinzustellen und zu gehen, und schaffte es, ohne große Schmerzen die Tür zu erreichen. Dann setzte er sich wieder in den Sessel und verband den Knöchel, zog die Schuhe an und verließ das Arbeitszimmer. Als er gerade die Haustür öffnen wollte, fiel ihm auf einem kleinen Tisch etwas auf, das ihm am Morgen entgangen war. Es war ein kleiner Plüschaffe mit einem Ring, an dem zwei Schlüssel hingen, ein Autoschlüssel und ein Yale-Sicherheitsschlüssel.

Veronese nahm den Schlüsselring und ging hinaus. Mühsam schleppte er sich den Weg hoch und kam schweißnaß und mit pochendem Knöchel bei den Garagen an. Er steckte den Sicherheitsschlüssel in das Schloß des ersten Rollgitters, ohne Erfolg. Doch bei dem der zweiten Garage schnappte es auf. Er schob das Gitter hoch und sah, daß in der Garage ein kleiner flaschengrüner Honda stand, vermutlich das Auto von Frau Bucholtz. Immer noch hüpfend, erreichte er die Wagentür, öffnete sie und stieg ins Auto. Es war ein Automatikwagen, und glücklicherweise war der angeschlagene Knöchel der linke.

Er startete, legte den Rückwärtsgang ein und fuhr sehr langsam Richtung Triesen. An der Bushaltestelle war niemand, er ließ sie hinter sich und blieb auf der Straße zum Dorf, fuhr weiterhin im Schrittempo und sah sich um. An der Abzweigung bog er links ab und kam an dem Hotel vorbei, wo sie übernachtet hatten, blieb noch eine Weile auf der Landstraße, machte dann kehrt und fuhr zurück, bog schließlich erneut rechts ab Richtung Ortsmitte. Doch von Zevi keine Spur.

Er hätte nicht zulassen dürfen, daß Zevi allein das Haus verließ. In seiner Phantasie sah er schon, wie Zevi in die Hände rücksichtsloser Entführer gefallen war, die bestimmt von Ridolfi engagiert worden waren. Er hielt am Straßenrand an, stellte den Motor ab und versuchte sich zu beruhigen. Doch er fühlte sich schlecht, und ein paar Sekunden lang ließ ihn eine starke Übelkeit fürchten, er müßte sich übergeben. Schließlich öffnete er das Autofenster und atmete tief die kalte Luft ein. Es blieb ihm nichts anderes übrig, als die Polizei einzuschalten, also beschloß er, wieder loszufahren.

Als er den Gang einlegte, schob sich ein großer Geländewagen neben ihn. Vom Beifahrersitz aus gab ihm eine Frau ein Zeichen, er solle stehenbleiben. Er sah genauer hin und erkannte, daß es Evelyn war. Verblüfft stellte er den Motor wieder ab und stieg aus. Sie tat das gleiche.

»Was tust du hier?« fragte er sie überrascht.

»Was tust *du* hier?« fragte sie ihn, statt zu antworten.

Veronese sah sich den Mann am Steuer des Toyota an. Er war um die Vierzig, mit einem energischen Kinn und einer Adlernase. Der Mann warf Veronese einen schnellen Blick zu, dann sah er wieder geradeaus.

»Nun, sag schon!« forderte Evelyn ihn auf.

»Hör zu, ich habe jetzt keine Zeit ...«, sagte Frank und machte die Tür des Honda wieder auf.

»Ich glaube nicht, daß du mit deinem Schriftsteller auf Vergnügungsreise in Liechtenstein bist. Los, steig in unseren Wagen«, sagte Evelyn und legte ihm eine Hand auf die Schulter.

Veronese, der immer mehr ins Staunen geriet, gehorchte, ohne den Blick von ihr zu lösen.

»Wer, verdammt, bist du?«

»Das erkläre ich dir später. Steig ein.«

Veronese tat, was sie sagte, und setzte sich auf den Rücksitz, woraufhin der Wagen losfuhr.

»Woher wußtest du, wo ich bin?«

Evelyn wandte sich zu ihm um. »Dein Feuerzeug. Erinnerst du dich, ich habe es an dem Tag mitgenommen, als ich dir vorgespielt habe, ich hätte mir den Knöchel verstaucht. Als ich es dir zurückgegeben habe, war ein Sender eingebaut. Wir sind Agenten der Regierung«, fuhr sie fort und hielt ihm einen Ausweis unter die Nase. »Nach Italien geschickt, um dich zu beschützen. Du hast dir in den USA mit deinen Gemälden Feinde gemacht. Und auch in Italien, wenn ich recht sehe. Du hast ein echtes Talent, dich in Schwierigkeiten zu bringen ... Das ist übrigens Guy«, sagte sie und zeigte auf den Mann am Steuer.

Frank grüßte den unerschütterlich wirkenden Guy mit einem Handzeichen, sah dann erneut Evelyn an.

»Ich dachte, ich hätte mich gerade bei der CIA in Schwierigkeiten gebracht ...«

»In Wirklichkeit gibt es da jemanden, dem du sehr am Herzen liegst. Wir sind nicht alle so schlimm, wie sie uns in Filmen darstellen, wir von den Geheimdiensten. Aber lassen wir das. Wo ist der Schriftsteller?«

»Sie haben ihn entführt ...«

»Was?« rief Evelyn aus. »Wann?«

»Ungefähr vor einer Stunde«, antwortete Veronese und erklärte, warum Zevi ihre Zufluchtsstätte im Letzanaweg allein verlassen hatte.

»Vor wem seid ihr auf der Flucht?« fragte Evelyn ihn unwirsch.

Veronese stieß einen Seufzer aus und erzählte ihr von Connies Tagebuch, von Ridolfi junior und den beiden Männern im Zug.

»Gib mir seine Handynummer«, sagte Evelyn, während sie gleichzeitig auf ihrem Telefon eine Nummer eintippte. Veronese nahm ein Stück Papier, kritzelte Zevis Nummer darauf und reichte es ihr.

Evelyn sprach rasch ins Telefon, gab Zevis Nummer durch und bestand gegenüber ihrem Gesprächspartner darauf, daß es ein Notfall sei, sagte dann noch etwas, das Veronese nicht verstand, und legte auf.

»Wir sollten ihn in einer halben Stunde lokalisiert haben, falls er nicht gezwungen wurde, sein Handy wegzuwerfen. Jetzt fahren wir zu diesem Haus, in das ihr euch geflüchtet habt. Zeig uns den Weg.«

Nach fünf Minuten waren sie am Letzanaweg. Als sie eintraten, klingelte Evelyns Handy. Sie meldete sich, entfernte sich dabei von Veronese und Guy und kam zu ihnen zurück, als das Gespräch zu Ende war.

»In Kürze werden wir wissen, wo er ist. Es bleibt noch eine Stunde lang hell, hoffen wir, sie beeilen sich. Aber wie dem auch sei, wir können sowieso nur warten. Hübsch hier ...«, sagte sie und zeigte auf die Glasfront.

26

Wer sind Sie?« fragte Zevi, als sich der Mercedes vom Straßenrand löste und die Serpentinenstraße wieder hinauffuhr.

Die beiden Männer, die ihn ins Auto gezerrt hatten, waren jung, um die Dreißig. Einer saß am Steuer, während sich der andere, kräftigere, hinten neben den Schriftsteller gesetzt hatte.

Zevi dachte, daß er und sein Nachbar ein sonderbares Paar bildeten: ein kleiner alter Mann und ein bedrohlicher Riese, wie David und Goliath, sagte er sich und lächelte dabei sogar.

»Es gibt nichts zu lachen, du steckst in der Scheiße!« fuhr ihn der bullige Typ an.

»Nicht zum ersten Mal«, murmelte Zevi nur.

»Schon gut, schon gut«, schaltete sich der Mann am Steuer ein. »Du bist uns jahrelang mit deinen Büchern voller Lügengeschichten auf den Sack gegangen …«

Ein Holocaustleugner, das hatte ja gerade noch gefehlt, dachte Zevi erbittert. Doch er wunderte sich selbst über seine stoische Ruhe. Er hatte keine Angst, er fürchtete nur, daß die beiden Frank ausfindig machen könnten.

»Glauben Sie meinen Berichten nicht?« fragte er seelenruhig.

Der Fahrer stieß einen abschätzigen Laut aus. »Weder deinen noch denen von deinesgleichen. Darauf kannst du Gift nehmen!«

Dem war nicht viel hinzuzufügen, daher wechselte Zevi das Thema. »Was haben Sie vor?«

»Das wirst du bald erfahren. Jetzt halt den Mund!«

Er sah sich seinen Nebenmann an: ein muskulöser Typ, gezeichnet von massivem Anabolikamißbrauch. Doch er hatte eigentlich ein gefälliges Äußeres, hätte sogar gutaussehend sein können, wenn die Stirn nicht so niedrig gewesen wäre. Der am Steuer hingegen sah aus, wie man sich einen Killer vorstellt.

Während der Jeep weiter bergan fuhr, bemerkte er, trotz der getönten Scheiben, daß ein unvergleichlicher Sonnenuntergang die Berge rosa färbte. Da fühlte er sich wie der chinesische Weise aus der Zen-Geschichte, der auf der Flucht vor einem Tiger in einen Abgrund auf einen Baum fiel. Während der hungrige Tiger am Rand des Abgrunds auf ihn wartete und der Ast zu brechen drohte, pflückte der Alte eine Erdbeere und gab sich dem vollen Genuß ihrer Süße hin.

Ein plötzliches Bremsen brachte ihn in die Wirklichkeit zurück. Das Auto hatte auf einem Platz neben der Straße angehalten, wo ein Mann auf sie wartete. Er stieg ein und setzte sich neben den Fahrer.

»Fahr diese Straße hinunter«, befahl der Neuankömmling. Dann wandte er sich dem Schriftsteller zu.

»Guten Abend, Dottor Zevi. Endlich lerne ich den berühmten Schriftsteller kennen, mit dem wir in der Schule so gequält wurden.«

»Wer sind Sie?« frage Zevi sehr ruhig.

»Ich bin Andrea Ridolfi«, stellte der andere mit der Wichtigtuerei eines drittklassigen Politikers fest.

»Ah, der junge Rapagnetta…« Zevi mimte eine Begeisterung, die er ganz und gar nicht empfand.

Ridolfi errötete. »Sie irren sich, mein Name ist Ridolfi…«

»Doch Ihr Vater hieß Rapagnetta. Warum sich denn eines so berühmten Namens schämen? Gabriele D'Annunzio hieß doch auch so, wußten Sie das nicht? Aber ich bin mir sicher, den Dichter würde diese Namensgleichheit mehr betrüben als Sie. Doch was soll's – was wollen Sie?«

»Das wissen Sie sehr gut«, antwortete Ridolfi verärgert.

Der Jeep war inzwischen in eine enge, steil abfallende Straße eingebogen, die in den Wald hineinführte. Kurz darauf hielt er vor dem Eingang eines alten, heruntergekommenen Chalets mit abfallendem Dach, dessen Fensterläden mit Brettern verbarrikadiert waren.

Der Fahrer stieg aus und öffnete dem Schriftsteller die Tür. »Los, aussteigen«, befahl er ihm barsch.

Alle vier stiegen aus dem Auto. Das Chalet war von einem großen verwilderten Garten umgeben und schien seit einer Weile unbewohnt. Auf einem schmalen Weg wurde Zevi vorangetrieben, bis sie einen Aussichtspunkt mit Blick über das Tal erreichten. Der Schriftsteller wandte sich um und stellte fest, daß sie von der Straße aus nicht zu sehen waren. Niemand würde ihm zu Hilfe kommen. An dem Aussichtspunkt stand ein kleines verrostetes Gartenhäuschen, an dem einst eine Glyzinie gerankt hatte, von der nur vertrocknete Triebe geblieben waren.

Der Schriftsteller entfernte sich ein paar Schritte von den Männern, lehnte sich gegen die halb verfallene Steinbrüstung des Aussichtspunkts und warf einen schnellen Blick hinunter. Von hier aus hatte man ungefähr das gleiche Panorama wie von Oskar Werners Haus, und weit unten im Tal konnte man das Dorf erkennen.

Er wandte sich erneut um: Ridolfi und seine zwei Helfershelfer standen nur wenige Meter von ihm entfernt. Das war er also, der Sohn des Peinigers von Meina: ein Mann um die Fünfzig, weder schön noch häßlich, jedoch mit einem intelligenteren Gesicht als auf den Plakaten, mit denen man bei den letzten Wahlen ganz Mailand tapeziert hatte.

»Also, Dottor Zevi, was haben Sie mit Connie Brandinis Tagebuch gemacht?«

»Ich habe es pflichtgemäß übergeben.«

Ridolfi lachte. »Das habe ich mir gedacht. Doch ich bin mir sicher, daß Sie keine Probleme damit haben, eine schriftliche Erklärung abzugeben, in der Sie als der hochgeschätzte jüdische Schriftsteller, der Sie sind, feststellen, daß dieses Tagebuch eine spektakuläre Fälschung ist. Zuerst aber verraten Sie mir, wo sich der Amerikaner versteckt.«

»Sonst?«

»Sonst werden wir zu gröberen Mitteln greifen. Aber das wird bestimmt nicht nötig sein. Einer, der Auschwitz überlebt hat, weiß gut, wie er sich aus einem Schlamassel befreit, habe ich recht? Sie haben mich mit den Märtyrergeschichten nie beeindruckt«, sagte er und sah ihn verächtlich an.

Zevi schwieg eine Weile, dann erschien ein gleichgültiges Lächeln auf seinen Lippen.

»Ihr werdet euch nie ändern«, murmelte er und lehnte sich noch stärker an die niedrige Brüstung.

»Sie sind doch nicht etwa beleidigt? Es ist Ihnen hoffentlich klar, daß wir Sie töten, wenn Sie nicht tun, was wir von Ihnen verlangen. Also, ich will wissen, wo sich dieser Kleckser versteckt, und zwar sofort!«

An dieser Stelle brach Zevi zur Verblüffung der drei Männer in schallendes Gelächter aus. Es war ein echtes *fou rire*, gegen das er nicht ankam.

Als er sich endlich beruhigt hatte, blickte er Ridolfi ins Gesicht. »*Du* bedrohst mich mit dem Tod?« sagte er, während in seinen Augen noch immer ein belustigtes Funkeln aufblitzte. »Sieh mich doch an, meinst du wirklich, daß ich alter Mann Angst vor dem Sterben habe? Du hättest meine Bücher lesen sollen, dann hättest du dir die Reise sparen können!«

Plötzlich setzte sich Zevi mit einer Bewegung, die alle überraschte, auf die Brüstung.

Ridolfi und die anderen wurden durch sein Verhalten so überrumpelt, daß sie die Geräusche auf dem Pfad hinter sich nicht wahrnahmen.

»Nicht einmal vor sechzig Jahren hätte ich dir diese Befriedigung gegönnt, geschweige denn jetzt!« sagte Zevi. »Von mir wirst du nichts erfahren. Zur Hölle mit dir!«

Mit diesen Worten ließ er sich nach hinten fallen. Gleichzeitig ertönte ein Schrei, und Ridolfi fuhr herum.

Frank, der gerade in diesem Moment auftauchte und sah, wie der Schriftsteller sich in den Abgrund stürzte, rannte auf die Brüstung zu, während die beiden Agenten ihre Pistolen auf Ridolfi und seine Männer gerichtet hatten.

Zevi fiel, und die Berge drehten sich um ihn herum, als würde er Karussell fahren. Zu seiner Überraschung fühlte er sich glücklich, endlich befreit von jenem Leben, das er einem anderen genommen zu haben fürchtete. Er sah einen roten Streifen jenseits der Berge, und mit einem tiefen Gefühl der Rührung dachte er, daß dies sein letzter Sonnenuntergang sei.

Dann verschwand alles. Er spürte, wie er schwebte, einem Astronauten in der Schwerelosigkeit des Alls gleich. Doch er war nicht mehr allein, Alberto war jetzt bei ihm, wie in seinen Träumen.

»Was für ein endgültiger Akt, das paßt gar nicht zu dir«, rügte ihn der Freund ironisch wie früher, als sie noch Jungen waren und sich gegenseitig neckten. Dann schob er ihn ein wenig, Zevi hätte nicht sagen könne, in welche Richtung, so groß war die Leere um ihn herum.

Schließlich verschwand Alberto wieder, und er fiel weiter mit nervenzerrüttender Langsamkeit.

Der Schriftsteller hatte den verzweifelten Schrei Franks nicht hören können, weil er ohnmächtig geworden war, gleich nachdem er sich ins Nichts hatte fallen lassen. Gehört hatte ihn hingegen Horst, ein Maurer aus Triesen, der gerade aus seinem Lastwagen mit Anhänger gestiegen war, auf dem er eine Ladung Styropor transportierte. Das Material sollte dazu dienen, am nächsten Tag die Mauern des Öko-Hauses zu isolieren, das direkt unter dem Chalet, wenige Meter von dem Aussichtspunkt entfernt, gebaut wurde.

Wenn Zevi sich, bevor er sich hatte fallen lassen, ein wenig weiter über die Brüstung gebeugt hätte, dann hätte er wohl sein Selbstmordvorhaben aufgegeben und erkannt, daß aus dieser Höhe die Chance, sich schwer zu verletzen, größer war als die zu sterben. Sein Sturz würde nicht im Tal enden, sondern nur wenige Meter unter dem Aussichtspunkt.

Und so kam es, daß ihn der junge Horst, als er den Kopf hob, in seine Styroporladung fallen sah.

27

Der Schriftsteller kam, unmittelbar bevor er in der Ladung Styropor landete, wieder zu Bewußtsein; auch dies ein Glücksfall, durch den sein Sturz weiter abgeschwächt wurde. Einen Moment lang glaubte er, schon im Himmel zu sein, doch als Horst auf den Anhänger sprang und sich über ihn beugte, begriff Zevi, daß er noch am Leben war. Unter den erschrockenen Rufen des jungen Mannes bewegte er Arme und Beine, um zu kontrollieren, ob noch alles funktionierte, wie es sollte, und versuchte dann, auf die Beine zu kommen. Doch versunken in den weißen Styroporstückchen, stellte sich das als gar nicht so einfach heraus.

»Helfen Sie mir bitte, hier herauszukommen!«

»Sie dürfen sich nicht bewegen, Sie könnten sich etwas gebrochen haben! Ich rufe jetzt einen Krankenwagen«, protestierte Horst.

»Bitte geben Sie mir Ihre Hand, es tut mir nichts weh!« bat Zevi und streckte ihm einen Arm entgegen. Der junge Mann gehorchte, half ihm, sich von den Styroporteilchen zu befreien und von dem Anhänger hinunterzusteigen.

Als er wieder Boden unter den Füßen hatte, sah Zevi nach oben, zum Aussichtspunkt. Er war nicht sehr tief gefallen, doch er hätte sich trotzdem schwer verletzen und sogar sterben können, wenn er nicht genau auf dem Anhänger dieses Lastwagens gelandet wäre. Er mußte sich dem Offensichtlichen fügen: Es gab ein Schicksal, das keine Änderungen im vorgesehenen Lauf zuließ. Er fragte sich, wieso Ridolfi nicht an der Brüstung stand, um sich zu vergewissern, daß er tot war.

Oben am Aussichtspunkt hatten sich die Ereignisse überstürzt. Während Zevi noch im Styropor versunken war, hatten die Agenten Ridolfi und seinen Männern bereits Handschellen angelegt und sie weggebracht.

Veronese dagegen war an der Brüstung stehengeblieben, gelähmt vor Schmerz. Doch als er den Schriftsteller sah, wie er mit Hilfe des Lastwagenfahrers von dem Anhänger herunterstieg, war auch er hinkend den anderen hinterhergelaufen.

»Was ist los?« fragte ihn Evelyn.

»Gib mir die Autoschlüssel!«

»Hast du ein Gespenst gesehen?«

»Er lebt! Zevi lebt!«

Evelyn riß die Augen auf. »Das ist nicht möglich!«

»Doch!« rief er jubelnd und nahm die Schlüssel. »Wenige Meter unter dem Aussichtspunkt ist eine Terrasse. Dort ist Giorgio hingefallen, und es sieht so aus, als wäre ihm nichts passiert!«

»Warte«, hielt Evelyn ihn auf. »Wir bringen diese drei Typen in den Letzanaweg. Du kommst dann mit dem Schriftsteller nach, wenn er nicht ins Krankenhaus muß. Falls doch, rufst du mich gleich an, und ich erkläre dir, was du sagen und tun mußt. Okay?«

»Einverstanden, mein Engel. Aber spiel dich nicht allzusehr auf, nur weil du eine Spionin bist«, sagte er und sandte ihr einen Kuß auf den Fingerspitzen, bevor er aus ihrem Blickfeld verschwand.

Er stieg in Ridolfis Jeep und gab Gas. Nachdem er sich einmal in der Straße geirrt hatte, erreichte er schließlich das eingezäunte Gelände mit der Baustelle.

Veronese stellte das Auto wenige Meter vom LKW entfernt ab.

Er kletterte heraus und lief auf Zevi und Horst zu, die auf einer Bank saßen, um sich von ihrem Schock zu erholen.

»Gütiger Himmel, Giorgio, geht es dir gut?« fragte er ihn, als er sie erreicht hatte.

Zevi sah ihn mit einem matten Lächeln an. Er fühlte sich gegenüber dem Freund wegen dieses ungeschickten Selbstmordversuchs schuldig, obwohl er ja damit beabsichtigt hatte, ihn zu schützen.

Er zuckte mit den Schultern. »Wie es scheint, gibt es wirklich Wunder. Es geht mir gut, ich habe nichts gebrochen.«

Veronese setzte sich neben ihn. »Warum hast du das denn getan? Wenn der Anhänger nicht da gestanden hätte, wärst du jetzt tot!«

»Genau. Ridolfi glaubte, ich hinge so sehr am Leben, daß er mich erpressen könnte. Da hat er sich geirrt. Aber wie kommst du eigentlich hierher?«

»Das erkläre ich dir später. Jetzt sollten wir ins Krankenhaus fahren und dich von einem Arzt untersuchen lassen …«

Zevi schüttelte den Kopf. »Das kommt überhaupt nicht

in Frage! Ich versichere dir, daß es mir gutgeht. Es ist unglaublich, doch es war, als wäre ich auf ein Federbett gefallen. Dank Horst und seinem Lastwagen …«, fügte er hinzu und lächelte den jungen Mann an. »Aber wo sind denn Ridolfi und die anderen?«

»In Handschellen, ich erzähle dir alles unterwegs. Dann brechen wir jetzt besser auf, es wird dunkel, und es ist kalt.«

»In Ordnung. Aber zuerst müssen wir uns von meinem Retter verabschieden, wie es sich gehört.«

Er wechselte noch ein paar Worte auf deutsch mit Horst, nahm aus der Tasche einen Stift und einen zerknitterten Zettel, schrieb etwas darauf und gab es ihm. Horst lächelte, nickte und umarmte ihn. Veronese tat es ihm nach, dann gingen Zevi und er zum Jeep, während Horst in seinen LKW stieg, um den Anhänger zu entladen.

28

Als Zevi und Veronese in das Haus am Letzanaweg zurückkamen, waren die beiden Amerikaner im Arbeitszimmer, jedoch nicht Ridolfi und seine Männer. Guy saß im Sessel und blätterte in dem Buch über Oskar Werner, während Evelyn durch das Fenster auf die in der Dunkelheit funkelnden Lichter von Triesen schaute.

Sie kam den beiden entgegen. »Wie geht es Ihnen, Dottor Zevi?« fragte sie aufmerksam.

»Danke, gut. Aber ich würde gern etwas Heißes trinken, vielleicht einen Kaffee...«

Evelyn wandte sich Guy zu, doch der war schon aufgestanden, um in die Küche zu gehen. Sie sorgten dafür, daß Zevi sich in einen Sessel setzte und die Beine auf einen gepolsterten Hocker legte, und nahmen neben ihm Platz. Guy kam ins Arbeitszimmer zurück und stellte eine Thermoskanne und drei Tassen vor sie auf den Tisch.

»Ich gehe nach unten«, sagte er zu Evelyn, die sich darauf beschränkte zu nicken.

Während sie Kaffee tranken, erklärte Veronese Evelyn, wie Zevi sich dank Horst und seines Lastwagens gerettet hatte. Zum Schluß riß sie ungläubig die Augen auf.

»Da oben muß Sie jemand lieben...«

»So ist es wohl«, meinte der Schriftsteller verlegen. Er

fürchtete, daß sie ihn fragen würde, was ihn zu diesem Schritt veranlaßt habe. Doch zu seiner Überraschung sah Evelyn ihn nur verständnisvoll an.

»Ridolfi hätte Sie gefoltert, damit Sie ihm Franks Versteck verraten, daran gibt es keinen Zweifel. Ich habe unsere Sektion angerufen und mich über ihn informiert. In seinem Dossier heißt es, er sei ein skrupelloser Sadist und gefährlicher Politiker. Nach dem, was er getan hat, werden wir ihn dazu zwingen, vorzeitig in Rente zu gehen …«

»Und wie?« fragte Veronese. »Ich glaube nicht, daß deine geheimnisvolle ›*Sektion*‹ die Absicht hat, aus der Deckung zu kommen …«

Evelyn warf ihm einen ironischen Blick zu. »Das wird nicht nötig sein. Man wird Ridolfi auffordern, sich aus der Politik zurückzuziehen und für den Rest seiner Tage das zu tun, was man ihm sagt. Ein Angebot, das er nicht ablehnen kann …«

Veronese verzog das Gesicht. »So von der Art: abgehackter Pferdekopf im Bett, wie im *Paten*?«

»Es wird nicht nötig sein, sich die Hände schmutzig zu machen. Es genügt, ihn zu überzeugen, daß er gehorchen muß, weil es sonst kein gutes Ende mit ihm nimmt.«

Als er diese Worte hörte, schüttelte Zevi den Kopf und schloß die Augen. Die Welt würde sich niemals ändern, und er würde sie ertragen müssen, wie sie war, bis zum Schluß. Und doch fühlte er sich, trotz allem, zum ersten Mal seit langem in Frieden mit sich selbst.

Er war ein unschuldiges Opfer gewesen, aber der Gedanke, daß er besser mit den anderen in Auschwitz gestorben wäre, hatte ihn sein ganzes Leben lang gequält. Er hatte sich nichts vorzuwerfen, niemand hatte sich für ihn geopfert, und er hatte auch niemals anderen das Brot gestohlen. Und doch ging es ihm wie vielen seiner Schicksalsgenossen: Er konnte es sich nicht verzeihen, ein Überlebender zu sein, die Schande, zur menschlichen Art zu gehören, ertragen und all die Demütigungen und Erniedrigungen hingenommen zu haben. Oft hatte er es bedauert, sich nicht gegen den Stacheldraht geworfen oder gegen die Schläge zur Wehr gesetzt und dafür den Tod erlitten zu haben. Was ihn am Leben erhalten hatte, war der Wunsch, die Hölle des Lagers in aller Klarheit zu erfassen, um sie später bezeugen zu können. Doch er war davon überzeugt, daß in Auschwitz die Besten gestorben waren.

Franks Stimme holte ihn zurück in die Gegenwart. Er fragte Evelyn, wo Ridolfi und seine Männer seien.

»Im Keller«, lautete ihre lakonische Antwort.

»Und wo ist Guy geblieben?«

»Im Moment erklärt er Ridolfi die Bedingungen, unter denen er am Leben bleiben kann. Bei den beiden anderen gibt es keine Probleme, die sind vollkommen eingeschüchtert. Ridolfi dagegen ist ein zäher Brocken, aber Guy versteht sein Metier.«

Zevi schaute zu Evelyn, er wollte ein paar Erklärungen von ihr.

»Natürlich«, sagte er freundlich, »möchte ich Ihnen danken, daß Sie mich gerettet haben; ohne Sie hätten Frank und ich ein schlimmes Ende genommen. Aber nachdem dies gesagt ist: Wenn Frank Sie noch nicht gefragt hat, warum Sie ihm nach Italien gefolgt sind, dann frage ich es Sie jetzt.«

Evelyn nickte. »Ich habe keine Probleme, Ihnen zu

antworten. Veroneses Bilder und ebenso seine zahlreichen Karteikarten, auf denen viele wichtige Ereignisse der amerikanischen und internationalen Politik in Verbindung zu ebenso vielen einflußreichen Personen gebracht werden, sind für unsere Sektion von großem Interesse. Besonders nach dem 11. September. Eine ganze Menge Leute wollen wissen, wie die Dinge wirklich abgelaufen sind, obwohl uns, um die Wahrheit zu sagen, noch mehr Leute Steine in den Weg legen. Wie dem auch sei: Wir haben den Auftrag bekommen, Frank in Italien auf den Fersen zu bleiben, um ihn zu schützen. Wir hatten uns natürlich nicht vorgestellt, daß er in diesen Schlamassel geraten würde.«

»Sie und Guy gehören zu den Guten«, kommentierte Veronese mit sanfter Ironie.

»Andernfalls wärst du schon tot, mein Lieber«, entgegnete Evelyn gereizt. »Unser Land mag ja furchtbar geworden sein, aber es gibt doch noch anständige Leute, denen die Demokratie und die Wahrheit am Herzen liegen!«

»Ich weiß, Evelyn, reg dich nicht auf. Aber du mußt zugeben, daß diese Leute oft gefährlich leben«, erwiderte Frank. »Doch lassen wir das. Ich würde lieber etwas vorschlagen, das Ridolfi betrifft.«

»Der ja nicht der Henker von Meina, sondern dessen Sohn ist! Das darf man nicht vergessen«, erinnerte Zevi.

»Schon richtig, aber er hätte dich genauso umgebracht wie sein Vater«, entgegnete Veronese. »Nun: Ich möchte euch einen Vorschlag machen, der das Gewissen aller beruhigen wird und nützlicher ist als die Strategie deiner Sektion.« Frank zwinkerte Evelyn zu. »Ich glaube, es bringt nichts, Ridolfi zu zwingen, aus der Politik auszusteigen.

Auf diese Weise würden wir unsere beste Waffe aus der Hand geben. Niemand weiß, daß Rapagnetta und Ridolfi senior ein und dieselbe Person waren. Die wenigen, die es wußten, sind entweder tot oder gehören zur gleichen Bande und würden niemals reden. Wir wissen, daß Ridolfi alles tun würde, nur um einen Posten in der italienischen Politik zu bekommen, doch wenn die Wahrheit herauskäme, hätte er keine Chance. Also könnten wir ihm sagen, daß wir den Identitätswechsel seines Vaters nicht öffentlich machen, wenn er im Gegenzug Giorgio und mich in Ruhe läßt. Falls nicht, wird die Welt erfahren, daß Rapagnetta und Ridolfi senior ein und dieselbe Person waren, und seine politische Karriere ist ruiniert. Was haltet ihr davon?«

Evelyn, die aufmerksam zugehört hatte, nickte. »Vielleicht hast du recht. Dieser Mann würde für einen Sitz im Parlament seine Mutter verkaufen, und Erpressung funktioniert bei solchen Leuten immer. Und falls er die Abmachungen nicht einhält, weiß er, daß wir ihm jederzeit eine Lektion erteilen können. Einverstanden«, rief sie aus, stand auf und ging zur Tür, »ich führe jetzt ein Telefongespräch, und wenn sie mir grünes Licht geben, ist es beschlossene Sache.«

Als Evelyn das Zimmer verlassen hatte, lächelte Zevi Veronese an.

»Hoffen wir, daß sie auf dich hören.«

Frank zuckte die Achseln. »Wenn es nach mir ginge, läge dieser Scheißkerl schon auf dem Grund irgendeiner Schlucht des Fürstentums, vielleicht mit einer Kugel von Guy im Kopf. Doch ich wußte, daß du nicht damit einverstanden wärest …«

»Deshalb bin ich dir dankbar, daß du die einzig akzeptable und intelligente Lösung vorgeschlagen hast. Mich wundert, daß die Amerikaner nicht daran gedacht haben. Eigentlich sind sie doch Profis ...«

»Das sind Leute, die daran gewöhnt sind, kurzen Prozeß zu machen«, sagte Veronese. »Wenn Ridolfi je einen falschen Schritt tun sollte, werden sie sich seiner rasch entledigen. Nicht weil es dabei um Gerechtigkeit ginge, sondern weil sie es niemandem erlauben, sich in ihre Angelegenheiten einzumischen. Und genau das hat Ridolfi getan.«

Kurz darauf kam Evelyn ins Arbeitszimmer zurück. »Geht in Ordnung. Doch beim ersten falschen Schritt ...« Sie machte eine beredte Geste.

In diesem Moment klingelte Zevis Handy. Irritiert sah der Schriftsteller zuerst Frank, dann Evelyn an. Dann nahm er ab. Es war Silvio Falco.

»Giorgio, wie geht es dir? Ich habe schon heute morgen versucht, dich anzurufen, aber du hast dich nicht gemeldet ...«

»Alles in Ordnung, Silvio. Ich bin in Sicherheit.«

»Ich frage dich nicht, wo. Doch du sollst wissen, daß wir alle bereit sind, dir zu Hilfe zu kommen. Wann immer es nötig ist. Und in größter Diskretion natürlich ...«

»Ich glaube nicht, daß das nötig sein wird. Sag mir, wie weit du mit der Presse und mit den Medien bist.«

»In Kürze werde ich das vorbereitete Material einem Journalisten des *Corriere della Sera* übergeben, der einen Artikel für die morgige Ausgabe schreiben will. Das gleiche gilt für die *Repubblica*«, meldete Falco begeistert. »Seit wir gestern auseinandergegangen sind, bin ich nicht untätig gewesen. Natürlich habe ich im Augenblick noch niemandem eine Kopie des Tagebuchs gegeben. Doch das italienische und das schweizerische Fernsehen scheinen interessiert zu sein. Ich habe auch Vogel in Berlin angerufen, der mir versichert hat, daß er das Thema in einem Beitrag seiner Fernsehsendung unterbringt. Der junge Spagnuolo wiederum wird die Nachricht ins Internet stellen.«

»Hör mir gut zu, Silvio«, unterbrach ihn Zevi. »Der Name Alfredo Ridolfi darf, wenigstens für den Augenblick, nicht erscheinen.«

»Aber –«, versuchte Falco einzuwenden.

»Es geht um Veroneses Sicherheit und um meine eigene. Also laß den Namen aus deinem Material für den *Corriere* verschwinden. Wer schreibt den Artikel für die *Repubblica*?«

»Bertani, den kennst du ja. Er hat mich gefragt, ob er dich interviewen könne, und ich habe ihm gesagt, du würdest ihn anrufen.«

»Ausgezeichnet, ich werde mich darum kümmern. Benachrichtige bitte auch das Archiv von Yad Vashem und erkläre dort die Situation.« Zevi sah auf die Uhr, es war noch vor sechs, das Interview in der *Repubblica* könnte noch am nächsten Tag erscheinen.

»Du bist doch nicht in Gefahr, oder?« fragte Falco besorgt.

»Nein, jetzt nicht mehr. Du kannst ganz beruhigt sein.«

»Wann gedenkst du zurückzukommen?« fragte Falco noch, nachdem er Zevi die Nummer des Journalisten gegeben hatte.

»Schon bald. Mach so weiter, ich komme bald und werde dich tatkräftig unterstützen.«

Nachdem er aufgelegt hatte, sah der Schriftsteller Frank und Evelyn an. »Es müßte eigentlich alles in Ordnung sein. Ridolfi bleibt unerwähnt, und unsere kleine Erpressung wird wirkungsvoller. Wenn ich mit dem Journalisten von der *Repubblica* spreche, werde ich sagen, es sei Franks Verdienst, daß das Tagebuch wiederaufgetaucht ist. Ich bin sicher, Evelyn, daß Ihre Vorgesetzten verstehen, warum ich das mache. Wenn man Frank in den Vordergrund stellt, ist er zusätzlich geschützt, weil die Leute dann seinen Namen kennen und es schwieriger wird, ihm etwas anzutun. Aber nur, wenn du einverstanden bist, Frank.«

Veronese nickte, während Evelyn den Schriftsteller erstaunt ansah.

»Von uns aus gibt es da keine Probleme. Aber es ist wirklich unglaublich, daß gerade Sie noch Vertrauen in die Leute setzen!«

Zevi seufzte. »In wen sollte ich sonst Vertrauen setzen? In Ihren Präsidenten, in meinen oder irgendeinen anderen? In diese große Schar von Lügnern, die den Planeten regieren? Da hat man doch keine große Wahl, nicht wahr?«

29

Bucholtz und seine Frau kamen gegen elf Uhr am Abend in Triesen an. Sie stellten das Auto nicht in die Garage, sondern parkten es vor der Villa, um ihr Gepäck auszuladen.

Bucholtz stieg aus und machte den Kofferraum auf. Als er wieder hochsah, entdeckte er einen Mann, der im Hauseingang stand.

»Guten Abend, Herr Bucholtz«, sagte Guy in akzentfreiem Deutsch.

Erschrocken ließ Bucholtz die beiden Reisetaschen zu Boden fallen. »Wer sind Sie?«

Guy lächelte und versuchte, so beruhigend wie möglich zu wirken. »Wir sind Ihre Gäste. Aber kommen Sie doch bitte ins Haus …«

Bucholtz wandte sich zu seiner Frau um, die aus dem Auto gestiegen war und direkt hinter ihm stand. »Los, weg!« schrie er sie an und versuchte, sie Richtung Straße zu stoßen. Doch überrumpelt, wie sie war, stand sie nur im Weg und behinderte seinen ungeschickten Fluchtversuch.

»Ich habe eine Pistole auf Sie gerichtet und rate Ihnen zu tun, was ich gesagt habe«, warnte Guy sie.

Die Bucholtz' wandten sich um, und der Agent gab ihnen ein Zeichen, ihm ins Haus voranzugehen. Sie gehorchten widerspruchslos und trafen im Gang auf Evelyn, die sie erwartete.

»Guten Abend. Wenn Sie keine Dummheiten machen, wird Ihnen nichts geschehen«, sagte die Agentin in einem freundlichen, aber entschlossenen Ton. Auch sie sprach, wie Guy, fließend und akzentfrei Deutsch.

Bucholtz registrierte, trotz der prekären Situation, daß sie eine sehr attraktive Frau war, doch sie hatte eine Pistole in der Hand, die sie, genauso wie ihr Komplize, auf ihn und seine Frau gerichtet hielt.

»Was wollen Sie? Geld?« fragte er.

Evelyns lächelte. »Das bekommen Sie von uns, und zwar viel Geld, wenn Sie mit uns zusammenarbeiten. Doch gehen wir lieber ins Arbeitszimmer, hier ist es kalt, drüben brennt der Kamin.«

Die Bucholtz' folgten ihnen bestürzt und eingeschüchtert ins Arbeitszimmer, wo sie auf Zevi und Veronese trafen.

Beim Anblick Franks und Zevis erschrak Bucholtz noch mehr und fing an, mit aller Kraft, über die er noch verfügte, loszuschimpfen, wobei er sich besonders gegen Zevi wandte.

Als sich dieser Schwall von Beschimpfungen über ihn ergoß, fuhr Zevi zusammen und verkroch sich in seinem Sessel, als würde er geschlagen. Angesichts seiner Reaktion fing Veronese, obwohl er kein einziges Wort verstand, seinerseits an, Bucholtz anzuschreien.

»Hören Sie mit diesem Gebrüll auf! Was erlauben Sie sich, diesen Mann anzugreifen? Sie sollten sich schämen!«

»Beruhigen Sie sich!« ließ Evelyn sich vernehmen. Und alle waren still.

Als die Ruhe wiederhergestellt war, sorgten die Amerikaner dafür, daß die beiden Neuankömmlinge sich in zwei Sesseln niederließen, dann nahm Guy einen Stuhl für Evelyn und blieb selbst neben ihr stehen. Man hätte es für eine Zusammenkunft unter Freunden halten können, wenn die Hausherren nicht derart erschrockene Gesichter gemacht hätten.

Guys Pistole war nicht mehr zu sehen, doch man konnte sich leicht vorstellen, daß sie sich in der Tasche unter seinem Jackett befand, während Evelyn ihre Waffe gut sichtbar unter den Gürtel ihrer eleganten Lederhose gesteckt hatte. Das Feuer im Kamin verbreitete eine angenehme Wärme, und der Schein der Flammen ließ die Schatten auf den Wänden tanzen.

»Was wollen Sie?« fragte Bucholtz, der sich ein bißchen beruhigt hatte, noch einmal.

»Wir brauchen Ihr Haus für heute Nacht«, antwortete Evelyn. »Natürlich werden Sie für die Störung entschädigt. Meinen Sie, daß 200 000 Franken genügen könnten? Wir verschwinden morgen in aller Frühe wieder, und Sie sind ein wenig reicher. Was halten Sie davon?«

Bucholtz riß verblüfft die Augen auf. Diese Frau bot ihm eine Summe an, die er als Miete für vier Jahre verlangt hätte; aber für die ganze Villa, nicht nur für das Arbeitszimmer. Da konnte irgend etwas nicht stimmen, sagte er sich, und seine Angst wuchs wieder.

»Ich glaube Ihnen nicht! Sie wollen uns etwas antun, warum sonst wären Sie wie Diebe hier eingedrungen?«

»Weil wir nicht anders konnten«, mischte Zevi sich auf deutsch ein.

»Und wer sind *Sie* eigentlich?« fragte Bucholtz mißtrauisch.

»Antworten Sie nicht!« ermahnte ihn Evelyn. Dann stand sie auf und ging auf Bucholtz zu.

»Haben wir Ihnen vielleicht etwas angetan? Sind Sie und Ihre Frau gefesselt und geknebelt worden?«

Bucholtz schüttelte den Kopf. »Nein«, gab er mit leiser Stimme zu.

»Eben! Und jetzt werde ich Sie von unseren guten Absichten überzeugen. Guy, den Koffer bitte.«

Der Agent ging in den hinteren Teil des Zimmers, holte einen kleinen schwarzen Koffer, der auf dem Schreibtisch stand, und brachte ihn ihr. Evelyn öffnete ihn und zeigte Bucholtz den Inhalt. Der Koffer war mit Bündeln Schweizer Franken gefüllt.

»Zählen Sie.«

Bucholtz fing an zu zählen, und als er damit fertig war, hob er den Blick und fragte: »Und wer garantiert mir, daß Sie uns heute nacht nicht umbringen?«

Evelyns Lächeln wurde breiter. Dieser Mann amüsierte sie. »Ach, Herr Bucholtz, Sie haben zu viele Filme gesehen! Meinen Sie nicht, das hätten wir dann schon längst getan? Und außerdem: Warum sollten wir Ihnen in dem Fall Geld anbieten? Wir sind keine Verbrecher, vertrauen Sie uns. Heute nacht werden Sie ruhig in Ihrem Zimmer schlafen, gut bewacht, versteht sich. Morgen früh, wenn wir gehen, sind Sie wieder im Besitz Ihres Hauses und einer schönen Summe Geld.«

»Ingo...« Frau Bucholtz meldete sich zum ersten Mal zu Wort, und ihre Stimme klang erstaunlich fest. »Offensichtlich wollen diese Herrschaften hier nur die Nacht verbringen. Und das könnten sie auch tun, ohne uns etwas zu bezahlen, indem sie uns einfach gefesselt und geknebelt in den Keller sperren. Wenn sie das bisher noch nicht getan haben, glaube ich nicht, daß wir uns Sorgen machen müssen.« Sie seufzte. »Ich bin sehr müde und möchte schlafen gehen. Sie haben doch nichts dagegen?« fragte sie, an alle gewandt.

»Ganz und gar nicht«, antwortete Evelyn. »Wir bringen Sie gleich in Ihr Zimmer. Natürlich nehmen wir Ihre Handys in Verwahrung und schalten das Telefon ab. Nur für diese Nacht, versteht sich.«

»Für mich ist das in Ordnung«, sagte Frau Bucholtz und stand auf. »Laß uns gehen, Ingo.«

Bucholtz, der vollkommen erschöpft von seinem Wutanfall und all den Emotionen schien, nickte und folgte seiner Frau fügsam. Begleitet von Guy, hatten sie schon die Tür erreicht, als Evelyn sie aufhielt.

»Herr Bucholtz, Sie haben etwas vergessen«, sagte sie und zeigte auf den Koffer neben dem Stuhl.

30

Am nächsten Morgen wurden Zevi und Veronese sehr früh von Guy geweckt.

»In einer halben Stunde fahren wir los. Machen Sie sich bitte fertig und kommen Sie ins Arbeitszimmer.«

»Was geschieht mit den dreien im Keller?«

»Keine Sorge, es ist alles geregelt«, antwortete Guy und schloß die Tür.

Zevi und Frank sahen sich ratlos an.

»Nicht gerade beruhigend«, murmelte der Schriftsteller.

Veronese zuckte die Schultern. »Man hat sie bestimmt gehen lassen. In dieser Situation liegt gutes Benehmen ganz in Ridolfis Interesse. Evelyn hat sich ja unmißverständlich ausgedrückt: Wenn er uns auf irgendeine Art belästigt, ist seine Karriere zu Ende; und wenn uns etwas passieren sollte, schaltet ihn der Geheimdienst aus.«

Zevi nickte. »Hoffen wir, daß Ridolfi auf sie hört. Fanatiker sind nicht rational.«

Als sie fertig waren, gingen sie ins Arbeitszimmer, wo sie Evelyn beim Frühstück antrafen.

»Guten Morgen, setzt euch und trinkt einen Kaffee. Wir brechen schon bald auf.«

»Und die Bucholtz'?« fragte Veronese.

»Schlafen noch. Es ist erst sechs Uhr.«

Veronese und Zevi setzten sich an den Tisch und gossen sich Kaffee ein. Draußen war es noch stockdunkel.

»Lauft ihr Agenten immer mit soviel Geld herum?« fragte Frank, während er einen Keks in den Kaffee tunkte.

»Wenn du das Geld in dem Koffer meinst, das ich Bucholtz gegeben habe – das war nicht unseres...«, sagte sie mit einem maliziösen Lächeln.

»Und wem gehörte es dann?«

»Ridolfi. Als er hinter euch her war, dachte er, er könnte bei dieser Gelegenheit auch gleich Geld von seinem Konto in Vaduz abheben. Das war ausgesprochen passend...«

Veronese lachte und hätte sich fast an seinem Kaffee verschluckt. Zevi klopfte ihm auf den Rücken und lachte ebenfalls. Es amüsierte ihn sehr, daß das Geld von diesem Schurken dazu diente, eine so unmäßige Summe für ihre Übernachtung zu bezahlen. Und es freute ihn, weil das Ganze für die Ehrlichkeit der Amerikanerin sprach, die dieses Geld leicht hätte behalten können.

»Gut gemacht!« gratulierte er Evelyn.

Sie neigte den Kopf. »Danke. Wir konnten ihn ja nicht ziehen lassen, ohne daß er wenigstens eine Strafe bezahlt hätte! Ridolfi sollte dieses Geld als beste Investition seines Lebens betrachten, doch ich zweifle daran, daß er es tut, denn er ist ein Fanatiker. Wir haben ihn gehen lassen und ihm gedroht, nicht nur seiner Karriere, sondern auch seinem Leben ein Ende zu machen, wenn er euch nicht in Ruhe läßt. Mehr als überzeugende Argumente, aber man kann nie wissen. Deshalb haben wir unsere Leute auf italienischem Territorium in Alarmbereitschaft versetzt, damit sie ihn im Auge behalten.«

»Dann fürchtet ihr also, daß Ridolfi trotz allem irgendeinen Unsinn anstellen könnte?« fragte Zevi.

»Es wäre Selbstmord, doch bei diesen Leuten kann man wirklich nie wissen«, antwortete Evelyn kurz angebunden und verzog das Gesicht.

Zevi stellte seine Tasse hin, erhob sich und trat ans Fenster. Langsam zeichneten sich die Berge vor dem Himmel ab. Er drehte sich um und ließ seinen Blick durch das Zimmer schweifen, dachte an den Mann, der dieses Haus vor vielen Jahren gebaut hatte. In der Nacht hatte er, da er nicht schlafen konnte, erneut zu dem Buch über Oskar Werner gegriffen und es zu Ende gelesen. Er empfand Bewunderung für die Intelligenz, das Talent und den Mut, die diesen Mann ausgezeichnet hatten; doch auch viel Mitleid für sein unglückliches Leben und seinen einsamen Tod.

»Ich glaube, unser Charakter ist unser Schicksal«, hatte der Schauspieler anläßlich seiner berühmten Interpretation des Hamlet geschrieben. Doch am Ende seines Lebens hatte er sich dafür entschieden, Kleists Prinz von Homburg darzustellen. In der Biographie waren seine Inszenierung des Stücks und seine Darstellung des Prinzen sehr gut beschrieben, was den Eindruck einer ausgesprochen interessanten Aufführung erweckte. Und doch hatten die Kritiker diese Arbeit mit Worten verrissen, die nicht nur negativ, sondern in manchen Fällen geradezu beleidigend waren.

Es war sicherlich kein Zufall gewesen, daß der Schauspieler sich so kurz vor seinem Tod dafür entschieden hatte, gerade dieses Werk zu interpretieren. Im Grunde dürfte er sich wohl aus den schlechten Kritiken nicht viel gemacht haben. Denn war es nicht Kleist gewesen, der, zutiefst unglücklich und von seinen Zeitgenossen unbeachtet, an seine Schwester geschrieben hatte: »Ich habe keinen andern Wunsch, als zu sterben, wenn mir drei Dinge gelungen sind: ein Kind, ein schön Gedicht und eine große Tat.« Oskar Werner hatte alle drei Vorhaben ausgeführt. Er hatte Kinder gehabt, war ein großer Künstler gewesen, und es war ihm, mit viel Mut, gelungen, aus der Wehrmacht zu desertieren in Zeiten, da dies bedeutete, daß man standrechtlich erschossen werden konnte. Vielleicht hatte er in jenem Hotel in Marburg an die Worte Kleists gedacht, als er zugelassen hatte, daß sein Herz zu schlagen aufhörte.

»Es ist Zeit zu gehen«, hörte er Evelyns Stimme hinter sich sagen.

»Ja, ich komme gleich.«

Bevor er sich bereitmachte, warf Zevi einen letzten Blick auf die Berge, die sich nun klar und blau am Horizont abzeichneten. Der Morgen graute und versprach einen weiteren strahlenden, eiskalten Wintertag. Zevi drehte sich um und betrachtete noch einmal das Zimmer, in dem Oskar Werner viel Zeit verbracht und sich auf seine Theaterarbeit vorbereitet hatte. Er nahm das Buch, in dem er nachts gelesen hatte, vom Tisch, schlug es auf und besah sich das Foto des Schauspielers in Mauthausen, legte seine Hand auf das Bild und dankte ihm dafür, das Andenken der Toten geehrt zu haben.

31

Zevi hätte sich müde fühlen müssen, doch er war es nicht. Das Adrenalin, das in den letzten Stunden ausgeschüttet worden war, wurde von seinem alten, zähen Körper nur mühsam abgebaut. Wieder daheim fiel es ihm schwer, sich an die Normalität dieser sicheren und ruhigen Räume zu gewöhnen.

Veronese und er waren gegen Mittag zusammen mit den beiden Agenten in Mailand angekommen. Evelyn und Guy hatten sie bis zur Wohnung begleitet und ihnen, bevor sie gingen, versichert, daß von seiten der Sektion ein diskreter Schutz aufrechterhalten würde. Auf jeden Fall, hatte Evelyn hinzugefügt, würden sowohl sie als auch Guy weiter zu ihrer Verfügung stehen, wenigstens bis Frank den Entschluß faßte, in die Vereinigten Staaten zurückzukehren.

Am Nachmittag hatte Falco sie besucht. Der Freund hatte die beiden wichtigsten Tageszeitungen des Landes mitgebracht, in denen die Artikel und das Interview, das Zevi gegeben hatte, erschienen waren. Alles verlief wie erhofft, und die Medienmaschinerie hatte sich in Bewegung gesetzt.

Zevi bekräftigte Falco gegenüber, er sei zu weiteren Interviews bereit, doch er erinnerte ihn auch daran, daß Frank als Wahrer des Letzten Willens von Connie Brandini im Vordergrund stehen solle.

Am Abend hatten sie dann zu dritt in dem nahe der Wohnung gelegenen Restaurant gegessen, diskret überwacht von einem Agenten der Sektion. Nach dem Essen waren der Schriftsteller und Falco zurück ins Apartment gegangen, während Veronese zu Evelyn fuhr, weil er wissen wollte, aus welchem Grund irgendeine höhergestellte Persönlichkeit seine Überwachung angeordnet hatte.

Als er sich verabschiedete, hatte Zevi ihm scherzhaft viel Glück gewünscht, auch wenn beide wußten, daß dieser Besuch zu nichts führen würde.

Der Schriftsteller war ein Gegner all dieser Überwachungssysteme, weil er meinte, daß sie nur dazu dienten, die Freiheit des unbescholtenen Bürgers einzuschränken, ohne daß es dadurch gelänge, Verbrechern und Terroristen Einhalt zu gebieten. In Zeiten des Krieges konnte Überwachung Rettung oder Verdammnis bedeuten, je nachdem, was die jeweiligen Interessen begünstigte. Und das erinnerte Zevi schmerzlich an die versäumte Bombardierung der Eisenbahn nach Auschwitz, obwohl die Alliierten schon eine Weile über zahlreiche Luftaufnahmen verfügten, mit deren Hilfe sie die Ziele hätten erfassen können. Und doch verdankten Veronese und er es einem jener hochtechnologischen Kontrollsysteme, die inzwischen wie ein Leichentuch über dem Planeten lagen, daß sie noch lebten und Ridolfi kaltgestellt war. Jedenfalls für den Augenblick.

Zevi unterhielt sich noch eine Stunde mit seinem Freund, und als Falco ihn gegen elf Uhr verließ, ging er zu Bett. Er versuchte zu lesen, doch in Gedanken war er in dem Haus in Triesen, und ihm wurde zu seiner eigenen Verwunderung klar, daß er lieber dort in den Bergen gewesen wäre.

Vielleicht war für ihn der Zeitpunkt gekommen, die Stadt zu verlassen und für den Rest seines Lebens an einen besseren Ort zu ziehen. Er wunderte sich über sich selbst. Denn seit er aus Auschwitz zurückgekehrt war, hatte er immer in Mailand gelebt und war nur ungern verreist. Und jetzt, mit fast neunundsiebzig Jahren, wollte er sein Leben umkrempeln. Wirklich erstaunlich, dachte er und glitt langsam in den Schlaf hinein.

Am nächsten Morgen war er schon um halb sieben wach, zog sich an und ging in die Küche, um zu frühstücken. Er sah Veroneses Mantel in der Garderobe hängen und war erleichtert festzustellen, daß Frank ohne Probleme heimgekommen war.

Während er sich einen Kaffee machte, ging ihm durch den Kopf, daß mit Triesen nicht nur ein neuer Energieschub, sondern auch etwas weniger Positives und eher Beängstigendes in sein Leben gekommen war. Evelyn mochte sagen, was sie wollte – Zevi ging fest davon aus, daß Ridolfi früher oder später versuchen würde, sich zu rächen.

Er hatte keine Angst um sich selbst. Er hatte seine Rettung und damit das Leben, das ihm wiedergegeben worden war, immer als puren Zufall betrachtet, als etwas, das einer Lotterie oder einem russischen Roulette sehr ähnlich war. Oft hatte er auch das Gefühl, daß dieses gerettete Leben nicht einmal sein eigenes war, denn eigentlich war er im Lager mit seinen Freunden gestorben.

Trotzdem hatte er sich nie der Verantwortung des Lebens entzogen, und vor Triesen war ihm der Gedanke an Selbstmord auch in Augenblicken tiefster Depression nicht gekommen. Bei seinen Befürchtungen ging es also ganz allein um Frank.

»Man soll das Fell des Bären nicht verkaufen, bevor man ihn erlegt hat«, murmelte er und füllte Giaps Napf mit Futter. Der Kater war wie jeden Morgen von der Couch gesprungen und strich nun erwartungsvoll um seine Beine.

Nachdem er seinen Kaffee getrunken hatte, ging Zevi ins Arbeitszimmer, setzte sich an den Schreibtisch und arbeitete ohne Unterbrechung bis neun Uhr. Als die Haushälterin anrief, um ihm mitzuteilen, daß sie wegen einer starken Erkältung nicht kommen könne, war ihm das nicht unrecht. Ohne den Lärm des Staubsaugers konnte er ungestört schreiben, bis Frank wach wurde.

Er machte sich wieder an die Arbeit. Die Wörter huschten über den Bildschirm, als er seine neue Figur entwarf. Er sah den österreichischen Schauspieler wieder auf dem Hof von Mauthausen stehen, gebeugt unter der Last der Geschichte. Der Tod hatte sich in diesen Mauern eingenistet, selbst in der Luft schien man ihn noch wahrzunehmen. Zevi konnte sich vorstellen, was der Schauspieler empfunden haben mußte: dieses Gefühl der Ohnmacht angesichts des Schreckens und die absurden Gewissensbisse, daß man nichts hatte tun können, ihm entgegenzutreten.

Er war so tief in seine Arbeit versunken, daß er das Läuten des Telefons fast nicht bemerkte hätte, wohl auch, weil der Apparat auf seinem Schreibtisch leise gestellt war.

Als er sich meldete, hörte er die Stimme einer jungen, ihm unbekannten Frau.

»Spreche ich mit Dottor Giorgio Zevi?« fragte sie zögernd.

»Ja?«

»Sie kennen mich nicht, ich heiße Carla Carini …«

Zevi hatte ein ausgezeichnetes Gedächtnis, und als er diesen Namen hörte, zuckte er zusammen. Carla Carini war das einzige nichtjüdische Opfer des Massakers am Lago Maggiore gewesen.

»Was kann ich für Sie tun?«

Am anderen Ende war ein Seufzen zu hören. Dann fuhr die Frau zaudernd fort.

»Meine Mutter hat Ihr Interview über das Massaker von Meina gelesen. Carla Carini war die Schwester meines Vaters, der vor langer Zeit gestorben ist. Meine Mutter ist krank und bettlägerig, sie kann nur mühsam sprechen, doch sie hat mich gebeten, Sie in ihrem Namen anzurufen …« Die Frau machte eine Pause, fuhr dann aber rasch fort, als wollte sie sich von einer Last befreien. »Ich wollte Sie nicht stören, aber meine Mutter hat mich so sehr gedrängt. Nach all diesen Jahren die Wahrheit über den Tod meiner Tante zu erfahren hat sie aufgewühlt, und sie bittet Sie, mich zu empfangen, damit ich mich persönlich bei Ihnen bedanken kann …« Nach einer weiteren Pause fuhr Carla fort: »Vor Jahren waren Sie einmal in meinem Gymnasium und haben einen Vortrag über die Konzentrationslager gehalten. Ich habe Ihre Worte nie vergessen …«

»Das ist sehr freundlich von Ihnen, Signorina, ich danke Ihnen. Geben Sie mir doch Ihre Telefonnummer, dann rufe ich Sie im Laufe des Vormittags zurück, und wir sehen, wann wir uns treffen können.«

»O danke!« rief sie aus und gab ihm die Nummer. »Dann warte ich also auf Ihren Anruf? In Ordnung?«

Zevi lächelte. In dieser Frage spürte man die ganze Unsicherheit von jemandem, der weiß, wie schwer man sich heutzutage Gehör verschafft. Er fühlte sich verpflichtet, ihr gut zuzureden.

»Ich rufe Sie bis Mittag zurück, Sie können sich darauf verlassen. Wo wohnen Sie denn?«

»Nicht weit von Ihnen, an der Piazza Piola.«

»Dann können Sie ja auch zu Fuß zu mir kommen. Bis später, Signorina Carini.«

Es war nicht seine Art, sich zu zieren, vor allen Dingen nicht bei jungen Menschen. Und Carla Carini war, nach ihrer Stimme zu urteilen und da sie das Gymnasium erwähnt hatte – eine der vielen Schulen, in denen er als Zeitzeuge gesprochen hatte –, wohl eine Frau unter vierzig. Doch angesichts der Situation hielt er es für angebracht, eine kurze Identitätskontrolle durchzuführen.

Er schloß die Word-Datei, ging ins Internet auf die Auskunftsseite der Telecom und gab Name und Adresse ein. Die Telefonnummer stimmte mit der überein, die ihm die Anruferin gegeben hatte. Er ließ ein wenig Zeit verstreichen und rief sie dann zurück. Es klingelte ein paarmal, bevor eine Frauenstimme sich meldete, die ganz anders klang, als die kurz zuvor gehörte.

»Guten Tag, hier ist Giorgio Zevi. Spreche ich mit Signora Carini?«

»Nein, ich bin die Krankenschwester. Die Signora ruht gerade.«

»Ich verstehe. Kann ich mit der Tochter sprechen, Signorina Carla?«

»Einen Moment bitte.«

Es knackte ein paarmal in der Leitung, dann meldete sich Carla. Nun, da seine kleine Kontrolle zufriedenstellend ausgefallen war, sagte er ihr, daß er sie um zwölf Uhr empfangen könne.

»Ich danke Ihnen sehr, vor allem im Namen meiner Mutter«, sagte sie hocherfreut. »Kann ich eines Ihrer Bücher zum Signieren mitbringen?«

»Natürlich. Bis bald.«

Er fuhr mit seiner Arbeit fort, bis er zwei Stunden später Frank aus seinem Zimmer kommen hörte. Da stand er von seinem Schreibtisch auf und ging zu ihm in die Küche.

»Guten Morgen. Gut geschlafen?«

»Ausgezeichnet. Und ich habe nicht mal Alpträume gehabt«, sagte Frank und stellte die Espressokanne auf den Herd.

»Was hat Evelyn auf deine Fragen geantwortet?«

Frank zuckte die Achseln. »Für sie ist es nur Routine. Diese Leute leben in einer Parallelwelt, wo unsere Regeln nicht gelten. Wer weiß, welche der beiden Welten die wirkliche ist, ihre oder unsere? Vielleicht ist es genau wie in dem Film *Matrix*: alles Illusion...« Es schien allerdings, daß ihm die Sache keine großen Sorgen mehr machte.

»Auf jeden Fall«, fuhr er fort und nahm die Butter aus dem Kühlschrank, »hat sie mir versichert, daß ihre Überwachung sich darauf beschränkte, mir zu folgen, um mich zu beschützen. Es sieht so aus, als sei das Ergebnis negativ. Ach ja...«

»Und wer soll dann in dein Atelier eingedrungen sein, um herumzuschnüffeln?« Zevi reichte ihm ein paar Scheiben Brot und ein Glas Marmelade.

Frank nahm die Espressokanne vom Herd, stellte sie auf den Tisch, setzte sich und begann, sich Butter aufs Brot zu streichen. »Sie. Wie es scheint, haben sie all meine Karteikarten auf Mikrofilm aufgenommen.«

»Ah! Und wissen sie denn auch, wer es auf dich abgesehen haben könnte?«

»Natürlich, aber das ist *top-secret*. Sie waren wegen einer neuen Untersuchung über den 11. September an meinen Karten interessiert. Das Problem, soweit ich es verstanden habe, besteht darin, daß es innerhalb der amerikanischen Geheimdienste verschiedene Gruppen gibt, und nicht alle sind an der Wahrheit interessiert. Jetzt haben sie das, was sie von mir wollten, einschließlich meiner Bereitschaft, vor Gericht als Zeuge auszusagen, falls es notwendig wäre zu erklären, wie ich die gesammelten Informationen verknüpft habe. Ich glaube, daß ich für niemanden mehr interessant bin, weder für die Guten noch für die Bösen.«

»Um so besser!« meinte Zevi. »Und was gedenkst du nun zu tun?«

Veronese zuckte mit den Schultern. »Nach Europa überzusiedeln. Ich habe das alles satt: die Vereinigten Staaten, die gegenwärtige Regierung und ihre Spione – auch wenn sie so faszinierend sind wie Evelyn – und den ganzen Zirkus. Ich brauche eine Luftveränderung, das wird auch meiner Arbeit guttun. Was dann die Zukunft bringt, werden wir sehen. Was meinst du?«

Zevi sah ihn an, überrascht, doch auch erleichtert, daß er diese Entscheidung getroffen hatte. Ohne daß es ihm recht bewußt geworden war, hatte er nämlich gefürchtet, daß Frank nach dieser dramatischen Geschichte in die Vereinigten Staaten zurückkehren und für immer aus seinem Leben verschwinden könnte.

»Das wäre phantastisch, dann könnten wir uns häufiger sehen«, sagte er. »Aber du mußt es dir gründlich überlegen: Den Kontinent zu wechseln, und damit die ganze Lebensart, ist keine Kleinigkeit.«

Frank nickte. »Ich weiß. Doch seit einer Weile finde ich mich nicht mehr zurecht in meinem Land; und jetzt, nach dem, was geschehen ist, habe ich den Mut gefunden, woanders hinzugehen. Dank der berühmten Globalisierung lebt man ja in der ganzen westlichen Welt auf ähnliche Art. Außerdem wäre es auch eine Rückkehr zu den Wurzeln: Meine Familie stammt aus Norditalien.«

Die Hausglocke summte, und Veronese sah den Schriftsteller fragend an. Zevi schaute auf die Uhr, es war fast Mittag.

»Das muß die Signorina sein, die ich erwarte«, sagte er und ging auf den Flur, um sich an der Sprechanlage zu melden. Der Portier kündigte ihm eine Carla Carini an, und Zevi sagte, er solle sie hochschicken. Zurück in der Küche erklärte er Frank, wer sie war.

»Gut, daß du da bist: Das Verdienst, Connies Tagebuch zugänglich gemacht zu haben, gebührt dir, nicht mir«, sagte er und zwinkerte ihm zu, während er aus der Küche ging.

Als Zevi die schwere Eichentür öffnete, stand er einer gutaussehenden, etwa fünfunddreißigjährigen blonden Frau gegenüber, die ein verwirrtes Gesicht machte.

»Guten Tag, Dottor Zevi«, stammelte sie mit dünner Stimme und riß ihre Augen wie zu einem sonderbaren Gruß noch weiter auf. Zevi wollte sie gerade fragen, ob ihr nicht wohl sei, als Carla Carini von zwei Männern, die wie aus dem Nichts auftauchten, in seine Arme geworfen wurde. Blitzschnell stießen sie ihn und die Frau in die Wohnung und schlossen sofort die Tür.

Der Schriftsteller erkannte Ridolfi und den jungen Kerl wieder, der in Triesen in dem Geländewagen neben ihm gesessen hatte.

»Sind Sie verrückt geworden, Ridolfi? Damit werden Sie nicht durchkommen!« stieß er drohend und mit lauter Stimme aus, wobei er hoffte, daß Frank ihn hörte.

»Habt ihr gedacht, ihr könntet mir entkommen?« fuhr der andere ihn an, fixierte ihn mit irrem Blick, packte ihn am Kragen und drückte ihm die Hände in den Hals.

Der zweite Mann schob Zevi und Carla mit der Pistole den Gang entlang ins Wohnzimmer. Dort legte er ihnen die Arme auf den Rücken, band ihre Handgelenke mit dikkem Klebeband zusammen und stieß sie auf die Couch.

»Wo ist der Amerikaner?« fragte Ridolfi.

»Nicht da«, antwortete Zevi.

»Das werden wir ja sehen. Wenn er sich hier versteckt, dann findet Mario ihn. Andernfalls warten wir eben …«, sagte er mit einem bedrohlichen Grinsen, nahm einen Stuhl und setzte sich vor sie hin.

»Such den Amerikaner, Mario. Er hat sich bestimmt unter dem Bett verkrochen«, fügte er mit einem höhnischen Lachen hinzu.

Der Mann gehorchte und kam nach kurzer Zeit ins Wohnzimmer zurück. »Er ist nicht da«, meldete er lakonisch.

Ridolfi verzog enttäuscht das Gesicht, und auf seiner Wange erschien ein nervöses Zucken.

»Hast du auch alles sorgfältig kontrolliert? Wir haben ihn nicht aus dem Haus kommen sehen …«

»Die Wohnung ist klein, ich habe überall nachgesehen, er ist nicht da«, bekräftigte der Mann.

»Schau auf dem Balkon nach, los, beeil dich!«

Mario ging zur Glastür, öffnete sie, warf einen Blick auf den Balkon, schüttelte den Kopf und schloß die Tür wieder. »Nichts.«

Ridolfi zuckte mit den Achseln. »So, du großer Dichter, du wirst jetzt deinen Freund anrufen und ihm sagen, er soll sofort herkommen. Und dann schreibst du die besagte Erklärung, daß dieses verdammte Tagebuch eine Fälschung ist. Mario, gib ihm das Handy.«

Zevi fragte sich, wo Frank sich versteckt haben mochte. In der Küche gab es einen Besenschrank, doch darin hatte Mario sicher auch nachgesehen.

Der Mann befreite Zevis Hände und hielt ihm das Handy hin. »Los, Opa, ruf an!«

»Nein, nicht«, stoppte ihn Ridolfi, »besser, er nimmt das normale Telefon und schaltet die Freisprechanlage ein. Ich will sicher sein, daß er wirklich mit Veronese spricht. Hol den Apparat, die Schnur ist lang genug.«

Mario nahm das Telefon von der Kommode, zog das Kabel bis zur Couch und gab Zevi den Apparat.

Der Schriftsteller versuchte, rasch zu überlegen. Wenn Frank an diesem Morgen sein Handy schon eingeschaltet hatte, würde man das Klingeln hören, und dann hätte Mario leichtes Spiel.

»Na los!« trieb Ridolfi ihn an, und Veronese begann, langsam die Nummer zu wählen.

Als Frank in der Küche die erregten Worte Zevis gehört hatte, war ihm gleich klar gewesen, daß er sich verstecken mußte, wenn er irgendeine Chance haben wollte, etwas zu unternehmen. Er war zum Fenster gegangen, hatte es geöffnet und bemerkt, daß es praktisch an den Balkon grenzte. Also war er auf das Fensterbrett geklettert, hatte zuerst das linke Bein ausgestreckt und es auf den Vorsprung des Balkons gesetzt, dann das rechte nachgezogen, wobei er sich an dem Fensterrahmen und einer glücklicherweise dort angebrachten Sonnenmarkise festhielt. Dort hatte er regungslos verharrt, während Ridolfis Helfer die Küche inspizierte. Zum Glück war Mario nicht ans Fenster getreten, das noch immer halb offenstand. Als Veroneses Hände schon kalt wie Eis waren, hatte er gehört, wie die Balkontür im Wohnzimmer geöffnet und geschlossen wurde, und erst danach war er auf den Balkon gesprungen und hatte sich gleich an die schützende Mauer gekauert.

Frank blieb eine Weile so hocken, ohne sich zu bewegen, dann streckte er vorsichtig den Kopf vor, um durch die Glastür ins Wohnzimmer zu sehen. Zevi hatte das Telefon in der Hand und wählte zögerlich eine Nummer, versuchte Zeit zu gewinnen. Ridolfi bemerkte es, ging zu ihm hin, beugte sich über ihn und drückte ihm den Hals zu.

»Beeil dich, Jude, wenn du nicht willst, daß ich dich eigenhändig erwürge!«

Der Schriftsteller hob den Blick und sah ihn an: »Gleich sind die Amerikaner hier...«

Ridolfi lachte höhnisch. »Wenn du den Typ unten vor dem Haus meinst, um den haben wir uns schon gekümmert. Stimmt's, Mario?«

Der Mann lachte ebenfalls. »Für einen Profi hat er sich leicht hinters Licht führen lassen. Und als die Signorina dann ins Haus ging, haben wir sie gleich begleitet und den Portier glauben gemacht, wir gehörten zusammen.«

»Sie haben mich mit der Pistole bedroht. Es tut mir leid«, sagte die Frau und brach in Tränen aus.

Zevi legte ihr eine Hand auf die Schulter und versuchte, ihr ein bißchen Mut zu machen.

»Seien Sie ganz ruhig. Man wird uns retten«, murmelte er, doch es klang wenig überzeugt.

Es war seine Schuld, wenn Frank und diese junge Frau jetzt in Lebensgefahr schwebten, dachte er wütend. Er hätte nicht darauf vertrauen dürfen, von irgend jemand anderem geschützt zu werden, sondern sich allein auf seinen eigenen Instinkt verlassen sollen. Er erinnerte sich an die Hoffnung, die in Auschwitz unter den Häftlingen aufgekeimt war, als sie über ihren Köpfen die Flugzeugmotoren der Alliierten gehört hatten. Es waren ein paar wenige Bomben gefallen, dann war alles so weitergegangen wie zuvor. Er spürte ein heftiges Aufbegehren. Was war das für ein Familienschicksal, durch das Carla Carini Gefahr lief, von dem verrückten Ridolfi junior ermordet zu werden, wie sechzig Jahre zuvor ihre Tante und Namensvetterin von dessen Vater? Es war absurd, wahnsinnig; oder, fragte er sich verzweifelt, war es die logische Konsequenz des Bösen, das sich in alle Ewigkeit fortsetzte, immerzu siegreich?

»Du wirst nicht davonkommen, Ridolfi«, sagte er und sah ihn an.

Zevis Stimme schien Ridolfi zu überraschen. Unsicherheit blitzte in seinem Blick auf, wurde aber sofort von einer wahnsinnigen Entschlossenheit verdrängt. Dieser Mann stand vermutlich unter Drogen und war außerdem auch noch verrückt, dachte der Schriftsteller. Und er verwünschte sich dafür, daß er diese Möglichkeit nicht real in Betracht gezogen hatte.

Er versuchte, Zeit zu gewinnen. »Die Amerikaner werden es dir heimzahlen. Aber wenn ihr Veronese nicht tötet, habt ihr noch eine Chance.«

»Hör auf zu reden und ruf deinen Freund an. Mit dem habe ich auch eine Rechnung zu begleichen. Los!« schrie Ridolfi und schlug ihm mit dem Handrücken ins Gesicht.

Zevi lief Blut über die Backe. Ridolfis Ring hatte ihn verletzt. Doch der Schlag hatte ihn lediglich gestreift und war so kalkuliert gewesen, daß er nur erschrecken, nicht aber das Bewußtsein verlieren sollte. Zevi steckte eine Hand in die Tasche, zog ein Taschentuch heraus und preßte es auf die Wunde, fing dann an, langsam die Nummer zu wählen. Es läutete ein paarmal, schließlich meldete sich der Anrufbeantworter. Zum Glück war Veroneses Handy ausgeschaltet.

»Ich erreiche ihn nicht«, kommentierte er und legte auf.

»Wir versuchen es gleich noch einmal«, sagte Ridolfi und setzte sich wieder hin, während Mario stehenblieb und das Zimmer und die Wohnzimmertür im Auge behielt, immer noch mit der Pistole in der Hand.

Frank hatte den unterdrückten Aufschrei Zevis gehört und erneut den Kopf vorgestreckt; als er sah, daß der Schriftsteller sich etwas auf die Wange preßte, mußte er den Impuls überwinden, aus seinem Versteck zu kommen und ins Wohnzimmer zu stürzen. Doch bevor er etwas unternahm, wollte er die Polizei benachrichtigen – aber er kannte die Nummer nicht. Seine einzige Hoffnung waren die Amerikaner.

Veronese hatte die Gewohnheit, das Handy in die Gesäßtasche zu stecken, und auch an diesem Morgen hatte er es, als er aus dem Zimmer ging, hinten in seine Jeans geschoben, ohne daran zu denken, es einzuschalten. Er beschloß, den kleinen Aufschub zu nutzen, um Evelyn eine Nachricht zu schicken. Er schaltete das Handy ein, tippte die SMS, schaltete es, als er sie losgeschickt hatte, sofort wieder aus und hoffte, Evelyn würde die Nachricht bald lesen.

Ridolfi verhielt sich wie ein Kamikaze: Obwohl er wußte, daß er auf diese Weise sein Todesurteil unterschrieb, hielt ihn dies nicht von seiner Aktion ab, und er schien die Absicht zu haben, die Sache durchzuziehen. Es ging ihm nicht einfach darum, den Schriftsteller zu erschrecken, dessen war er sich sicher; Ridolfi empfand einen unbändigen Haß. Verzweifelt sagte Veronese sich, daß er sich schnell etwas einfallen lassen müsse, wenn er Zevi und die Frau retten wollte.

Ridolfi bestätigte seine Befürchtungen, als er Mario ein Zeichen gab. »Setz den Schalldämpfer auf deine Pistole und gib sie mir. Es ist Zeit abzurechnen.«

Der Mann schien verwundert und schüttelte den Kopf. »Das war nicht abgemacht ...«, protestierte er.

»Los, mach schon!« drängte Ridolfi ihn.

Der Mann holte den Schalldämpfer aus der Tasche und schraubte ihn auf den Lauf der Pistole, doch statt sich zu nähern, wich er einige Schritt zurück und richtete die Waffe auf Ridolfi. »Du hast gesagt, du wolltest ihm nur angst machen …«, protestierte er und zog sich weiter Richtung Tür zurück. »Wenn du dich in die Scheiße reiten willst, tu es allein.«

Blitzschnell wandte er sich um und huschte aus dem Zimmer. Man hörte ihn über den Gang laufen, dann die Haustür ins Schloß fallen.

Frank beschloß zu handeln. Ridolfi könnte, wütend darüber, daß sein Komplize ihn allein gelassen hatte, den Schriftsteller und die Frau jeden Moment töten, auch mit bloßen Händen. Er sprang hoch und stieß die Glastür auf.

»Komm und leg dich mit mir an, jetzt, wo du allein bist!« schrie er.

Alle fuhren herum, und Ridolfi riß erschrocken die Augen auf. Dann stürzte er sich Veronese mit gesenktem Kopf entgegen und stieß ihn zurück auf den Balkon.

Frank begriff sofort, daß es, obwohl sein Gegner kleiner und älter war als er, nicht leicht sein würde, mit ihm fertig zu werden. Der Italiener wirkte durchtrainiert, und er verstand es, gezielt zuzuschlagen, doch vor allem verriet das Leuchten in seinen Augen einen Fanatismus, der ihm doppelte Kraft verlieh.

Inzwischen waren Zevi und Carla Carini von der Couch aufgesprungen.

»Schnell, wir müssen ihm helfen!« rief der Schriftsteller aus und half Carla, sich von ihren Fesseln zu befreien, während die beiden Männer auf dem Balkon noch immer kämpften.

Zevi blickte sich verzweifelt um auf der Suche nach irgendeinem Gegenstand, den er als Waffe benutzen könnte. Da sah er die Messinglampe auf dem Boden liegen, die Ridolfi einen Augenblick zuvor umgestoßen hatte, als er sich auf Veronese stürzte. Er packte den Ständer, riß den Lampenschirm ab und rannte, von Carla gefolgt, auf den Balkon, um Ridolfi mit der Lampe auf den Kopf zu schlagen, sobald sich die Gelegenheit dazu böte.

Veronese schien zu unterliegen: nach hinten gebeugt, den Kopf über dem Geländer, versuchte er den Schlägen Ridolfis auszuweichen.

Es war ein außerordentliches Zusammenspiel Zevis und Veroneses in diesen wenigen Sekunden, die über Leben und Tod der beiden kämpfenden Männer entschieden. Zevi näherte sich den beiden umklammerten Körpern und schlug Ridolfi im selben Moment auf den Kopf, als Veronese in einem verzweifelten Versuch, sich von dem Gewicht, das auf ihm lastete, und den Händen, die seine Kehle zudrückten, zu befreien, Ridolfi ein Knie in den Magen rammte. Gleichzeitig packte er den Italiener am Mantel und schleuderte ihn mit letzter Kraft seitlich gegen das Geländer. Überrascht merkte er, daß Ridolfis Körper nachgab, und entzog sich mit einem Sprung zur Seite dem Gewicht Ridolfis, der schon halb über dem Geländer hing, schwankte und schließlich ins Leere stürzte.

Erschöpft sank Frank zu Boden und rang nach Luft, während Zevi und Carla sahen, wie Ridolfis Fall endete und sein Körper auf die Straße schlug.

»Was ist denn mit ihm gewesen?« fragte Veronese. »Ich konnte ihn plötzlich von mir wegstoßen wie einen nassen Sack.«

Zevi hielt den Lampenständer hoch. »Ich habe ihm damit einen Schlag verpaßt...«

»Um so besser! Dieser Verrückte war stark wie ein Stier, und er hat mich gewürgt.«

Bald schon hörten sie die Polizeisirenen und sahen zwei Einsatzwagen, die neben Ridolfis Körper anhielten. Carla Carini, die leichenblaß war, schaffte es nicht, die Augen von dieser grauenhaften Szene zu wenden.

»Wer war denn dieser Mann?«

»Andrea Ridolfi, der Sohn des Mannes, der Ihre Tante umgebracht hat«, antwortete Zevi und legte ihr einen Arm um die Schulter. »Aber jetzt wollen wir hineingehen, hier draußen ist es eiskalt.«

32

Aldo Zevi hatte den Vormittag über immer wieder versucht, seinen Vater am Handy zu erreichen, doch er meldete sich nicht. Da er wußte, daß sein Vater immer ein gespanntes Verhältnis zu Handys gehabt hatte, machte er sich nicht gleich Sorgen, weil er annahm, er habe nur vergessen, es einzuschalten. Nachdem jedoch einige Stunden vergangen waren, nahm seine Besorgnis zu, und als dann Mittag vorbei war, beschloß er, in Città Studi vorbeizufahren, um nachzusehen, ob sein Vater schon von seiner geheimnisvollen Reise nach Rom zurück sei.

Als er in die Straße einbog, wo sein Vater wohnte, sah er eine kleine Menschenansammlung vor dem Haupteingang, eine Ambulanz mit Blaulicht und zwei Einsatzwagen der Polizei. Erschrocken gab er Gas und hätte fast ein anderes Auto gerammt, bevor er mit zwei Rädern auf den Bürgersteig fuhr und abrupt bremste.

Ein Polizist musterte ihn streng, kam dann auf ihn zu und legte die Hand an den Schirm seiner Mütze.

»Führerschein und Fahrzeugpapiere bitte.«

»Ja, natürlich.« Aldo kramte in seinen Taschen. »Was ist denn hier passiert?«

»Ein Mann ist aus dem Fenster gesprungen ...«

»Was?« schrie er. »Um wen handelt es sich?«

»Das wissen wir noch nicht, es ist gerade erst passiert. Wohnen Sie hier?«

Aldo gab dem Polizisten seinen Führerschein und die Fahrzeugpapiere. »Hier sind die Dokumente, aber ich bitte Sie, mich gehen zu lassen, mein Vater wohnt in diesem Haus ...«

Der Polizist wurde aufmerksamer. »Wie heißt er?«

»Zevi. Giorgio Zevi, der Schriftsteller. Lassen Sie mich bitte zu ihm hochgehen ...«

»Kommen Sie mit«, sagte der Polizist.

Als sie in den Aufzug stiegen, informierte der Commissario Aldo Zevi darüber, daß sein Vater wohlauf sei, man aber die Identität des Toten noch nicht festgestellt habe. Alles habe sich praktisch vor ihren Augen abgespielt, erklärte er weiter, als sie – informiert durch einen anonymen Anruf – hier angekommen seien.

Sie erreichten gerade den siebten Stock, als der Commissario über Funk eine Mitteilung erhielt. Sein Blick verfinsterte sich.

»Das hat uns gerade noch gefehlt!« entfuhr es ihm. »Ich bin mit dem Sohn des Schriftstellers unterwegs in die Wohnung. Seht zu, daß kein Journalist den Namen des Toten erfährt«, fügte er hinzu, bevor er die Verbindung beendete.

»Was ist los?« fragte Aldo.

»Bei dem Mann, der aus dem Fenster gestürzt ist, handelt es sich um Andrea Ridolfi, den Politiker. Hier wird gleich ein Höllenspektakel losgehen ...«

Als sie die Wohnung betraten, kam ihnen ein Carabiniere entgegen, und der Commissario fragte ihn, wo Giorgio Zevi sei.

»Im Arbeitszimmer, mit dem Amerikaner und der Frau.«

Aldo eilte ins Arbeitszimmer, gefolgt von dem Commissario. Durch die offene Tür sah er seinen Vater im Sessel sitzen; neben ihm standen eine recht junge Frau und ein großer, athletischer Mann.

»Ich lasse Sie bei Ihrem Vater, ich bin dort hinten zusammen mit der Spurensicherung. Dottor Zevi und seine Freunde müssen später aufs Kommissariat kommen, um ihre Aussagen zu Protokoll zu geben«, sagte der Commissario und verließ das Zimmer.

Als er seinen Sohn sah, ging der Schriftsteller auf ihn zu und umarmte ihn. »Alles in Ordnung, mach dir keine Sorgen ...«

»Was ist denn passiert?«

»Das ist eine lange Geschichte, die ich dir später erzählen werde. Jetzt möchte ich dir meine beiden Schicksalsgefährten vorstellen. Frank Veronese, mit dem du neulich schon am Telefon gesprochen hast, und Carla Carini, die gekommen war, um mich zu besuchen, und in den letzten Akt dieser Tragödie verwickelt worden ist ...«

»Gütiger Himmel, Papa! Was denn für eine Tragödie?«

Frank trat näher. »Ihr Vater ist von diesem durchgedrehten Ridolfi angegriffen worden ...«

»Aber warum denn?«

Im Zimmer wurde es still. Giorgio Zevi machte eine vage Geste mit der Hand, als wollte er das Ganze herunterspielen. »Ich werde dir später alles erklären ...«

»Kommt nicht in Frage«, protestierte Aldo, der nur mit Mühe die Ruhe bewahrte. »Ich will es jetzt wissen. Ich komme hier an und sehe einen Krankenwagen, die Polizei und einen Mann, der sich aus dem Fenster gestürzt hat; und dies, nachdem ich den ganzen Vormittag erfolglos versucht habe, dich am Telefon zu erreichen!« Er verstummte mit einem Mal, als hätte er bemerkt, daß er zuviel gesagt hatte.

Ein paar Sekunden lang sprach niemand ein Wort, dann legte Giorgio Zevi eine Hand auf den Arm seines Sohns. »Dachtest du, das könnte ich sein?« fragte er, mit einer Stimme, die mit einem Mal schwach klang.

Aldo errötete. »Aber nein, was sagst du denn da!« protestierte er nicht gerade überzeugend.

Der Schriftsteller und Veronese verständigten sich mit einem Blick. Niemand außer ihnen beiden und den Amerikanern würde je erfahren, was in Triesen geschehen war, an dem Aussichtspunkt jenes Chalets.

»Es wäre dir nicht zu verdenken ...«, murmelte Zevi, und in seiner Stimme lag eine tiefe Traurigkeit.

Veronese mischte sich ein, um von diesem für Vater wie Sohn schmerzlichen Thema abzulenken. »Dieser Mann war vollkommen verrückt und vollgepumpt mit Kokain. Er wollte uns umbringen, um sich für die Veröffentlichung des Tagebuchs von Connie Brandini zu rächen.«

»Was denn für ein Tagebuch?« rief Aldo aus, der immer aufgebrachter wurde, ohne zu verstehen, um was es überhaupt ging.

»Hast du gestern keine Zeitung gelesen?« fragte ihn sein Vater.

Aldo schüttelte den Kopf. »Ich bin den ganzen Tag auf dem Kongreß der Psychoanalytischen Gesellschaft gewesen und habe keine Zeit gehabt.«

Frank nahm den *Corriere della Sera* und die *Repubblica* vom Schreibtisch und gab sie ihm. »Hier ist die ganze Geschichte.«

Aldo musterte ihn. »Seit Sie im Leben meines Vaters aufgetaucht sind, geschehen furchtbare Dinge ...«

Veronese nickte. »Sie haben recht«, gab er mit niedergeschlagener Miene zu.

Carla Carini trat näher und sah Aldo mit strenger Miene an. »Sie sollten wissen, daß Ihr Vater und ich, wenn Signor Veronese nicht eingegriffen hätte, jetzt nicht mehr am Leben wären!« rief sie aus und errötete bis in die Haarspitzen.

Der Schriftsteller nickte. »Was Carla sagt, ist wahr. Frank hat uns vor der Wut Ridolfis gerettet. Er hätte uns umgebracht, er war ja völlig außer sich. Doch jetzt setz dich hin, dann erzählen wir dir, wie es überhaupt so weit gekommen ist.«

Als er alles gehört hatte, schüttelte Aldo den Kopf. »Verrückte Geschichte«, rief er aus. »Wer weiß, was für einen Skandal die Zeitungen jetzt aus dieser Sache mit Ridolfi machen.«

»Da wäre ich mir gar nicht so sicher«, sagte sein Vater.

»Wieso nicht? Es wird herauskommen, daß er der Sohn von Rapagnetta ist und daß er dich töten wollte!«

»Mag sein. Im Augenblick weiß aber niemand außer uns, daß Ridolfi senior und Rapagnetta ein und dieselbe Person waren. Und die wahre Identität von Ridolfi senior geheimzuhalten war Teil der Abmachungen mit den Amerikanern. Was das übrige angeht ...« Zevi beendete den Satz nicht.

»Dann informiert sofort die Presse!« warf Aldo mit Nachdruck ein.

»Das werden wir tun, aber nur, wenn es zu etwas gut ist …«

33

An einem der Stände auf der Piazza del Cimitero Monumentale suchte Giorgio Zevi ein paar weiße Rosen aus. Er hatte sich nicht geirrt: Es waren wenig mehr als zehn Tage vergangen, und schon hatte das Aufsehen um den Tod Andrea Ridolfis nachgelassen, obwohl die wahre Identität seines Vaters durchgesickert war.

Die Presse hatte kaum darauf hingewiesen, daß Alfredo Ridolfi für das Massaker am Lago Maggiore verantwortlich war, während das wahnsinnige Verhalten seines Sohnes damit erklärt wurde, daß dieser aus Furcht, der Name der Familie könnte in den Schmutz gezogen werden, ausgerastet sei. Ein paar Journalisten der Rechten hatten Zweifel an der Authentizität des Tagebuchs angemeldet und waren über den nazi-faschistischen Fanatismus von Andrea Ridolfi, der in seiner Jugend einer der schlimmsten rechtsradikalen Schläger Mailands gewesen war, genauso hinweggegangen wie darüber, daß man den Schriftsteller in Triesen entführt und mit dem Tode bedroht hatte.

Die ideologischen Gefährten Ridolfis hatten sich natürlich von ihm distanziert und ihn beschönigend als Mann bezeichnet, der nicht mit der Zeit habe Schritt halten können, unfähig, die von der extremen italienischen Rechten vollzogene Wende mitzumachen – die Parteien hätten ja bekanntlich seit Jahren mit den Irrtümern der Vergangenheit nichts mehr zu schaffen. Jemand hatte sogar behauptet, Ridolfi sei das letzte Opfer des Krieges.

Die Anwesenheit Carla Carinis in Zevis Wohnung war ein Glück gewesen, ebenso ihre Zeugenaussage, die von der Polizei voll und ganz akzeptiert wurde. Ein paar Tage lang hatten die Zeitungen Frank als Helden beschrieben, durch dessen Eingreifen der Schriftsteller und die Nichte eines der Opfer des Massakers am Lago Maggiore gerettet worden waren. Und wenigstens das war die reine Wahrheit.

Nun, da der Sturm sich gelegt hatte, wurde über die beiden Ridolfis so gut wie nicht mehr gesprochen – einmal abgesehen von den jüdischen Gemeinden und den Verbänden ehemaliger Partisanen, bei denen sich noch einige an Ridolfi senior und seine Grausamkeit erinnerten.

Als er die Blumen bezahlte, erblickte Zevi Frank und Carla und ging ihnen entgegen. Veronese, inzwischen fest entschlossen, nach Italien umzuziehen, hatte im Haus des Schriftstellers einen Loft als Atelier gemietet und war auf der Suche nach einer Wohnung. In ein paar Tagen würde er nach New York zurückkehren, um seinen Umzug zu organisieren. Frank und Carla schienen sich gut zu verstehen, und dank ihr wurde das Italienisch des Malers von Tag zu Tag besser. Kurz und gut: Das Leben ging weiter.

Nachdem sie sich begrüßt hatten, gingen sie auf die Tore des Cimitero Monumentale zu. Am Abend zuvor, beim Essen, hatte Carla vorgeschlagen, das Grab von Connie zu besuchen, weil sie fest davon überzeugt war, daß sie ihrem Schutz und dem der Toten vom Lago Maggiore zu verdanken hatten, der Wut Ridolfis entkommen zu sein.

Zevi seinerseits hatte darauf verzichtet, irgendeine Meinung über das Jenseits und seinen Einfluß auf das Schicksal der gewöhnlichen Sterblichen zu äußern. Die Traumbegegnungen mit Alberto und seinen Gefährten waren unterbrochen, doch er wußte, daß die Verabredung nur verschoben worden war und daß, wenn der Moment gekommen wäre, ihre Wiedervereinigung alle Erwartungen übertreffen würde.

Sie hatten die Gedenkkapelle hinter sich gelassen und befanden sich auf dem großen Platz, von dem aus sie in die breite Allee einbogen. Der Friedhof bestand aus drei Teilen: In der Mitte lagen die Katholiken begraben, rechts die Nichtkatholiken und links die Juden. Das erste Denkmal, auf das sie stießen, war den Opfern der nazistischen Vernichtungslager gewidmet. Es war ein Würfel aus Metallröhren mit eingelassenen Tafeln aus Marmor und Granit, in die man Sätze aus der Bergpredigt eingemeißelt hatte. In der Mitte befand sich ein Blechnapf mit einer Handvoll Erde aus Mauthausen.

Frank blieb stehen und besah sich den Plan. Tags zuvor hatte er mit Antonio, dem Chauffeur Connies, telefoniert, um die Nummer ihres Grabs zu erfahren. Sie kamen an Statuen von weinenden Engeln, Soldaten in Uniform, nachdenklichen Gelehrten und jungen Frauen mit wallend langem Haar vorbei. Jede Skulptur war mit rankendem Wein, Blumen und Pflanzen verziert, voller Anmut und kunstvoll in Stein und Marmor geschlagen. Obwohl es Winter war, wirkte der Friedhof wie ein üppiger Garten; halb verborgen hinter dichter Vegetation und langen Ästen von Libanonzedern, ragten dorische Tempel hervor, ägyptische Pyramiden, Miniaturpaläste, Kathedralen und ein ganzes Heer von Statuen.

Bald hatten sie Connies Grab gefunden, das nicht weit vom Hauptweg entfernt lag. Ein schlichtes Monument: eine weiße Marmorplatte und ein Grabstein, auf dem Connies italienischer Name und ein paar Zeilen eingraviert waren.

Zevi legte die Blumen auf das Grab, während Carla und Frank näher an den Stein traten, um die Inschrift zu lesen.

»*Le vent se lève… il faut tenter de vivre! Paul Valéry, Le cimetière marin*«, las Carla.

»Das ist das, was wir alle tun: versuchen zu leben …«, murmelte Zevi. Dann sah er hoch zu der zarten Palme, die sich hinter dem Grab erhob, so anders als die großen Bäume, die sie umgaben.

»Antonio hat mir erzählt, daß Connie dieses Grab schon vor vielen Jahren für sich ausgesucht hat. Seht ihr diese Palme?« Zevi zeigte darauf. »Sie stammt aus dem Garten des Hotels Corona, das schon seit Jahrzehnten verfallen ist. Vor einiger Zeit, während einer Italienreise, beschloß Connie, Meina zu besuchen. Es war das erste Mal seit Kriegsende, daß sie an den See zurückkehrte; nach so vielen Jahren fühlte sie sich stark genug, jene Orte wiederzusehen. Sie fand das baufällige Gebäude, wie es übrigens heute noch ist, eine Art Mahnmal, das alle sehen können, wenn sie auf der Provinzstraße fahren, die nach Stresa führt. Der Garten wirkt verwildert und ungepflegt, und die Palme war eine der letzten Pflanzen, die den Garten einst so wunderschön gemacht hatten. Diese Palme wollte sie unter allen Umständen haben, und es gelang ihr, sie zu bekommen. Sie ließ sie hierher verpflanzen, auf den Cimitero

Monumentale, an den Platz, den sie schon damals für ihr Grabmal gekauft hatte. Sie wünschte sich, daß diese Palme, wenn der Zeitpunkt gekommen wäre, über ihre Ruhestätte wachen solle. Und so ist es gekommen.«

Carlas Augen waren feucht geworden, eine Träne lief ihr die Backe hinunter, doch sie wischte sie rasch ab. Frank hatte es bemerkt, legte ihr wie selbstverständlich einen Arm um die Schultern und zog sie an sich.

Zevi lächelte, bückte sich, hob einen kleinen Stein auf und legte ihn auf die glänzende Marmoroberfläche. »Das Leben geht weiter, Connie, und wir sind dir dankbar...«, murmelte er, so leise, daß Frank dachte, er spreche ein Gebet. Und auf gewisse Weise war es so.

Sie blieben noch einige Minuten andächtig am Grab stehen und wandten sich dann dem Ausgang zu.

Gerade waren sie auf den Hauptweg eingebogen, als sie auf Evelyn trafen. Sie ging langsam, den Kopf gesenkt, blickte auf die Nummern am Fuß jedes Grabs.

»Evelyn!« rief Frank.

Sie sah hoch und lächelte. »Hallo, was für eine schöne Überraschung!« rief sie aus. Und sie schien sich wirklich zu freuen, sie zu sehen.

Frank machte Evelyn mit Carla bekannt und fragte sie, was sie hierher auf den Friedhof führe.

»Dottor Zevi hat mir eine Kopie von Connies Tagebuch gegeben. Nachdem ich es gelesen hatte, wollte ich unbedingt herkommen, bevor ich abreise. Wundert dich das?«

Frank schüttelte den Kopf. »Nein, überhaupt nicht.« Doch es war offensichtlich, daß er log.

Evelyn machte sich nichts daraus und lächelte. »Ein

Künstler sollte sich nie zum Gefangenen schematischen Denkens machen«, tadelte sie ihn scherzhaft und brachte ihn damit zum Erröten.

Dann umarmte sie Zevi. »Ich bin glücklich, Sie wiederzusehen. Und bitte zögern Sie nicht, mich anzurufen, wenn Sie irgend etwas, egal was, brauchen sollten! Und wenn Sie in die Vereinigten Staaten kommen, stehe ich zu Ihrer Verfügung.«

»Danke, ich werde das gern in Anspruch nehmen.«

Sie gaben sich ein letztes Mal die Hand, dann schlug Evelyn den schmalen Weg ein, der zu Connies Grab führte.

Als sie den Friedhof verlassen hatten, wandten sie sich dem Parkplatz zu. Zevi war mit dem Taxi gekommen, und Frank bot an, ihn nach Hause zu bringen: Carla und er wollten sowieso nachsehen, wie die Renovierung in Veroneses neuem Atelier voranging.

Zevi akzeptierte, und sie stiegen alle drei in Carlas Volvo. Das Auto fädelte sich in den Verkehr ein, der jetzt, da Weihnachten vor der Tür stand, immer dichter wurde.

Der Schriftsteller verbrachte normalerweise die Feiertage allein, da sein Sohn an Weihnachten immer in eine wärmere Zone reiste. Also vertiefte er sich in ein gutes Buch oder schrieb, wenn er selbst etwas Neues in Arbeit hatte, und wartete geduldig auf den 6. Januar, der das Ende dieser sonderbaren Zeit bedeutete.

»Wir könnten über Weihnachten irgendwo hinfahren. Was meint ihr?« fragte Frank vom Rücksitz.

»Warum nicht?« hörte Zevi sich zu seiner eigenen Verwunderung ohne Zögern antworten.

»Dann ist es entschieden. Wohin fahren wir?«

»Vielleicht nach Wien?« schlug Carla vor.

»Das fände ich sehr schön. Was meinst du, Giorgio?«

»Ausgezeichnete Idee, wir schauen einmal nach, ob der Platz, den sie nach Oskar Werner benannt haben, seiner würdig ist«, sagte Zevi, und alle drei lachten.

Während das Auto durch den Verkehr glitt, begann es zu schneien. Zuerst waren es nur ein paar Flocken trockenen Schnees, die der Wind auf die Windschutzscheibe trieb, doch bald wurde der Schneefall dichter, und als sie Città Studi erreicht hatten, waren die Straßen schon weiß.

In einem Wirbel aus Schneeflocken stiegen sie aus dem Auto, und Frank sah Zevi besorgt an. Seit ihm in Trient der schmerzliche Blick aufgefallen war, mit dem der Schriftsteller in den Schnee schaute, war er davon überzeugt, daß er schlimme Erinnerungen damit verband.

Doch Zevi lächelte. Den Blick zum Himmel gewandt, betrachtete er mit fast kindlichem Ausdruck, wie die Flokken durch die Luft tanzten.

Carla trat zu ihm, deutete einen Tanzschritt an, drehte sich um sich selbst wie ein kleines Mädchen und versuchte, die Schneeflocken zu fangen. Der Schriftsteller beobachtete sie und lachte vergnügt.

Die Befürchtungen Veroneses verflogen. Er erinnerte sich nicht, Zevi je so glücklich gesehen zu haben, und das war es, das zählte. Er ging zu ihm, um ihn fest in die Arme zu schließen, und ihm wurde klar, wie sehr er diesen großen kleinen Mann liebte.

Hinweis und Danksagung

Das hier Erzählte beruht zum Teil auf Tatsachen. Einige der Personen, die in diesem Roman vorkommen, haben existiert: zum Beispiel die Opfer, die bei ihrem richtigen Namen genannt werden, sowie die Tochter des Hotelbesitzers, die im Roman Silvia heißt. Die Figuren der Täter habe ich anhand von Zeugnissen und historischen Quellen rekonstruiert. Ihre Identität ist jedoch frei erfunden.

Eines jedenfalls steht fest: Auch sechzig Jahre nach der Tragödie von Meina hat keiner der Verantwortlichen für jene Verbrechen büßen müssen.

Ich möchte Becky Behar danken, daß sie mir ihre Erinnerungen anvertraut hat. Es ist ihrem Augenzeugenbericht zu verdanken, daß ich versucht habe, jene schrecklichen Ereignisse zu verstehen, die im September 1943 an den Ufern des Lago Maggiore stattgefunden haben.

Liaty Pisani im Diogenes Verlag

Der Spion und der Analytiker

Roman. Aus dem Italienischen von Linde Birk

Gefährlich, wenn ein Psychoanalytiker die Standesregeln verletzt und zu sehr ins Leben seiner Patienten eindringt. Den Wiener Analytiker Guthrie läßt es jedenfalls nicht kalt, als die schöne Alma Lasko ihn versetzt und er erfährt, daß ihr plötzliches Verschwinden mit dem seltsamen Tod ihres Mannes zu tun haben muß. Fatal auch, wenn ein internationaler Spitzenagent unter einem Kindheitstrauma leidet, das im falschen Moment aufbricht. So geht es dem Agenten Ogden, der sich mit Guthrie zusammentut, um Alma Lasko ausfindig zu machen. 007 auf der Couch, und ein Psychoanalytiker, der zum Spion wird: die beiden geraten in eine aufregende Verfolgungsjagd, die Wien, Zürich, Genf und Mailand zum Schauplatz hat.

»›Der dritte Mann‹, erneuert und korrigiert an einer apokalyptisch gezeichneten Jahrhundertwende.«
Epoca, Mailand

Der Spion und der Dichter

Roman. Deutsch von Ulrich Hartmann

Juni 1980. Ein italienisches Zivilflugzeug mit 81 Insassen stürzt auf dem Weg von Bologna nach Palermo ins Meer. Offensichtlich abgeschossen. Wer steckt dahinter? Die NATO? Libyen? Liaty Pisanis Thriller basiert auf einem düsteren Kapitel der italienischen Nachkriegszeit, der bisher unaufgeklärten Affäre Ustica. Was Ogden dabei herausfindet, ist haarsträubend. Lediglich Fiktion oder brutalste politische Realität?

»Ein Volltreffer. Ein Roman, der einem die Haare zu Berge stehen läßt. Ich habe das Buch gefressen, mit allen Krimi-Symptomen wie Herzrasen und feuchten Händen.« *Süddeutscher Rundfunk, Stuttgart*

»Mit erzählerischer Bravour und vergnüglicher Ironie verwandelt Liaty Pisani den traditionellen Kriminalroman in ein Schauermärchen – vor dem Hintergrund einer realen Tragödie.« *Der Spiegel, Hamburg*

Der Spion und der Bankier

Roman. Deutsch von Ulrich Hartmann

Der Schweizer Bankier, der zuviel wußte, wird ermordet. Es geht um viel Geld: um nachrichtenlose Vermögen. Agent Ogden soll den Sohn des Toten aufstöbern, der mit Beweismaterial von Zürich nach Südfrankreich, aber auch aus der Gegenwart in die Vergangenheit geflohen ist – ins Reich der Katharer. Dieses Volk von Häretikern wurde im Mittelalter bekämpft – wie auch damals schon die Juden – und in den Albigenser-Kriegen vernichtet. Mit der erforderlichen Sensibilität nähert sich Liaty Pisani dem Thema Völkermord, ohne dabei auf einen spannenden Plot zu verzichten.

»Die Italienerin Liaty Pisani räumt gleich mit zwei Vorurteilen auf: daß Spionage-Thriller eine Männerdomäne sind und daß nach dem Ende des kalten Krieges die guten Stoffe fehlen. Über Ogden, den sympathischen Grübler, dem die Moral mehr bedeutet als seine Mission, wollen wir mehr lesen!«
Brigitte, Hamburg

Der Spion und der Schauspieler

Schweigen ist Silber

Roman. Deutsch von Ulrich Hartmann

Ogden wollte zwar aus dem Geheimdienst aussteigen, doch sein Freund, der Berliner Schauspieler Stephan Lange, kommt in Bedrängnis – seit Präsidentschaftskandidat George Kenneally vor der amerikanischen Ostküste abgestürzt ist, wird er verfolgt. Er soll dafür büßen, daß er das Gerücht des Mordes in Umlauf gesetzt hat. Was bleibt Gentleman Ogden anderes übrig, als ihm zu helfen? Die Flucht führt sie von den Kykladen über Bern und Monte Carlo nach Berlin, der heimlichen Hauptstadt aller Spionagedienste.

»Zart, aber hart: Liaty Pisani belebt mit ihren Büchern den Geheimagentenroman neu. Gestern war Bond, heute ist Ogden.« *Juliane Lutz/Focus, München*

Die Nacht der Macht

Der Spion und der Präsident

Roman. Deutsch von Ulrich Hartmann

New York, August 2001. Oligarch Borowski wird nervös: Seine Wahrsagerin hat ihn verlassen. Kurz bevor ein Anschlag auf den russischen Präsidenten stattfinden soll. Solange sie ihre Visionen hatte, fühlte er sich sicher. Nun plagen ihn Alpträume. Was hat sie gesehen?
Eins ist sicher: Sie weiß viel. Für Agent Ogden und seinen Dienst Grund genug, sich um sie zu kümmern. Denn Ogden hat von höchster Stelle den Auftrag erhalten, den russischen Präsidenten zu schützen und seine Feinde auszuschalten. Wäre da nur Borowski, der Auftrag wäre schnell erledigt. Aber das Netzwerk gegen den Präsidenten spannt sich über die ganze Welt: von Afghanistan über Tschetschenien bis in die USA. Auch in Europa wird am Staatsstreich gearbeitet. Mafiaboss Kachalow ist kurz davor zuzuschlagen. Zu dumm, daß Borowski so unberechenbar geworden ist. Mit seiner Nervosität gefährdet er die ganze Aktion. Kachalow zitiert ihn nach Paris, doch die Situation ist bereits aus dem Ruder gelaufen.

»Mit Ogden hat Liaty Pisani einen Helden geschaffen, der Gefühl und Verstand in eine zerbrechliche Balance bringt. Sie erweist sich als Meisterin des Agententhrillers.« *Volker Hage/Der Spiegel, Hamburg*

Stille Elite

Der Spion und der Rockstar

Roman. Deutsch von Ulrich Hartmann

Hinter dem Fenster eines venezianischen Palazzo wartet Giorgio Alimante ungeduldig auf die Ankunft Ogdens. Die Lanze des Longinus wurde ihm entwendet – ein Objekt, um das sich schon Hitler und Churchill stritten. Alimante will sie zurück. Er fürchtet, seine Rivalen, die amerikanische Elite, könnten durch den geraubten Fetisch Auftrieb bekommen. Ogden sieht in der Rückführung einer Lanze zwar keine Aufgabe, die eines Topspions würdig wäre. Doch er muß die Mission annehmen – der Dienst ist das Alimante und Konsorten schuldig.

Wo er schon in Venedig ist, läßt Ogden sich das Konzert seines Freundes Robert Hibbing auf der Piazza San Marco natürlich nicht entgehen. Der Rockstar ist sich selbst treu geblieben. Seit Jahrzehnten singt er unbeirrt seine rebellischen Lieder. Ein Grund für Ogden, Hibbings Musik zu lieben. Aber auch ein Grund, sich um ihn zu sorgen. Denn er besitzt das, wofür die grauen Eminenzen von Venedig und Washington alles geben würden: eine fast magische Macht über Gefühl und Verstand.

»Bessere Spionage-Romane gibt es derzeit nicht.«
Sven Felix Kellerhoff/Die Welt, Berlin

Eric Ambler im Diogenes Verlag

Seit 1996 erscheint eine Neuedition der Werke Eric Amblers in neuen oder revidierten Übersetzungen.

»Die Neuübersetzungen, stilistisch viel näher am Original, offenbaren viel deutlicher die Meisterschaft von Eric Ambler, der nicht nur politisch denkt, klar analysiert, präzise schreibt, sondern bei alledem auch noch glänzend unterhält.«
Karin Oehmigen/SonntagsZeitung, Zürich

»Eric Amblers Romane sind außergewöhnlich, weil sie Spannung und literarische Qualität verbinden. Die neuen und überarbeiteten Übersetzungen im Taschenbuch sind vorbehaltlos zu begrüßen.«
Bayerisches Fernsehen, München

Der Levantiner
Roman. Aus dem Englischen von Tom Knoth

Die Maske des Dimitrios
Roman. Deutsch von Matthias Fienbork

Eine Art von Zorn
Roman. Deutsch von Malte Krutzsch

Topkapi
Roman. Deutsch von Elsbeth Herlin und Nikolaus Stingl

Der Fall Deltschev
Roman. Deutsch von Mary Brand und Walter Hertenstein

Die Angst reist mit
Roman. Deutsch von Matthias Fienbork

Schmutzige Geschichte
Roman. Deutsch von Günter Eichel

Bitte keine Rosen mehr
Roman. Deutsch von Tom Knoth

Besuch bei Nacht
Roman. Deutsch von Wulf Teichmann

Ungewöhnliche Gefahr
Roman. Deutsch von Matthias Fienbork

Mit der Zeit
Roman. Deutsch von Matthias Fienbork

Das Intercom-Komplott
Roman. Deutsch von Dirk van Gunsteren

Doktor Frigo
Roman. Deutsch von Matthias Fienbork

Schirmers Erbschaft
Roman. Deutsch von Nikolaus Stingl

Nachruf auf einen Spion
Roman. Deutsch von Matthias Fienbork

Die Begabung zu töten
Deutsch von Matthias Fienbork

Außerdem lieferbar:

Ambler by Ambler
Eric Amblers Autobiographie
Deutsch von Matthias Fienbork

Wer hat Blagden Cole umgebracht?
Lebens- und Kriminalgeschichten
Deutsch von Matthias Fienbork

Stefan Howald
Eric Ambler
Eine Biographie. Mit Fotos, Faksimiles, Zeittafel, Bibliographie, Filmographie und Anmerkungen

Magdalen Nabb im Diogenes Verlag

»Wie man Italophilie, Krimi und psychologisches Einfühlungsvermögen zwischen zwei Buchdeckel bekommt, ist bei der Engländerin Magdalen Nabb nachzulesen. Die Reihe um einen einfachen, klugen sizilianischen Wachtmeister, der seinen Dienst in Florenz versieht, ist ein Kleinod der Krimikultur.«
Alex Coutts / Ultimo, Bielefeld

Die Fälle für Maresciallo Guarnaccia:

Tod im Frühling
Roman. Aus dem Englischen von Matthias Müller. Mit einem Vorwort von Georges Simenon

Tod im Herbst
Roman. Deutsch von Matthias Fienbork

Tod eines Engländers
Roman. Deutsch von Matthias Fienbork

Tod eines Holländers
Roman. Deutsch von Matthias Fienbork

Tod in Florenz
Roman. Deutsch von Monika Elwenspoek

Tod einer Queen
Roman. Deutsch von Matthias Fienbork

Tod im Palazzo
Roman. Deutsch von Matthias Fienbork

Tod einer Verrückten
Roman. Deutsch von Irene Rumler

Das Ungeheuer von Florenz
Roman. Deutsch von Silvia Morawetz

Geburtstag in Florenz
Roman. Deutsch von Christa E. Seibicke

Alta moda
Roman. Deutsch von Christa E. Seibicke

Nachtblüten
Roman. Deutsch von Christa E. Seibicke

Eine Japanerin in Florenz
Roman. Deutsch von Ursula Kösters-Roth

Cosimo
Roman. Deutsch von Ursula Kösters-Roth

Magdalen Nabb & Paolo Vagheggi:

Terror
Roman. Deutsch von Bernd Samland

Jugendbücher:

Ein neuer Anfang
Roman. Deutsch von Ursula Kösters-Roth

Das Zauberpferd
Roman. Deutsch von Sybil Gräfin Schönfeldt

Kinderbücher:

Finchen im Winter
Finchen im Herbst
Finchen im Frühling
Mit Bildern von Karen Donnelly. Deutsch von Ursula Kösters-Roth

Erich Hackl im Diogenes Verlag

»Seine Fähigkeit, aus den zur Meldung geschrumpften Fakten wieder die Wirklichkeit der Ereignisse zu entwickeln, die Präzision und zurückgehaltene Kraft der Sprache lassen an Kleist denken.«
Süddeutsche Zeitung, München

»Mit seinem nüchternen Stil tritt Hackl an die Stelle des Chronisten: er ermittelt, rekonstruiert, beschreibt. Auf ihn trifft García Márquez' Postulat zu, wonach ein Schriftsteller politisch Stellung beziehen, vor allem aber gut schreiben muß.« *Siempre!, Mexiko-Stadt*

»Er zählt zur aussterbenden Population der Autoren mit Gesinnung. Und doch drängen seine poetisch-stillen und gleichzeitig politisch hochbrisanten Bücher stets zur Spitze der heimischen Bestsellerliste.«
Dagmar Kaindl / News, Wien

»Berichte aus einer nicht abgeschlossenen Vergangenheit: große zeitgenössische Literatur der Ernsthaftigkeit.« *Christian Seiler / profil, Wien*

Auroras Anlaß
Erzählung

Abschied von Sidonie
Erzählung

Materialien zu Abschied von Sidonie
Herausgegeben von Ursula Baumhauer

König Wamba
Ein Märchen. Mit Zeichnungen von Paul Flora

Sara und Simón
Eine endlose Geschichte

In fester Umarmung
Geschichten und Berichte

Entwurf einer Liebe auf den ersten Blick
Erzählung

Die Hochzeit von Auschwitz
Eine Begebenheit

Anprobieren eines Vaters
Geschichten und Erwägungen